# 오다 쥬리아

상

문지사

| 소설 | **오다 쥬리아** 상

2007년 5월 25일 초판인쇄
2007년 5월 30일 초판발행

지은이 | 표 성 흠
펴낸이 | 홍 철 부
펴낸곳 | **문 지 사**

등록일 | 1978. 8. 11(제 3-50호)
주　소 | 서울특별시 은평구 갈현1동 423-16
영업부 | 02)　386-8451
　　　　 02)　386-8452
편집부 | 02)　382-0026
기획실 | 02) 6407-1314
팩　스 | 02)　386-8453

**값 9,500원**

잘못된 책은 구입하신 서점에서 바꾸어 드립니다.

ISBN 89-8308-080-9
ISBN 89-8308-081-7(전2권)

나는 세상의 빛이다.
나를 따라 오는 사람은
어둠 속을 걷지 않고
생명의 빛을 얻을 것이다.

요한복음 8장 12절

'오다 쥬리아'는 한국 천주교회사에 영원히 남을 이름이다.

절두산 성지에 그의 동상이 서 있고, 수많은 신도들이 그를 통하여 꺼지지 않는 신앙의 불씨를 받아가곤 한다.

오다 쥬리아는 임진왜란 당시 일본으로 끌려간 한 조선의 소녀가 그곳에서 천주교 교리를 받아들여 믿음의 생활을 실천하다가 배교를 강요당하자, 이에 굴하지 않고 순교자의 길을 택한 성녀다.

1972년 그의 유품이 일본의 유배 순교지 신진도에서 모국인 한국으로 옮겨져 오면서 많은 사람들의 관심사가 되기도 하였다. 하여 그의 순교에 대한 몇몇 작품들도 나왔다.

그러나 그 작품들은 일본 작가들이 쓴 소설이고 한국 작가가 쓴 소설 ―시집은 출간되었지만―은 이번이 처음인 걸로 알고 있다. 이미 오백 년 전의 인물이고 자세한 기록이 없어 작품화시키기에 어려움이 있었겠지만, 뒤늦게나마 한글로 쓴 『오다 쥬리아』가 나왔다는 사실에 우선 반가움이 앞선다.

일본 작가가 쓴 작품하고는 뭔가가 다를 것이기 때문이다. 줄거리 요약본을 보니 베일에 가려져 있던 '탄생의 비밀'과 '성장의 비밀'이 있어 더욱 기대가 된다. 왜냐 하면 오다 쥬리아는 지금까지 전설적 인물로 여겨져 왔었기 때문이다.

1871년 상해 자모당에서 출판된 『관광일본』의 '정녀유도조'에 보면 오다 쥬리아라는 인물이 조선의 왕녀임을 밝히는 ―유리아고려국왕족녀야 儒立亞高麗國王族女也―라는 구절이 있다.

그런데도 일본 작가들은 이를 간과하고 있어, 사실이 아닌 한낱 전설적인 인물로 소설을 만들어 내는데 그쳤었다. 따라서 이번 이 작품을 통하여 전설적 인물을 역사적 인물로 부각시키는 계기가 될 것으로 믿는 한편, 의지가 없는 한 소녀가 어떻게 신앙을 받아들였고 실천하였으며, 신앙을 지키기 위해서는 죽음도 불사할 수 있었는 지 그 순교정신을 찾아보고자 한다.

아울러 당시 일본 내의 천주교 대박해를 일으키게 된 덕천가강의 '금교령'과 이에 대한 처벌이 어떠한 것이었는지 알아보는 역사 공부도 될 것 같다. 일본엔 지금도 기독교가 뿌리 내리기 힘들다는데, 바로 이 천주교 대박해 때문이라는 견해가 있다.

그러한 큰 물결을 거슬러 올랐던 성녀 오다 쥬리아!

천주교 신자들은 물론 이 나라 이 땅, 모든 이들에게 신앙의 불씨를 당길 소설 『오다 쥬리아』의 출간을 축하한다. 누구나 한 번은 읽어보기를 권하고 싶다.

아울러 부족한 제가 이 책의 서두에 추천의 글을 쓰게 됨은 평소에 존경하고 함께 종교간 대화의 일을 해 온 백도웅 목사(전 KNCC 총무)의 소개로 쾌히 응하게 되었다. 신앙을 위해 목숨을 바치는 것은 어떤 종교를 가졌건 신앙의 신념이 주는 힘이 얼마나 고귀한가를 일깨워 주는 것이라 생각한다. 아무쪼록 이 책이 모든 이들에게 영적 도움이 되기를 기대한다.

2007년 부활절        최 창 무 주교

차 례

# 소설 오다 쥬리아

제1부 탄생의 비밀

# 1. 궁노루와 사향

사방이 조용하다.

찬서리가 칼날 같은 달빛을 받아 빤짝거린다. 나뭇잎 흔들리는 소리 하나라도 놓치지 않으려고 두 귀를 쫑긋 세운 사냥개들도 발톱을 숨기고 있는 밤이다.

이런 밤에는 어김없이 궁노루들이 나타나 보리밭을 뜯어먹고 멧돼지들이 내려와 약초밭을 뒤져 분탕질을 친다.

산 속 깊은 외딴집이다.

약초를 심고 사냥이나 해서 근근히 살아가는 상노에게 있어선 이러한 밤이 절호의 기회다. 요즘 들어 부쩍 많이 찾고 있는 궁노루를 잡아 사향을 얻어야 한다. 사향은 사향노루나 사향고양이 등의 수컷의 향낭에서 나오는 흑갈색 가루로 여러 가지 약재로나 향료로 쓰인다. 사향고양이는 생식기와 항문 사이에 그 향낭이 붙어 있고 노루는 배꼽 부근에 붙어 있다. 이 사향주머니 속의 사향은 아주 독특한 냄새를 발산하고 있어 이를 말려서 영묘향이나 사향을 만든다. 이 냄새가 사내를 끈다 하여 여자들이 많이 찾는 물건이 돼놔서 요즘은 수요가 부쩍 딸린다. 그래서 부르는 게 값이다.

"궁중 여자들은 사향주머니를 아예 거기다 달고 다닌다더라."

그러니까 사향을 따더라도 아주 조심스럽게 향낭 채로 따서 말릴 것을 부탁하던 황약국이었다. 아무리 귀하디 귀하다 해도 나 잡을 것은 남아 있으니까. 상노는 깡충한 두 귀를 쫑긋거리며 놀란 표정을 짓고 달아나던 천보산 궁노루를 떠올리며 부지런히 사냥 나갈 채비를 한다. 놓친 고기가 커 보인다고 엊그제 보아둔 그 궁노루라면 아마도 주먹만한 향낭이 달려 있을 거라는 생각이 들었다.

"또 나가시게요?"

"요새는 도적놈들이 하도 많아서…"

"그렇다고 남의 덫에 손을 댄단 말예요?"

하려다가 입을 다물어 버리는 천기였다.

엊그제만 해도 걸려든 여우를 잃어버리고 돌아온 상노였다. 겨울 들어 할 일이 사냥밖에 없는 탓도 있겠지만 사향값이 뛰자, 너도나도 그놈의 궁노루 잡기에 혈안이 돼 네것내것 할 것 없이 닥치는 대로 남의 덫에 걸린 포획물을 훔쳐가기 일쑤인 세월이 되어버린 것이다.

"오늘은 사향주머니가 주먹만 한 놈을 잡아올께."

상노는 신바람이 나서 말했다. 그러나 어딘지 모르게 불안한 기색을 감출 수 없다는 표정이다.

오늘도 헛탕을 치면 이제 양식이 바닥이 난다. 황약국한테서 미리 받아 쓴 선금이 있어 더 이상은 손 내밀 처지가 못 된다는 것을 그는 너무나 잘 알고 있었다.

천기를 데리고 올 때 한 약속이 있었다. 절대로 밥은 굶기지는 않을 거라고 큰 소리쳤다. 사나이 일언은 중천금이라는데 아녀자와 한 약속도 못 지킨다면 체면이 말이 아닌 것이다.

사나이의 권위란 도대체 뭔가? 집안 식솔들 먹여 살릴 힘이 근본 아닌가? 이 정도는 알고 있는 상노였다. 아무리 약초를 캐고 사냥으로 목숨을 부지하고 있는 실정이라 할지라도 그래도 근본은 있는 법. 상노에게는 천기와의 약속을 지킬 의무가 있다. 그것은 스스로에게 한 약조이기도 하지만, 스승 일월선사와의 약속이기도 하다.

스승이 그랬다. 천기를 너에게 맡기는 뜻은 네가 더 잘 알 것이다. 그래, 천기는 보통 여자가 아니다. 그는 일찍부터 그것을 잘 알고 있는 터였다. 지금은 비록 집안이 망해 이런 꼴로 살고 있지만, 언젠가는 빛을 볼 날이 있을 것이기 때문이었다.

"조심하세요."

"알았어. 내 후딱 한 바퀴 둘러올테니까."

상노는 홀치기 망태에 올가미와 덫을 챙겨넣고 몽둥이도 하나 집어들었다. 여차하면 몽둥이로 후려쳐서라도 걸린 놈을 놓쳐서는 안 된다. 그는 웬만하면 덫에 걸린 놈을 산 채로 따왔지만, 이제는 굳이 그럴 필요를 느끼지 않는다. 느끼지 않을 뿐더러 차라리 죽여서

가지고 오는 편이 더 좋았다. 천기가 그것을 못 보기 때문이다.

'산짐승을 어떻게 눈앞에서 죽여요?'

그는 장난삼아 천기가 보는 앞에서 짐승을 잡았었다.

그러나 천기는 그것을 싫어했다.

'산짐승을 가지고 가야 제값을 받는데…'

어쭙잖은 변명을 했지만 천기는 달랐다.

'짐승이야 어쩔 수 없어 잡는다지만, 눈앞에서 피를 보는 건 싫어요.'

그래, 여자가 싫어하는 일은 할 수 없지. 상노는 이제 순한 양이 되어갔다. 스스로도 놀랄 만한 변화였다.

"천기는 비록 몸을 피해 여기 와 있지만, 감히 너 같은 살생장이에게 맡길 여인이 아닌 게야. 귀한 분의 혈육을 점지하고 있는 여인네이니 만큼 각별히 조심해서 모셔야 할 게야. 만약에 내 말을 허수히 여기고 허투루 뫼셨다가는 큰일 날 줄 알아라."

일월선사는 그렇게 단단히 타이르고도 모자랐든지,

"밤말은 쥐가 듣고 낮말은 새가 듣는다는 말이 있다."

고 엄포까지 놓았다. 항상 어디서나 주시하고 있는 눈이 있으니 목숨 살아 부지하고 싶거든 하늘 받들 듯 모시라는 말이었다.

이미 궁중에서 환관 노릇을 한 일이 있는 상노로서는 그 말이 무슨 뜻인지 짐작을 하고도 남았다. 누군지는 모르겠지만 구중궁궐 깊은 곳 어떤 분과 하룻밤 정을 통하고 그 씨앗을 잉태한 것이리라. 그러나 상노로서는 그분의 지체가 어느 정도까지 이르런 분인지는 알지 못한다. 알 수도 없거니와 알아서도 안 된다. 일월선사가 이렇게 끔찍이 아껴 거두시는 걸로 봐서 왕족 중의 어느 한 분인 것만은 틀림없는 사실이었지만, 그 이상은 알 길이 없었다.

그러한 인물임에도 불구하고 천상천하에 홀홀 단신으로 살아가는 자신에게 몸을 의탁시킨 것을 보면 천기 역시 오갈 곳이 없는 여인임에는 분명했다.

"딸같이 돌볼 것이로되 다른 사람의 눈에는 아내처럼 보이게 해야 하네."

일월선사의 특별한 주문이었다. 딸같이 아끼고 사랑하되 다른 사람의 눈에는 여편네처럼 보여야 한다는 말은 무슨 뜻인가? 이 여인네를 온전히 보살피고 지키라는 명령이다.

이미 여자를 건드릴래야 건드릴 수도 없는 육체적 조건을 지니고 있지만서도 손가락 하나 건드려서는 안 되는 것이 또한 딸처럼 아끼라는 말 속의 숨은 뜻이 아니겠는가? 때문에 남의 이목을 피하기 위하여 말은 보통 부부처럼 하대를 하거나 놓아서 하되 행동은 조심하라는 지엄한 분부셨다.

어쨌거나 상노로서는 혼자 사는 것보다는 천기가 있는 편이 훨씬 좋았다. 이제 이러한 천기를 거두어 살피기 위하여 이전보다 더욱 열심히 산야를 누비지 않으면 안 되는 상노는 오늘도 신이 났다.

'얼럴러리 얼러리러러…' 콧노래를 흥얼거리며 찬물내기 옹달샘을 지나던 그는 갑자기 몸을 납짝 엎드렸다.

어디선지 사람들의 소리가 두런두런 나는 것 같았다. 못 보던 인물들이었다. 일행은 절골을 향하여 올라가고 있는 듯싶다. 절골이라면 일월선사의 거처가 있는 곳이 아니더냐. 보아하니 저들은 입성부터가 보통 사람들 하고는 달랐다.

상노는 순간적으로 불안한 감정이 앞섰다. 선사를 찾는 사람들이라면 예를 갖출 만한 옷을 입고 다니는 사람이라야 마땅한데 지금 저 사람들은 도대체가 차리고 있는 행세부터가 말이 아니었다.

아무렇게나 질끈 동여맨 머리띠며 때묻은 간발을 친 꼬락서니가 무뢰한들 그 자체였다. 저런 자들이 일월선사를 찾을 때부터 좋은 일을 기대하기란 어려운 것이 아닌가. 절에는 때로 불청객들이 드나들며 행패를 부린다. 절 재산을 노리는 불한당들이다.

상노는 저들이 첫 새벽부터 준동을 하는 꼴을 보니 반드시 무슨 변괴가 일어나리란 생각이 들었다. 그렇다면 더욱이 이러고 있을 수는 없는 노릇. 어떤 방법으로든지 일월선사를 도와야 한다.

선사는 아버지나 다름없는 존재였다. 조막손을 잡아가며 그를 길렀고 커서는 비록 불알을 치기는 했지만 궁중으로 그를 밀어 넣었으며, 이제는 궁중에서 그를 빼내어 천기를 맡겼다.

그는 이러한 일련의 일들에 대하여 그 까닭을 묻지 않았고 선사 역시 일일이 설명하지 않았다. 그렇지만 상노에게는 선사의 하는 일에 조금의 불만도 거역도 없었다. 거기엔 다 선사의 깊은 뜻이 있을 것이라고 믿고 있는 상노였기 때문이다.

"너는 잠자코 내가 하라는 대로만 하면 되는 게야. 아무려면 내가 너한테 못할 짓을 시킬꼬?"

상노가 묻는 말에 대한 선사의 대답은 언제나 이랬다.

그는 패거리들이 절골을 향하고 있다는 확신을 가지게 되자 지름길을 겨우 잡았다. 싸리나무 회초리와 잡목들의 가지가 얼굴을 때렸다. 웬지 모르게 다급해지는 느낌이 들고 입 안에서 타는 냄새가 나는 듯했다. 아무래도 좋은 일은 아닌게 분명하다.

절간이 저만큼 보이는 곳까지 달려온 상노는 방금 지나온 길을 한 번 내려다보고는 화급하게 석굴을 향한다. 석굴은 대웅전을 뒤로 하고도 한참을 더 올라가야 하는 하늘폭포 밑에 있었다.

"관세음보살."

대웅전을 지나며 그는 혼자서 중얼중얼 관세음보살을 읊었지만, 그 다음 이어야 할 나무아미타불도 다 외지 못했다. 하기사 대웅전이라고 있었지만, 그 안에는 불상이 없으니 간절히 빌어봐야 소용이 없을 터…

몇 차례에 걸친 병화와 되놈들의 약탈로 인하여 이미 절간은 텅 비었고 불상마저도 도적맞고 없는 지경이니 불공이 무슨 소용이랴.

그렇지만, 그는 다시 한 번 뒤돌아보며 '소인의 불경함을 용서하십시오.'하고 되뇌었다.

하늘폭포 위로 소리개 한 마리가 나는 것이 눈에 들어왔다. 저놈은 언제나 빙글빙글 하늘을 맴돌면서 먹이를 찾는데, 그 날개짓이 어찌나 유쾌하고 시원한 지 온종일을 보고 앉았어도 지겹지가 않다. 그런데도 이날 아침만큼은 그걸 보고 있을 여유가 없는 상노였다.

"선사님, 선사님…"

그는 폭포를 끼고 도는 너설을 타고 넘으면서부터 선사님을 불러댔

다. 평상시 같았으면 이런 호들갑을 떨며 그가 나타나면 언제 다가왔 는지도 모르게 등 뒤로 돌아와,

"웬 호들갑인고?"

하고 뒷통수를 쳤겠지만, 이날 아침만큼은 석실문을 열 때까지도 아 무런 기척이 없다. 여태까지 주무실 분이 아니었다. 그렇다고 그가 부르는 소리를 듣고도 못 들은 척 하실 분도 아니다. 그런데도 아무 런 기척이 없다.

그는 기다리고 망설일 여유도 없이 석실의 문을 벌컥 열었다. 까짓 야단 좀 맞으면 맞았지 별 수 있을려고… 그런데 이게 웬일인가? 석 실은 비어 있고 선사는 온데간데없다. 냉기가 가득 찬 걸로 봐서 선 사는 이미 이곳에 있지 않았음이 분명했다.

상노는 일단 안도의 숨을 내쉬며 석실문을 닫고 뒤돌아섰다.

"찾아라…"

언제 뒤따라 왔는지 절간으로 밀어닥치는 패거리들이 보였다. 놈들 은 예상했던 대로 요사채며 법당 쪽으로 패를 나누어 뒤졌다. 순간적 으로 그는 바위 뒤로 몸을 숨겼다. 뒤져봐야 거긴 아무것도 있을 리 가 없다. 절간은 벌써부터 비어 있었고 선사만이 홀로 남아 가끔씩 심신수련을 쌓는 도장에 불과한 곳이다. 여기저기 들쑤시고 다니던 패거리들이 고개를 저으며 나온다. 저으기 실망한 눈치들이다.

"없는대요?"

"이 늙은이가 벌써 냄새를 맡았나?"

"대감한테 돌아가 도대체 뭐라고 말하지?"

그는 무슨 뜻인지 알 수 없는 저들의 말을 그래도 귀담아 들으려고 노력하며 한참을 더 바위 뒤에 숨어 있었다.

"누군가 연통을 놓은 게 틀림없어."

저들은 아마도 선사가 석실에 기거를 하고 있는 줄은 모르는 모양으로 석굴로는 올라오지 않았다. 그렇다면 저자들은 이곳 천보사가 초행인게 틀림없었다. 어디서 무엇 때문에 온 자들일까.

"가자!"

그들이 떠나자 상노는 바위 뒤에서 몸을 일으켜 나왔다. 인근 부랑배들이 아니라면 도대체 누구란 말인가? 줄곧 그의 의구심을 자아내는 문제였다. 그리고 또 선사는 어디로 출타를 했을까?

상노는 마치 도깨비한테 홀린 기분으로 산을 내려온다.

"아무리 미련한 것이라 할지라도 이눔아, 내가 기거하는 천보산 미물꺼정 잡아갈 테냐? 니눔 살생하는 거야 니 알아서 할 일이다마는 천보산 짐승들은 놔둬라. 나도 내 산신령한테는 미안하니까."

일월선사는 이 정도로 나무라고 말았지만 차마 천보사 주변까지 와 덫을 놓고 올가미를 놓을 위인은 못되는 상노였다. 그래서 그의 사냥터는 자연스럽게 천보산을 등진 칠보산 서남능이 될 수밖에 없었다.

칠보산 서남능을 가자면 찬물내기 옹달샘에서 좌측길로 꺾어져야 한다.

"젠장할… 새벽부터 괜한 헛걸음을 했나?"

그는 아무 일도 생기지 않은 데 대한 안도감보다는 헛걸음에 대한 불만이 쌓인다. 무슨 일이 일어나기를 기대했던 건 아니었지만, 이럴

때 일월선사의 재주를 한 번 보고 싶기도 했던 속마음이 있었기 때문
이다.

선사는 아침마다 가벼운 몸풀이로 하늘폭포를 이쪽에서 저쪽으로
뛰어건너고 봉을 잡았다 하면 날으는 새도 떨어뜨렸다. 기공을 이용
하여 몸을 스스로 뜨게도 하는가 하면 솔방울을 던져 내달리는 멧토
끼를 잡기도 하였다.

선사는 살생은 싫어하였지만, 그것을 계율로 삼지는 않았다. 삼라
만상 모든 것이 서로 조화를 이루어 먹고 먹히며 산다는 것이었다.
따지고 보면 상노가 이렇게 사냥을 하며 사는 것도 선사의 묵인하에
이루어지는 생활 방편이었다. 또한 황약국에게 줄을 대준 것도 선사
였으니 사냥 역시 선사의 사업 일환이라고도 할 수 있는 것이었다.

"먹고 살기 위해서는 무슨 짓이든지 해야 하는 거다. 더구나 아씨
를 뫼시는 일이라면 니 목숨이라도 내놓아야 할 게야."

상노는 거의 절대적이라고 할 수 있는 선사의 이 말을 떠올리며 골
짜기로 들어선다. 벌써 찬물내기 옹달샘을 지나온 지가 오래다.

"도대체 천기가 어떤 인물이기에?"

그는 수없이 되풀이해 물어보았던 천기에 대한 질문을 해본다.

'그건 알려고 하지 마라. 때로는 모르는 게 약이 될 수도 있으니
까.' 선사의 말이었다.

이렇듯 천기에게는 아무 말도 물어볼 수 없는 그였다.

그는 상수리나무 밑을 지나 여우굴로 향하는 너덜을 향하다가 어디선지
구슬프게 우는 소리를 들었다. '으앙으앙' 애기 우는 소리 같기도 하고

휘파람 소리 같기도 한 울음이었다.

'옳지, 한 마리 걸렸구나.' 궁노루는 암컷이든 수컷이든 제 짝이 올가미에 걸리거나 덫에 치이면 그 자리를 뜨지 못하고 주변을 맴돌며 운다. 그만큼 부부의 정이 두텁다. 포수들은 이러한 운우지정을 이용해 두 마리를 동시에 잡는다.

그렇지만 올가미를 놓는 사냥꾼들은 슬픔에 못 이겨 우는 다른 한 짝을 차마 잡을 수 없어 그놈을 쫓아버리려고 애를 쓰는 경우가 많다. 어떤 놈은 집까지 따라와 스스로 포로가 되기도 한다. 그러나 그런 놈을 잡았다가는 반드시 무슨 액운을 당하게 마련이어서 끝까지 울면서 보채는 놈이 있으면 차라리 잡았던 놈을 치료해 놓아주는 편이 속 편하다.

그러면 언젠가는 그 보답으로 횡재를 안겨다 줄 것을 믿기 때문이었다. 사냥꾼과 짐승 사이에도 이러한 의리가 있다.

상노는 가엽게 우는 노루의 울음소리를 들으며 한 놈이 붙들려 꼼짝을 못 하니까 그 짝이 주변을 맴돌며 울고 있는 것이라고 생각하였다. 그리고는 재빨리 올가미를 놓아둔 곳으로 뛰기 시작했다. 역시 그랬다. 한 마리가 올가미에 걸려 있고 다른 한 마리가 주변을 맴돌며 애타게 구조를 기다리고 있는 모습이다.

아마도 새벽녘에 물을 먹고 올라가다가 걸린 모양으로 올가미를 벗어나려고 날뛰는 힘이 아직 크게 상처를 입지 않고 있는 노루였다. 뿔이 없는 것으로 보아 궁노루임이 틀림없어 보였다. 가까이 갈수록 그 모습은 뚜렷해져 엊그제 보아두었던 그 노루임이 분명하다는 생각이 들었다.

"드디어 왔군."

그는 쾌재를 부르며 올가미가 있는 곳으로 뛰어간다.

인기척에 놀란 노루는 더욱 발악을 하였고 멀찌감치 주변을 맴돌던 놈 역시 더욱 기승을 부려 울어댄다. '으앙으앙!'

'아니, 저놈이… 나 한테 동정을 사려고 저러나?' 하다가 상노는 걸음을 멈춘다. 올가미에 걸린 놈은 배가 잔뜩 불러 한눈에 봐도 새끼를 배고 있음이 직감된다. 갑자기 천기의 불러오른 배가 떠올랐다. 주변을 맴돌며 애원을 하고 있는 수컷은 이제 두려움도 없이 땅을 파며 울어댄다.

"다른 짐승은 다 잡아도 새끼 밴 짐승은 잡지 말아요."

천기의 말이 함께 떠오른다.

상노는 들었던 몽둥이를 스르르 내려뜨리며 천기의 말을 상기한다.

'새끼 밴 짐승은 잡지 말아요.' "짐승이 새끼를 배었는지 안 배었는지를 어떻게 알아?" 말은 퉁명스럽게 하였지만, 그 말이 옳다고는 느끼고 있던 상노였다. 그리고 이놈은 잡아봤자 고깃덩어리에 지나지 않다는 것을 그는 잘 알고 있었다. 사향은 수컷에게나 있는 것이기 때문이다.

"야, 이놈아! 너하고 이 암컷하고 바꾸란 말이야?"

상노는 애원하다시피 앵앵거리며 울고 있는 수컷에게다 대고 소리를 질렀다. 사냥꾼이 소리를 치자 한 발 주춤 물러서는 수컷이었지만, 그래도 멀리 도망을 가지는 않았다. 사냥꾼들이라면 여지없이 활

시위를 당겼을 것이다.

그러나 상노는 돌을 집어 던지고는,

"하는 수 없지. 니놈은 운이 좋은 거야…"

하고는 올가미에 걸린 놈을 풀어주었다. 올가미에 걸린 지가 얼마 되지 않아 그랬던지 아직 상처도 나지 않았다.

약간 서운한 느낌이 들었지만 몇 번이고 고개를 들어 고맙다는 절을 하고 가는 노루를 보며 상노는 흐뭇함을 맛본다. 예전 같았으면 어림도 없을 일이었다. 새끼를 밴 짐승이면 그 새끼까지 끄집어내서 약재로 팔곤 하던 그였기 때문이다.

상노는 여자로 인하여 차츰 자신의 생각이 바뀌어져가고 있다는 생각을 어렴풋이 하고 있었지만, 이날만큼은 흐뭇한 감정을 맛본다. 그래서 혼자 씨익 웃는다. 이래서 남자란 여자가 있어야 하는 건가?

"니놈도 이제 사람이 될 것이다. 두고 봐…"

선사의 말이었다. 비록 정상적인 부부관계는 아니라 할지라도 한 지붕 밑에 여자가 있는 것 하고 없는 것 하고는 천지 차이라는 말을 하던 선사의 말이 떠오르자, 그는 계속해서 비실비실 웃었다. 그렇게 웃다보니까 정말로 큰 웃음이 터져 나왔다.

'으하하하핫!' 그는 하늘을 향하여 큰소리로 웃어댔다. 웃다보니가 아까 풀어주었던 노루들이 천보산을 향하여 껑충껑충 뛰어가는 모습이 보였다.

'저놈들 약아빠지게 천보산으로 숨어버리는 것 봐라. 거기 가면 내가 못 잡을 줄 알고? 언젠가는 숫놈 니놈은 내가 잡고 말거야. 내

게는 사향이 필요하거던?'

그는 속삭이듯 중얼거리며 여우덫을 놓아둔 곳으로 향한다.

"오늘도 허탕이군."

그는 산을 내려오며 아까 그 노루라도 잡아갈 걸 그랬나 하는 생각을 해본다. 비록 사향주머니는 없었다 할지라도 고기는 먹을 수 있지 않았나 하는 생각이다. 집이 가까와올수록 그 생각은 더욱 간절해 진다.

그러나 그는 그러한 생각에 오래 붙잡혀 있을 수가 없었다.

"아니, 선사님이 어떻게…"

선사는 술을 마시고 천기는 저만큼 떨어져 앉아 선사의 모습을 지켜보고 있었다.

"오늘도 헛탕이렷다? 그 술안주거리나 좀 거둬오지 않고?"

이게 무슨 태평한 소린가? 상노는 새벽에 있었던 일을 보고한다. 불한당들이 절간을 뒤져 무얼 찾았겠느냐고. 거기 있었더라면 무슨 봉변을 당했을지 모른다고…

"그런 줄도 모르고 여기에 이러고 계셨단 말입니까?"

"모르긴 뭘 몰라?"

"그러면 알고 계셨단 말씀입니까?"

"알기는 뭘 알아?"

상노는 아침부터 술에 취한 선사님도 이해 못할 일이었지만, 또 그렇게 잠자코 앉아 있는 천기 또한 이해할 수 없는 존재로 여겨졌다. 도대체 이들의 관계는 무엇이며, 또 천기를 맡겨놓은 심사는 무엇이란 말인가?

"어디에 다녀오시는 길입니까? 그렇다면 새벽에 찾아온 그 자들의 소행은 무슨 일이옵니까?"

상노는 답답해서 못 견디겠다는 투로 스승을 조른다. 그러나 스승은 동문서답이다.

"율곡 선생을 좀 만나고 오는 길이다."

"율곡 선생을요?"

"선생이 그리워져서 그래서 좀 들러보고 오는 길이다."

"화석정엘요?"

"이제 아까운 사람들이 하나씩 떠나가고 나라꼴이 뭐가 될꼬 걱정이구나."

율곡은 동서 양당의 파당을 막으려고 탕평책을 주장하기까지 하였다. 그리고는 머잖아 왜군이 쳐들어올테니 그때를 대비하여 길러야 한다는 십만양병설을 주장하다가 유성룡으로부터 미친 소리라는 비웃음까지 듣고는 궁중을 뒤로 하고 화석정에 올라 임진강을 오가는 갈매기를 벗삼고 지내는 중이었다.

화석정은 임진강 나루에 지은 정자로 황희 정승이 지은 탄현의 반구정보다 십 리쯤 윗쪽에 위치한 선유리에 있다. 황희 정승은 신도읍지 한양으로 천도한 이래 가장 청렴결백한 정승으로 만인의 추앙을 받아왔다.

나이 들어 조정에서 물러난 후 파주 탄현에다가 '갈매기 벗삼아 논다'는 반구정을 짓고 만년을 지냈다. 어린 단종을 몰아내고 세조를 왕위에 올려 세운 공로로 일등공신이 된 한명회 같은 정승은 한강 남녘 기슭에다가 '갈매기를 눌러 떨어뜨린다'는 뜻을 담은 압구정이라는 정자를 지어 황희의 청빈을 비웃었다.

이에 얼마만한 세월이 흘렀을까? 율곡 선생이 같은 임진강 나루에다가 화석정을 지었으니 그 뜻은 무엇인가?

'장차 임금이 이곳을 지나 피신을 하게 될 것이니 그때 불을 붙여 갈 길을 밝히라고 지은 정자'라는데, 그 참뜻을 아는 자 없다. 그래서 불에 잘 타오르라고 나무마다 기름을 먹여 지었다는데, 어느 누구도 그 깊은 뜻에 대해서 생각하는 사람이 없다. 이에 대해 선사는 '이제 머잖아 때가 올 것이'라고 말했다.

선사는 율곡 선생과는 호형호제하는 사이로 서로의 속맘을 터놓고 지내는 사이였다. 율곡이 이러한 속맘으로 화석정을 지을 두리기둥을 구할 때 선사는 아무 말없이 사찰림을 잘라 정자 지을 나무를 대주었다. 뿐만 아니라 율곡 선생의 실생활 중심의 학문에 힘입어 편협한 불신자 생활의 법도를 깨뜨려 버린 분이기도 하여 두 분은 각별한 사이라는 것을 상노는 잘 알고 있었다. 선생이 가신 지 벌써 삼년이 넘었는데도, 저렇게 못 잊어 하시는 걸 보면 두 분 사이를  다시 한 번 깨닫게 해주었다.

"거기에 다녀오시는 길이라면 저라도 데리고 가시지 않고요."

"중놈이 언제는 종자 데리고 다니는 거 봤느냐?"

상노는 불콰하게 술이 오른 선사를 바라보며 도대체 저놈의 속은 알 수가 없다는 생각을 한다. 세상 이치를 다 아는 것 같기도 하고 또 어떻게 보면 아무것도 모르는 멍청이 같기도 하다. 자신의 신변에 무슨 일이 생길런지도 모르고 저러고 있다는 게 얼마나 바보스러우냐?

"새벽에 절을 덮친 그 패거리들이 다시 나타난다면 어떻게 하라십니까요?"

"어떻게 하기는? 누가 널더러 뭘 어떻게 하라고 시키더냐?"

"그래도 어떻게 처신을 해야 할 지는 일러주셔야 합죠."

"일 없다. 너는 그저 나 하고는 모르는 사람이 되면 그만인 게야."

"어떻게 제가 선사님을 모르는 사람처럼 할 수 있나요?"

"난세에는 제 몸 보전 하나 잘 하면 상책인 게다. 좀 쉴려고 왔더니, 이눔이 이거 더 심란하게 만드는구나."

선사는 이렇게 말하고는 자리를 털고 일어선다.

"어디 가시게요?"

이번에는 천기가 물었다.

"금강산엘 좀 다녀와야겠다. 유정이가 몹시 아픈 것 같아."

여기 앉아서 금강산에 있는 유정이 아픈 것을 어떻게 알 수 있느냐고 묻고 싶었지만, 상노는 입을 다물었다. 이미 일월선사의 도통한 능력을 알고 있는 그였기 때문이었다.

스승은 한동안 금강산 유점사에서 칩거하고 있었다. 거기서 학승 율곡도 만나고 여러 지우들을 만났었다. 그 중에서도 아끼는 인물이 유정이다. 율곡과는 주로 학문을 논하였지만, 유정에게는 무예를 전수 받도록 가르쳤다.

상노에게 유정은 동문수학한 동무나 다름없는 사이였다. 비록 유정
이 수도의 길을 닦으며 구도의 길을 열어나가는데 급진적인 진전을
보였지만 불목하니 상노와는 마음이 통하는 또래였던 것이다. 또래
끼리만 통하는 온갖 장난들을 통하여 둘은 형제처럼 지냈다. 선사도
둘의 관계를 잘 알고 있었다. 그런데도 하나는 구도의 길을 걷게 하
고, 다른 한 사람은 불알을 쳐 궁중으로 몰아넣었다.

여기에 선사의 수수께끼가 남아 있다.

"거기서 듣고 본 것을 나한테 소상히 알려야 하느니라."

이게 상노를 궁중으로 밀어넣은 이유였다.

상노는 시시콜콜 모든 것을 선사에게 일러바쳤고 그게 어떤 결과를
낳을 것인지에 대해서는 생각해 보지 않았다. 선사의 말이라면 무조
건 믿기 때문이었다. 친아버지와 진배없는 선사의 말이니까, 아무런
의구심을 가질 필요가 없는 그였다.

그날도 그랬다. 왕이 근위병은 물론 측근 심복들마저도 떼놓고 사
냥을 나간다는 전갈을 가지고 갔을 때 선사는 그 어느 때보다 그를
칭찬해마지 않았다. 말은 하지 않았지만 일은 그래서 벌어진 것이라
고 상노는 은근히 짐작하고 있었다.

되놈들의 침략을 몇 차례나 받아 북지를 잃은 왕은 이제 다시 그
옛날의 강건함을 되찾기 위하여 남몰래 심신을 굳건하게 갖기로 작정
을 하였다. 하여 심기일전을 위해서는 말을 달리고 활을 쏘고 칼을
휘두르는 연습이 필요했다. 야인들을 물리칠 수 있는 힘을 기르자면
먼저 나태했던 구태를 벗고 심기일전의 자세가 필요했다. 그러기 위

해서는 사냥이 제일이다.

왕은 산야를 누비고 다니며 짐승을 찾아 나섰고 어쩌다가 당도한 산골짜기 외딴 집에 불이 켜져 있었다. 몸을 녹이려고 들어선 거기서 왕은 신방을 차렸다. 그리고는 옥체의 씨앗을 떨어뜨렸다. 떠나면서 왕은 '이것을 정표로 주노니 잘 간직하도록 하라' 하고는 용이 새겨진 칼 한 자루를 주고 갔다.

상노는 막연히 여기까지 엮어나가는데 성공을 한다. 그게 바로 천기가 간직하고 있는 장도였다. 때문에 천기를 잘 뫼시라는 분부를 내린 선사다. 여기까지는 짐작이 가는 상노다.

그러나 무엇 때문에 이런 일을 꾸미고 있는지 그 속셈에 대해서는 알 수 없는 상노였다.

비록 당파싸움이 빈번하였지만 왕에게는 수많은 왕자들이 건재하고 있는데, '설마하니 남몰래 그 씨앗을 받아…' 여기까지 생각이 미치자 상노는 가슴이 펄쩍펄쩍 뛴다. 이 무슨 못된 망상인가.

'넌 보아도 본 게 아니야. 알아도 아는 게 아니고…'

귀가 아프도록 주입시키던 선사의 말이었다. 그렇지만 선사의 행동 반경이 넓어지고 전에 없이 그 시간이 동분서주해 지자, 다시 그 이유가 궁금해 지는 상노였다. 아무래도 무슨 일이 있는 게 분명했다. 그만한 눈치도 없는 상노는 아니니까.

"상노도 바보천치는 아니여."

그는 혼잣말로 중얼거리며 저만큼 따라가며 선사를 배웅해 주고 오는 천기를 맞는다. 천기는 가끔씩 나타나는 선사를 친아버지 이상으로 뫼셨다. 어릴 때부터 선사의 무릎 아래서 자란 상노로서는 셈이 날 지경이었다.

"이걸 당신에게 전해 주라고 하셨어요."

천기는 조그만 보자기를 하나 내어민다.

"이게 뭔데?"

"모르겠어요. 깜빡 잊고 가실 뻔했다면서…"

두 사람은 침침한 방으로 들어갔다. 상노는 보자기를 건네받는 순간 그 속에 무엇이 들어있을지를 짐작했다. 이미 사방으로 흘러넘치는 냄새가 그 속에 든 물건의 내용물을 훤히 꿰뚫어 볼 수 있도록 하였다.

이 냄새를 맡으면 사내들이 쪽을 못 쓰고 치마폭 사이로 휩싸여 들어가기 때문에 여자들이 은밀한 곳에 그것을 감추고 다니는 물건. 이것을 부적 삼아 사내들을 끌어들이는데 성공한 여자들은 사내로 하여금 목숨까지 내놓고 광분하게 만들 수 있는 물건. 이 최음제를 구하기 위하여 수많은 사냥꾼들이 오늘도 산 속을 헤매이고 다닌다.

"아니, 이거 사향 아니야?"

사실을 말하자면 이 사향주머니는 천기 자신이 내밀한 곳에 감추고 있던 물건이다. 왕을 홀리기 위하여 그 지엄한 분을 뫼시기 위하여 차고 있던 물건이다. 그러기 위하여 선사가 내어준 물건이다. 이제 그 주머니는 제 역할을 끝냈으니 그걸 팔아 양식으로 바꿔 먹어라는 선사의 말이었다. 말이 아니라 뜻이었다.

그 말 속에는 이제는 더 이상 그런 부적같은 것을 지니고 있어선 안 된다는 뜻이 담겨져 있는지도 모를 일이었다. 아니면 그런 걸 지니고 있다간 뜻하지 않게 사내를 홀릴 우려가 있다고 보았는지도 모를 일이었다. 어쨌거나 선사는 그것을 없애라고 말했다.

"약국 어른한테 갖다주고 양식을 바꿔오라고 하셨어요."

"선사께서 이게 어디서 나셨을까?"

"어디서 줏었겠지요."

천기는 사향주머니를 들고 좋아하는 상노를 바라보며 이 남자도 심성은 한없이 착하다는 생각을 한다. 그렇지만, 남자로 생각해서는 안 된다는 결심을 굳히기 위하여 이를 깨문다. 이미 남자의 살을 받아들인 여자로서는 밤마다의 외로움을 참을 길이 없다. 게다가 한 지붕을 둘러쓰고 잠자는 남자가 있는 이상 그 외로움은 더욱 더한 것이 아닐 수 없다. 비록 바람막이 같은 벽이 하나 있기는 하지만 숨소리까지 다 들리는 집안이고 보면 아무리 지엄한 분부가 계시고 몸 속에 자라고 있는 것이 지존의 씨앗이라 할지라도 여자의 고적이 풀릴 수는 없는 일이었다.

"나 황약국한테 다녀올게."

"그러세요."

"임자 필요한 게 있으면 말해."

"없어요."

"저자거리를 다녀올 지도 모르는데?"

"……"

천기는 갑자기 돈이 생긴다 하니 뭣부터 사야 할지 몰라 하는 상노의 모습을 보는 것만으로도 즐겁다. 비록 남남처럼은 지내야 하는 처지이지만 함께 사는 사람이 즐거워하는 모습을 본다는 것은 그 사실만으로도 즐거움이 아닐 수 없다.

그러나 그녀는 어떤 말도 할 수 없다. 이미 그녀의 뱃 속에는 지존의 혈육이 점지돼 있고 그 일점 혈육을 잉태시키는데 전심전력을 해야 한다는 엄명도 받고 있었기 때문이다. 그보다는 상노의 무능에 대한 계산이었다. '그는 얼굴만 사내의 화상을 둘러썼을 뿐이지 남자도 여자도 아닌 게야.' 선사의 말이었다. 그러니 가까이 할 생각을 말라는 뜻이었을 것이다. 아니면 가까이 해봤자 아무 소용없으니 아예 관심을 끊으란 소리였는지도 모른다.

"내 금방 다녀와서 이밥 먹게 해줄께."

천기는 이밥이라는 소리에 귀가 번쩍 뜨인다. 말만 들어도 군침이 도는 하얀 쌀밥이다. 이걸 못 먹어본 지가 벌써 얼마인가? 이 골짜기로 들어온 이래 아직 한 번도 먹어보지 못한 이밥이다.

"얼른 갔다 오세요."

천기도 어린애처럼 들뜬 소리를 내뱉는다.

"바람처럼 횡하니 다녀올 테니께…."

상노가 집을 떠나자 천기는 혼자가 되어 멍하니 이 구석 저 구석을 돌아본다. 어디를 돌아보아도 정 붙일 곳 하나 없는 산막에 불과한 집구석이다. 왜 하필이면 이런 곳에다 은신처를 정했는지 모르겠다. 우선 사람들의 발길이 닿지 않는 곳이라는 점은 알만 했지만, 왜 그래야만 하는 지에 대해서는 알 수 없는 천기였다.

"너는 네가 어떠한 사람이라는 사실을 잊어서는 안 된다."

일월선사는 본시 아버지와 같은 존재였지만, 그날 이후 끔찍이도 생각해 주었다. 그 생각만 하면 떨리는 그날이었다.

천기는 지엄하신 분이 내리신 장도를 다시 꺼내 본다. 시퍼렇게 날이 선 칼날에 서릿발이 맺혀 있는 그 칼에 용이 새겨져 있고 칼집 역시 용이 새겨져 칼을 가진 자의 권위를 상징하고 있었다.

"이 칼을 잘 간직해라. 필요하면 이 칼의 임자를 찾아라."

그분이 남긴 말은 단지 이 두 마디뿐이었다. 그리고는 볼일을 보고는 떠났다. 볼일을 본 것도 볼일을 보러온게 아니고 우연히 지나다가 들려 잠시 몸을 풀었을 뿐인 그런 일이었다. 그 결과 떨어진 그의 씨앗이다. 생각하면 정말 기가 막힐 노릇이 아니더냐.

그렇다고 어디다 대고 발설을 할 수도 없는 일. 아무리 지엄하신 분이라 할지라도 한 여자의 팔자를 망쳐놓는 일이라는 생각을 하자 피가 거꾸로 솟는 듯한 천기다. 그러한 여자를 이용하여 알 수 없는 음모를 꾸미고 있는 듯한 일월선사. 천기는 일월선사를 아버지처럼 따르고 믿다가도 이 대목에 오면 그만 온 전신이 떨려옴을 느끼지 않을 수 없다. 그것은 분명 분노였다. 그렇지만 어찌할 수 없는 불가항력적인 요소가 그녀를 꼼짝달싹 못하게 짓누른다.

"무뿌리 뽑듯 옥동자만 하나 쑤욱 뽑아 놔 봐라. 그땐 아무도 너를 괄시하지 못할 것이다. 그때까지만 참고 견뎌 봐라."

어머님도 말씀은 그렇게 하셨다. 그러면서도 남의 이목도 있고 하니 상노를 따라가 살라고 하였다. 거기엔 물론 일월선사의 계획이 들어 있었겠지만 은근히 기대하는 바가 없지 않는 눈치였다.

어른들은 모두 그랬다. 우연이건 필연이건 씨를 받은 것은 이미 지나간 일이다. 그러니까 그 씨앗을 이용해 잘 살아보자. 바로 그것이었다. 그렇다면 상노는 무언가? 아무리 사내 구실을 못하는 씨 없는 수박이라 할지라도 다 같은 사람 아닌가?

그가 이미 그러한 저간의 사정을 알고 있다 할지라도 미안한 노릇이다. 알면 아는 대로 미안한 일이고 모르면 속이는 그 자체가 더욱 죄스런 일이다. 아직 한 번도 그런 이야기를 주고받은 일은 없지만, 늘 죄스러운 생각이 떠나지 않는 천기였다.

천기는 어쩌다가 이러한 신세가 되었는가 싶었다. 그러나 그녀 역시 어른들의 기대 못잖게 바라는 바가 있다. 저간의 사정이야 어찌되었든 간에 왕자만 하나 뽑아낸다면야, 지금 같은 생활은 벗어날 수 있지 않겠는가? 그녀는 오로지 지금 이 형편에서 벗어나는 일만이 꿈이다. 굶는 것이 먹는 것보다 더 잦은 이 생활만 벗어날 수 있다면 무슨 일인들 못 견디랴. 뱃 속을 쥐어박는 아픔도 고통스런 입덧도 다 참아낼 수 있을 것 같았다.

"지금 왕에게는 왕자분들이 여럿 계시다. 그렇지만, 그것 가지고는 모자라지. 암 모자라고 말고…"

이게 일월선사의 욕심이다. 만약 지금 뱃 속에 든게 고추만 달고 나온다면, 얼마든지 이 질곡의 고통에서 벗어나게 해줄 수 있다는 장담이다.

"그렇게만 된다면, 너는 물론이고 네 집안이 대대로 영화를 누릴 수 있게 돼."

지금처럼 어수선하게 난리가 자꾸 거듭된다면 사람이 필요하다. 언제 어느 때 어떻게 될지 모르니까 왕의 혈통을 지닌 왕세자들이 많이 있으면 있는 만큼 든든하다. 비록 정통적인 피를 이어받은 왕세자가 아니라 할지라도 어느 밭을 빌어 낳던 간에 왕의 혈통은 왕의 혈통인 것이다. 한 번 왕족은 영원한 왕족이다.

"그러니까 너는 이제부터 왕족이 되는 게야. 몸을 함부로 할 수 없는 까닭도 거기 있다는 것을 명심하고 매사에 진중해야 하느니…"

천기는 다시 한 번 비단보에 싸놓은 칼을 꺼내보고는 그날 밤 그분이 정말로 옥체였던가를 생각해 본다. 너무나 창졸간에 겪은 일이라 아무런 생각도 나지 않는다. 느닷없이 잠자리를 봐 올리라는 명령과 그 명령에 꼼짝달싹도 못하는 집안 어른들의 모습에서 예삿일이 아니라는 것을 짐작했을 뿐인 그녀였다. 아직 열다섯 밖에 안된 나이로서는 감당하기 어려운 일이었다.

"그것도 다 네 팔자려니 하고 새겨라."

그들이 떠나고 난 뒤에 한 어머니의 말이었다. 그리고 일월선사가와 상노와 함께 묶어두어야 한다고 했을 때도 어머니는 그저 팔자 소관이라는 말밖에는 하지 않았다.

"지금은 난리통이라 처녀 공출을 하는 때랍니다. 이러한 난세에 혼기에 찬 여아를 혼자 둘 수는 없지요. 게다가 옥체의 혈통을 보존하고 있는 귀하신 몸을…"

시집가지 않은 처녀들을 잡아다가 되놈들에게 팔아먹는 세상. 그러니까 누구라도 짝을 지어 처녀를 면해야 한다. 그렇지만 사내라고 생긴 사내는 모두 징집 대상이 되어 끌려갔는데, 어디서 혼처를 구한단 말인가? 그래서 더욱 떨고 있는 세상이 되었다.

일월선사가 천기를 상노와 짝 지어준 것은 이러한 까닭도 있었지만 상노의 불구를 이용하자는 속셈이었다. 그래서 상노를 궁중에서 끌어내어 천기를 맡겼다. 여기까지의 전후 사정을 생각하던 천기는 자리를 털고 일어난다. 그렇다면 이러고 주저앉아 있을 수만은 없었다. 주변의 여건이 이러하다면 자신도 여건에 맞게 행동을 해야 한다. 뭔가? 달덩이 같은 왕자를 낳아야 하고 그러자면, 천지신령에게라도 빌어야 한다.

그녀는 절골을 향하여 넙죽넙죽 절을 하고,

"천지신령님께 비나이다…"

하고는 아들을 점지해 달라고 빈다. 그 소원에 답이라도 하려는 듯 어디선지 까작까작 까치가 운다. 까치가 울면 좋은 소식이 생긴다. 천기는 거듭거듭 머리를 조아려 빌고 또 빌었다.

그러나 그녀의 머리 속을 맴도는 것은 상노가 아침에 보았다는 그 사람들에 대한 그림자였다. 이 산중에 한 떼거리의 남정네들이 몽둥이를 들고 찾아들었다면, 그것도 다른 사람 아닌 일월선사의 거처를 찾았다면, 이건 반드시 무슨 일이 생긴 것일 게다. 상노가 와서 절을 찾아온 사람들이 있었다고 말하기 전에는 어디 갈 생각을 하지 않던 일월선사가 아니던가?

갑자기 금강산을 다녀와야 한다고 한 그 말은 거짓일 수도 있다.

그가 아무리 도를 통했다 할지라도 여기 앉아서 금강산 유점사에 있는 유정이 아픈 것을 어찌 알 수 있을 것인가?

그녀는 몽둥이를 든 한 떼거리의 남정네들이 들이닥쳐 집안을 쑥대밭으로 만들어 놓고 아버지를 붙잡아가던 장면을 똑똑히 기억할 수 있었다. 그렇게 망한 집안이었다. 무슨 까닭인지는 알 수 없었지만 집안은 그렇게 도륙이 났다. 일월선사는 그게 다 몹쓸 놈의 당쟁 때문이라고 말했지만 당쟁이 무언지 알 수 없는 어린 시절이었다. 이제 와서 생각하면 어렴풋이 알 것 같기도 한 싸움들이었지만, 설사 그것을 안다한들 어쩔 수 없는 일이다.

생각해 보면 일월선사와 인연이 된 것도 그때였다. 풍지박산이된 집안일을 돌보아 준 것도 일월선사였고, 그녀를 거두어 키운 것도 다 그분의 은덕이었다.

그러한 기억이 있는 그녀로서는 이날 아침에 상노가 목도한 사내들의 정체에 대해서 생각지 않을 수 없는 노릇이었다. 만약에 그들이 그때의 그 사람들처럼 불한당들이라면, 누군가의 힘을 업고 밀어닥쳐 행패를 부리려는 사람들이라면, 그땐 어떻게 되나?

그녀는 다시 그때 그 일들이 떠오르기 시작하였다. 어둡고 암울한 기억들이다. 명색이 양반의 집안에서 태어나 귀엽게 자란 여자가 이런 곳에 살고 있다는 건 말이 되지 않는다. 아무리 네 사람이 모이면 네 사람의 목소리가 다 다른 사색당파가 일어났기로 아무런 죄 없는 식구들까지 그 참화에 휩쓸려야 하다니…

천기는 이제 여기까지 세상을 보는 눈이 생겼다. 그리고 세상 이야기를 듣는 귀가 열렸다.

"되잖은 어른들 싸움 때문에 어린 너만 고생을 하는구나."

일월선사의 말이었다. 처음에는 그 말의 뜻이 무엇인지 몰랐었지만, 나이가 들면서 차츰 한 마디씩 들을 줄 아는 귀가 열린 천기였다. 나라는 온통 동인 서인 노론 소론들의 싸움이요, 되놈들의 분탕질이었다. 되놈들의 분탕질이야 군사를 보내어 토벌을 하면 평정이 되었지만 안으로 곪아터진 당파싸움은 평정할 길이 없었다. 그것은 나랏님도 어쩔 수 없는 싸움질이었다.

"언제, 어느 때 어떤 일이 일어날 지 모르니까 철저하게 신분을 감추고 살아야 한다. 이 세상에서 이 일을 아는 사람은 너하고 나 뿐이어야 해."

일월선사의 말이었다. 그 말 속에 숨어 있는 뜻이 무엇이었을까? 이것도 당쟁에 휘말려들어 화근이 될 수도 있다는 말이었다. 그쯤은 알아들을 귀가 있는 천기였다.

그렇다면 지금 일월선사가 그들의 곁을 떠나 어디론가 자취를 감춘 뜻도 알만 했다. 새끼를 품은 새가 먹이를 물고 오다가 적을 발견하면 다른 곳으로 날아가 적의 관심을 딴 곳으로 돌리는 이치와 같으리라. 생각이 여기까지 미치자 천기는 일월선사의 금강산행에 이해가 갔고 그의 행동이 거룩해 보이기 시작했다.

아침에 찾아온 떼거리들이 일월선사를 해치러 온 자들이라면 그가 이 부근에 있어선 안 된다. 만에 하나 상노나 천기의 거처가 알려질 우려가 있기 때문이다. 천기는 이제야 일월선사의 깊은 혜안을 읽을 수가 있을 것 같았다.

"선사님, 무사하소서."

이번에는 일월선사의 무사를 비는 천기였다. 어디선지 바람이 불어와 나무가지를 흔들었다. 마치 선사의 입김이 거기 나무잎을 통하여 뿜어나오는 것 같은 느낌이다.

## 2. 수리개의 발톱

　　대마도 태수 종의조는 천하통일을 이룩해 왜국의 새 국왕이 된 풍신수길로부터 조선 국왕의 왜국 입조를 서둘라는 명을 받았다.

　　풍신수길은 사방에 흩어져 있는 섬나라 왜국을 통일하고 이제는 눈에 보이는 것이 없어 조선 국왕의 알현을 받고 싶다는 욕심을 부린 것이다.

　　"이제 일본 열도를 평정하였으니 장차 바다를 건너 중원 천지로 나아가 천하를 제패하겠노라. 그러자면 먼저 조선을 굴복시켜야 한다. 내 친히 나아가 조선을 쳐 없앨 수도 있겠지만, 스스로 조선국 국왕이 왜로 건너와 나에게 하례를 드리도록 하라."

　　풍신수길의 요구는 이러한 것이었다. 자신이 천하통일을 하고 전 왜국을 평정시켰는데, 조선 국왕이 친히 와서 선물을 바쳐야 하지 않느냔 것이었다. 말하자면 조선 국왕도 와서 자신의 힘 앞에 무릎을 꿇으란 소리였다.

대마도 종주 종의지로서는 풍신수길의 이러한 요구를 조선 국왕에게 전할 용기가 나지 않았다. 용기가 나지 않았을 뿐더러 그러한 말을 전할 수가 없었다. 어찌 조선 국왕에게 풍신수길의 앞에 나아가 무릎을 꿇으란 말을 할 수 있단 말인가?

풍신수길이 제 아무리 힘이 세고 천하통일의 기개가 있다 할지라도 조선은 엄연한 남의 나라이고, 국왕 또한 섬나라 왜구와는 다르다고 생각하는 종의지였다. 그런데도 재차 사람을 보내어 조선 국왕의 입조를 독촉하는 것으로 보아 이 일을 그냥 어물쩍 넘겼다가는 큰 일이 일어날 것만 같은 예감이 들었다.

대마도는 위치상으로 봐서는 조선에 더 가까운 듯하였지만 왜국의 통치를 받았다. 때로는 조선국의 명을 받을 때도 있었지만, 조선은 거기까지 팔을 뻗치지 않았다 하여 왜국에 속해 있게 된 섬이다. 그러한 대마도 종주에게 있어선 풍신수길로부터 온 사신이 두렵게 느껴지기까지 한 존재였다.

"아버님, 무슨 근심이라도 계시옵니까?"

양자로 들어앉아 있는 종의지의 말에 그 애비되는 종의조는 솔직히 자신의 처지를 털어놓기가 두려웠다. 그렇지만 혼자 앓고 있다고 해결이 날 일도 아니고 해서 그 자식에게 근심을 털어놓는다.

"이 일을 어찌하면 좋을지 모르겠구나."

"무슨 일이 있사온 지 소자도 알았으면 합니다. 벌써 며칠째 침식을 잃은 듯하여 보기에 민망스럽사옵니다."

종의지는 아직 젊은 혈기를 지니고 있었으므로 자신이 끼어들면 해결되지 못할 일이 없을 것 같았다.

"무슨 일인지는 모르겠사오나 소자에게도 말씀해 주십시오. 소자가 비록 미력하오나 제 곁에는 현소와 같은 훌륭한 재사가 있습니다."

종의조는 현소라는 이름을 듣자 마음이 다소 안정되는 표정을 지었다.

"오오, 그래 현소가 있었지."

"그러니까 제게도 말씀해 주십시오."

현소는 성주사의 주지였다. 일찍이 현해탄을 건너 한반도에 들어갔던 적이 있다. 어디서 깨우쳤는지는 알 수 없지만 불법을 전수 받아 도에 통하고 검술이 남달라 살아있는 성불인 동시에 계략에 뛰어난 책사이기도 한 인물이었다. 그는 아직 현소를 만나본 일은 없었지만, 양자 의지와는 서로 통하는 사이라는 것을 그는 들어서 알고 있었다.

종의조는 비로소 의지에게 풍신수길의 명을 털어놓았다.

"쉽게 말하자면, 뭐 조선 국왕을 자기 앞에 꿇어 대령시키라는 게야…"

"아니, 그게 말이나 될 법한 이야깁니까?"

"그러니까, 걱정이 아니더냐?"

종의지는 비로소 그 아비의 걱정거리가 무엇인지 알았지만, 자신으로서는 도무지 해결할 방법이 없음을 시인한다.

"저로서는 도무지 해결책이 서지 않습니다. 그렇지만 현소라면 달리 무슨 방도가 있을 법하옵니다. 너무 심려치 마옵소서."

"걱정이 안 될 수 있겠느냐?"

대마도는 1510년 중종 5년에 소위 '삼포의 난'을 일으켰다가 혼쭐이 난 적이 있었다. 삼포는 경상도 남해안에 있는 포구로서 왜국에서 들어오는 사신과 무역선 같은 것을 통제하고 관리하기 위하여 만든 세 항구를 말한다. 웅천과 동래 울산이 바로 그곳으로 제포 또는 내이포 부산포 남포라고 불렀다.

조선은 이 삼포에 왜관을 만들어 무역의 창구로 삼았다. 날로 늘어가는 대외업무를 이 삼포의 왜관을 통해 처리하도록 하였던 것이다. 이에 필요한 인원으로 대마도 사람 육십여 호가 이주해 삼포에 살도록 하였다.

헐벗고 굶주린 대마도민에게는 이 삼포 이주가 크나큰 꿈이요, 희망이었다. 그곳에 가면 먹고 사는 걱정이 없었기 때문이었다. 이에 대마도민들은 서로 삼포로 건너가 살 것을 청하였으므로 대마도주는 이로써 상당량의 부당 이득을 취할 수 있었다.

왜냐 하면 삼포 이주권에 대한 모든 재량을 대마도주 종씨 일가에게 부여했기 때문이었다.

이는 벌써 세종(14년)년 간에 이루어진 역사로 1436년의 일이었다. 처음엔 이들의 거주 지역을 제한하여 출입을 감시하였지만, 삼포 근해에서의 고기잡이를 암암리에 허용하고 있었는데, 그럴 수밖에 없었던 것이 대마도에서 이주해 온 대부분 사람들이 섬에서 헐벗고 굶주리던 사람들인지라 그들에게도 생업의 터전이 필요했기 때문이다.

이들은 차츰 국법을 어기기 시작하여 마침내는 땅을 일구어 경작에도 손을 대었고 밀무역에도 가담하여 부당한 이득을 취하는 등 탈선을 일삼았다. 뿐만 아니라 대마도의 못 사는 친척이나 이웃들을 몰래 끌어들이기도 하였다. 조정에서는 이들 밀입국자를 소환해 갈 것을 수차 통고했지만 아무런 소용이 없었다.

따라서 성종 25년 1494년 경에는 대마도에서 건너온 왜인의 수가 3,405명에 이르렀고, 그 총 호수가 525호나 되었다. 근 육십 년 만에 무려 열 배에 달하는 이주민이 들어와 혼잡을 빚었다.

이들은 그냥 들어와 곱게 사는 것이 아니라 분탕질과 노략질을 일삼았다. 일이 이렇게 되자 그들 밀입국자들과 조선인들의 사이에는 자연히 잦은 충돌이 일어날 수밖에 없었다.

중종 4년 1509년에는 웅천 사람이 가덕도에 나무를 베러갔다가 왜적에게 맞아 죽는 일이 생겼고 그 도적을 끝내 밝히지 못했다. 또 그 해 봄에는 제주 공마선을 도적질 당하였으나 그 자도 잡지 못하였고, 민가를 불사르고 노략질을 하는 왜구들이 횡행했지만 잡지 못하였다.

사람들이 혼자 나가 일하기를 두려워할 정도로 왜구의 횡포가 심해지고 노략질이 성행하였다. 심지어는 해초를 채취하던 해녀들을 강제로 잡아가 팔아먹는가 하면 배를 몰고와 해안의 민가들을 덮쳐 아녀자들을 겁탈하기까지 하였다.

급기야는 이들이 난을 일으켰으니 이름하여 ‘삼포의 난’이다.

중종 5년 1510년의 일이다. 대마도주 정의성은 조선이 그들의 사신을 대하는 태도가 전과 같지 않다는 이유를 빌미로 정의홍으로 하여금 군사 3백을 거느리고 바다를 건너게 하였다. 이들은 이미 건너와 있던 삼포의 거류민단과 합류하여 반란을 일으켰다.

난의 결과는 불을 보듯 뻔하여 왜구들은 다 잡혀 죽고 살아남은 자는 대마도로 도망갈 수밖에 없었다. 눈에 가시처럼 여겨지던 이들 무리가 없어지자 조선 조정에서는 비로소 안도의 숨을 몰아쉬었다. 앓던 이를 빼버린 듯 시원하게 수습된 것이다.

이를 빌미로 일체의 왜구의 접근을 막아버렸다. 겨우 트이려던 한 가닥 희망이었던 굶주린 도민을 구제하는 방편이었으며 피난처였던 한반도 조선 입국의 길이 끊어지자, 대마도주는 수차 이를 사과하고 다시 관계를 지속해 주기를 바랐지만 조정에서는 묵살하여 버렸다.

2년 뒤 대마도주는 반란을 주도했던 도당들의 머리를 베어 사죄의 뜻을 전하였다. 이에 조정에서는 화의를 받아들이기는 하였으나 세견선을 예전의 반인 25척으로 줄였다.

이렇게 화의를 청해 놓고도 왜구들은 또다시 전선 70척을 몰고 두 번째의 난을 일으켰으니 을묘년에 일어났다 하여 '을묘왜변'이라고 불렀다.

물론 이들을 물리치기는 하였지만, 이제 왜구의 말이라면 콩으로 메주를 쑨다 해도 곧이듣지 않기로 작정한 조선국이었다. 소위 말해 국교가 단절된 것이다.

이러한 어려운 처지에 놓여 있는 양국 관계에서 풍신수길의 말이 먹혀들어갈 리 있겠는가? 그것도 다른 내용도 아니고 조선왕으로 하여금 풍신수길의 앞에 와서 무릎을 꿇고 하례를 하라는 것이 말이나 될 법한 이야기인가?

대마도주 종의조의 고민거리는 여기에서 머물지 않았다. 비록 자신과는 관계가 먼 선대의 도주들이 저지른 일이라 할 지라도, 이것을 빌미로 조선이 또다시 대마도를 치면 어쩌나 하는 겁까지 은근히 드는 것이었다. 그도 그럴 것이 조선은 두 차례에 걸친 난에 대한 보복으로 대마도를 쑥밭으로 만들어 놓았던 것이다.

일컬어 말하는 '대마도 정벌'이었다.

종의조에게는 아직도 이러한 어지러운 기억들이 머리 속을 맴돌고 있었다. 이 판국에 조선왕을 왜왕 앞에 불러내라는 심부름은 천부당만부당한 일이었다. 풍신수길이 몰라도 뭘 너무 모른다는 생각이었다. 그렇다고 명을 거역할 수도 없는 입장이고 보면 종의조의 심정은 그야말로 마른 쑥대밭 그대로다.

그러한 애비의 고민을 그 아들이 어찌 해결한단 말인가? 애비만한 자식이 있다던가? 그렇지만 궁하면 통한다고 한 가지 계책이 떠오르기는 한통속의 부자였다. 현소에게 이 일의 해결책을 묻는다는 것이다.

승 현소는 일찍이 삼포에 진출해 조선말을 배웠고 조선 사람들의 생각이나 풍속까지도 이미 익혀 그 속까지 훤히 꿰뚫어 볼 수 있는 위인이었다.

"그렇다면 쓰시투수가 온 것도 그 까닭이었습니까?"

종의지는 처갓집인 소서행장가에서 온 가신 도정종실이 이런 일 때문에 왔으리라고는 미처 생각지 못했던 것이다. 가신이란 집안일을 도맡아보거나 대외적인 심부름을 하는 집사를 말한다. 그러한 도정종실이 온 것은 벌써 며칠 전의 일이다.

그전 같았으면 전해 줄 것을 전해 주고 돌아갔을 터인데, 지금까지 저렇게 머물고 있는 것을 보면 무슨 일이 있긴 있었구나 싶은 종의지였지만, 이러한 중대사를 가지고 온 줄로는 미처 생각지 못했던 것이다. 그저 집안일로 심부름을 온 것이 아니면 아내 마리아에게 줄 어머니 쥬스타의 선물을 가지고 왔을 것으로만 생각하였던 것인데, 이건 또 무슨 정치적 음모인가?

종의지는 순간 아버지 종의조가 부득부득 우겨가면서까지 소서행장가의 딸인 마리아를 예까지 데려와 며느리로 들여앉혔는지 그 사실을 이제야 알 것만 같다는 생각이 들었다.

"그렇다."

종의조는 아들에게조차 속 시원히 말할 수 없는 나랏일을 맡은 자신의 책임이 정말로 중차대하다는 것을 느끼며, 새삼 그것으로부터 도피하고 싶은 자신을 발견한다. 그렇지만 머리는 계속 그 생각을 굴리고 또 굴리기에 여념이 없었다.

풍신수길이 이 임무를 맡겼을 때, 왜 처음부터 현소라는 인물을 떠올리지 못했을까? 머리 회전이 이렇게 느린 걸 보니까 이미 기력이 쇠해진게 아닐까 하는 걱정이 앞서는 종의조이기도 하다.

이쯤에서 태수의 자리를 물려줘도 되기는 하겠지만, 의지는 양자로 들인 아들이다. 속마음은 양자로 들인 아들에게 태수의 자리를 선뜻 물려주고 싶은 생각이 없는 종의조였다. 누구라도 그렇겠지만 남의 자식 데려다가 내 자식 삼으면 마음이 불안한 것이다. 그의 지위가 높고 재산이 많을수록 더욱 그 불안은 가중되는 법이다.

애비가 자식을 믿을 수 없는 나라가 왜국이다. 수많은 인물들이 기라성같이 일어났다가 쓰러지고 헤아릴 수 없는 장군들과 성주가 일어났다가 또다시 그 주인을 바꾼 천하통일기를 겪은 사람으로서는 당연한 생각이겠지만, 종의조에게 내려진 운명은 더욱 가혹하여 조용히 갈매기 소리나 들으며 살 팔자는 못되었던 것이다.

섬에도 얼마든지 며느리로 맞이할 처녀들이 많았건만, 그는 어쩔 수없이 본토의 여자를 며느리로 맞아들였다. 그도 평범한 여자가 아닌 소서행장의 딸이었다.

소서행장은 여러 대명들 사이에서도 가장 힘 있는 영주로서 그의 말이라면 산천초목이 다 떨지 않을 수 없는 풍신수길의 직속 무장이었다. 일개 약장수의 아들 신분에서 무장이 되어 풍신수길의 오른팔이 되기까지 그 권모술수와 지략이 얼마나 뛰어났는가를 짐작할 수 있는 인물이다.

그는 풍신수길이 천하 제패를 하는데 결정적인 전투였던 오까야마 입성에서 공훈을 세워 풍신수길의 눈에 들었지만, 그것으로 만족할 인물이 아니었다.

이어 군량조달 관계의 일을 맡음으로 전군의 경제권을 손에 쥐게 되었고, 그 부스러기로 자신의 부를 축적하기에 이른다.

그뿐인가? 그는 앞날을 내다보는 천리안까지 지니고 있어 풍신수길이 머잖아 섬나라 왜국에 갑갑증을 느끼고 더 큰 일을 도모할 것이라는 야망까지 간파하고 있었다. 아니, 그것을 획책하였다.

그러한 장군이 일개 도주에 불과한 종의지에게 딸을 내주었을 때부터 거기엔 무슨 계책이 숨어 있질 않았겠는가? 그게 뭔가? 어렵게 생각할 필요없이 답이 나온다.

대마도는 조선에 가장 가까운 위치에 놓여 있고 대륙으로 들어가는 징검다리 역할을 하기에 알맞는 지리적 조건을 갖춘 곳이라는 점이다. 그 징검다리에 혈육붙이를 하나 떨어뜨려 놓고 오며가며 이용하자는 속셈이 아니겠는가?

그러한 소서행장이 모시고 있는 주군이 누군가? 일본 천하를 통일한 풍신수길이다. 이러한 풍신수길에게 바람을 집어넣은 바람잡이가 소서행장이다.

풍신수길은 이제 바람이 잔뜩 들어 섬나라 일본이 좁아 보이고 중원땅이 커 보인다. 그래서 대륙에 붙은 중원땅이 가지고 싶고 거기서 뛰놀고 싶은 것이다. 그러자면 먼저 조선을 짓밟고 중원으로 들어가야 한다. 대나무통 구멍으로 내다보는 조선쯤이야 아무것도 아니었다.

그 일단계 작업으로 조선왕을 왜국으로 건너오게 하여 대일본 열도를 통일한 영웅 앞에 무릎을 꿇게 하는 일이다.

말이 좋아서 입조하라는 표현이지 조선의 국왕이 남의 나라에 무엇 때문에 입조할 것인가? 그 얼토당토 않는 요구 뒤에는 그것을 핑계로 무력도 불사하겠다는 발톱이 숨겨져 있지 않은가? 그것은 일부러 싸움을 걸겠다는 수작이 아니겠는가? 이러한 명약관화한 일을 놓고 달리 무슨 해석이 필요한가?

본토에 버티고 앉아 있는 소서행장은 이러한 어려운 일을 사돈인 대마도주에게 맡겼고, 종의조는 이제사 비로소 소서행장 같은 성공한 인물이 왜 볼품없는 일개 도주인 자신을 사돈으로 택했는지를 알 것만 같았다.

"아버님, 이 일은 소자에게 맡겨주십시요."

"힘든 일일 게야."

"방도가 생기지 않겠습니까?"

그들은 곧 사람을 보내어 현소를 청하였다.

종의지의 청을 받고 도주의 집을 찾아온 현소는 금방 모든 사태의 추이를 판단해 냈다. 몇 마디 듣지 않아서 전후 내막을 꿰뚫어보는 것이었다.

"그 참 어려운 일을 맡으셨습니다."

이건 분명히 양국간의 전쟁을 선포하는 선전포고와도 같은 무서운 일이다. 그러한 싸움의 불씨를 들고 적진에 뛰어들어야 하는 일을 맡은 도주의 입장이나 도주의 부탁을 받은 현소 역시 황당무계하고 대책 없기는 마찬가지다.

"그러니 이렇게 대사를 뫼신 것이 아닙니까?"

도주는 머리를 조아려 대사의 현명한 계책을 구한다.

"이 일은 진중히 생각해야 할 것 같습니다."

섣불리 일을 진행했다가는 일은 일대로 망치고 본국에서는 본국대로, 조선에서는 조선대로 화를 낼 것이 명확했다. 그렇다면 이쪽 저쪽에서 칠 것이고 애꿎은 대마도민만 다칠게 뻔하다는 이야기다.

"우리에겐 이미 다찌바나의 교훈이 있어요. 다찌바나…"

다찌바나란 종의조의 가신 귤을 일컬음이다. 종의조는 그의 가신

귤과 강광이란 자를 일본국 사신이라고 속여 부산포에 보냈다.

선조 20년 9월의 일이었다. 그들 일행은 다음해 봄까지 조선땅에 머물며 왜에 통신사를 보낼 것을 요청했지만, 아무런 답도 얻지 못하고 돌아왔다.

귤은 그 이전에도 사신 노릇을 한 일이 있어 그때 얻어간 사냥매에 대하여 이야기를 하고 선물로 사냥매를 더 많이 하사해 줄 것을 부탁할 정도다. 그들은 차마 일본의 위력을 과시하기 위하여 조선왕의 왜국 입조를 원한다는 풍신수길의 뜻은 감히 입밖에도 내지 못하고 돌아왔던 것이다.

그도 그럴 것이 왜에서 사신이 왔다는 소식을 들은 조선의 신하들은 한사코 이를 거부했기 때문이다. 종삼품 별좌 자리의 이명생이란 자는 '주를 폐한 왜를 접대할 수는 없다'며 사신 자체를 맞이할 수 없다고 주장하였고, 조헌이라는 사람은 옥천에서 한양까지 걸어서 올라와 왜와의 친교는 물론 왜를 정벌할 뜻을 전하는 상소를 올리기까지 했다.

그들 사신 일행은 이러한 조선국의 상황에 짓눌려 감히 풍신수길의 속맘을 전하기는커녕 통신사만 보내줄 것을 요청할 뿐 헛걸음을 하였다. 그것도 일년이라는 긴 시간을 통해 겨우 사냥매 몇 마리 얻어오는 걸로 그들의 임무를 마감했다.

이미 이러한 다찌바나의 교훈이 있는 이상 구태의연한 방법을 가지고서는 입국조차도 어려울 것이라는 걸 그들은 잘 알고 있었다.

"어디 좋은 묘안이 없겠습니까?"

"궁즉통이라고 했습니다. 궁하면 통하지요. 제가 직접 한 번 조선 국왕을 만나 담판을 벌여보겠습니다."

현소의 말이다. 지금은 별 묘책이 서질 않지만 가서 부닥치면 무슨 길이 열리지 않겠느냔 거였다.

"대사님께서 직접 그 먼 길을…"

종의조의 미안한 표정이다. 그렇지만 이제 살았구나 하는 한 가닥 희망이 비치는 종의조이기도 하다.

"호랑이굴에 들어가야 호랑이를 잡는다는 말이 있지 않습니까? 내 조선에 다시 들어가 그 늙은 호랑이를 잡아 우리 신주 풍신수길 앞에 꿇어앉히리다. 그리고 대마도주의 위신도 세워주리다."

현소는 큰소리를 탕탕 친다. 그 언행에 자만이 가득하였지만, 종의조는 울며 겨자 먹기로 그 앞에 고분고분할 수밖에 없다.

"그래 주신다면 저로서는 더 이상 근심이 없겠습니다."

"걱정 마십시오. 이 현소가 있질 않습니까? 소승을 한 번 믿어보십시오. 이 몸이 직접 바다를 건너가겠다는데, 무슨 딴 소리가 있을 수 있겠습니까?"

바다를 건너 조선국에 들어간다는 말에는 목숨을 건다는 뜻이 담겨져 있다. 이 세상에서 목숨보다 더 귀한 것이 또 뭐가 있겠는가?

종의조는 현소가 이렇게 흔쾌히 대답하는 소리를 듣고 그 즉시 입맛이 돋아남을 느낀다. 천근만근 짓누르던 걱정거리가 사라져 버린 기분이다.

"너 가서 주안상 좀 내오라고 일러라."

종의조는 아들을 내보내놓고는 은밀히 감춰두었던 금은보화를 끄집어내 현소에게 건넨다. 현소는 못 이기는 척 그걸 받아 넣었다. 이것으로 두 사람의 계약 관계는 끝났다. 도주는 앓던 이를 빼버린 듯 홀가분해졌고, 현소는 현소대로 조선땅을 다시 밟을 수 있다는 기대감에 찼다.

"소향이…"

그는 나즉이 소향의 이름을 되뇌어본다.

소향은 부산포에 두고 온 현소의 애첩이었으나 떠나올 땐 정작으로 이별조차 나누지 못하고 말았다. 삼포의 난 이후에 왜인의 입국이 전면 금지되었을 때가 있었지만 세월이 흐름에 따라 자연적으로 왜인에 대한 감시가 소홀해지고 또다시 밀입국이 성행하였을 때 현소는 그들 밀입국자들 틈에 끼어 조선으로 들어갔다. 그는 언젠가 이런 일이 있을 것을 예견하였고, 조선에다가 착실히 그 뿌리를 내려놨던 것이다.

조선에 다시 친화를 목적으로 하는 사신을 보낸다는 소문을 들었을 때 그는 자진해서 거기 끼이고 싶었지만, 일차적으로 실패하리란 것까지 내다보고 있었다. 그렇게 된다면 조선에 대하여 그 누구보다도 잘 아는 자신을 부를 것이고, 그렇게 되어야만 자신의 줏가가 더 올라갈 것이라는 것까지 내다보고 있었던 현소였다.

조선인들이 어떤 인간들인데 그렇게 손쉽게 왜국에 건너가 하찮은 섬주인에게 군신의 예를 갖출 것인가? 오히려 저들 조선인들은 왜국을 저들의 속국이거나 백제의 도래인들이 세운 나라라고 믿고 있는 터수가 아닌가?

본시 왜국에는 키가 작고 성질이 포악한 원주민들이 살고 있었으나 백제 도래인들이 차츰 이들을 교화시켜 지금의 문명국 왜인을 만들었다고 생각하고 있다. 결국 따지고 보면 그 역시도 도래인의 후예가 아닌가.

풍신수길이 아무리 천하통일을 하고 힘을 쓴다치더라도 그것을 두려워해 바다를 건너 인사치레를 오지는 않을 것임을 현소는 너무나 잘 알고 있었다. 오히려 조선에 들어갔던 사신들이 목숨을 붙여서 돌려보냄을 큰 다행이라고 생각하는 그였다.

현소는 일월선사라는 자를 생각하였다. 그를 만난 것은 조선에 들어갔던 일 중의 가장 큰 보람이라고 느끼는 그였으므로 그때 그 일을 잊을 수가 없다.

금강산을 유람하던 중 현소는 일월선사를 만났다. 일월이라는 자는 그때 홀로 석실에 들어앉아 무공을 쌓고 있었다.

현소는 그때의 그 일을 생생하게 기억하고 있다. 기억하고 있을 뿐더러 평생 잊지 못할 놀라움으로 마음속에 새겨두고 있는 터였다. 현소는 나름대로의 뜻이 있어 조선지리를 염탐하여 지도를 그리고 다녔었고, 일월은 그를 보자마자 그 사실을 알아냈다.

"그 지도는 무엇에 쓸 것인고?"

"지도라니요?"

"그대가 이 땅을 염탐하여 그리고 있는 조선의 지도 말일세."

현소는 머릿속에만 그리고 다니는 지도를 저 자가 알리 없다 생각하고 그 물증을 보여 달라고까지 하였다.

그러나 일월은 이렇게 쏘아부쳤다.

"지도라고 반드시 종이 위에 그려진 지도만이 지도라고 할 수 있는가? 그대의 머릿속에 들어 있는 것도 지도가 아닌가? 내 당장 그대의 머리통을 쳐서 날릴 수도 있네만, 그렇게까지 하지 않는 까닭은 그대 상이 보통 중상이 아니라서라네. 우리는 반드시 서로 다른 입장에서 다시 만나게 될 거다."

일월은 그렇게 말하였지만, 현소는 그 말이 무엇을 뜻하는지 몰랐다. 단지 조선에도 저런 인물이 있었나 할 정도로 놀랐던 기억이 아직도 생생할 뿐이었다. 남의 머릿속에 든 지도까지 알아내는 눈이라면 마음속에 감추고 있는 심상이라고 못 알아맞힐 리 없을 것이라는 생각이었다.

그러면서도 일월은 아무 말없이 조용히 자신을 놓아보냈다.

"너희 나라 왜는 부글부글 끓는 가마솥 같아. 언젠가는 그 물이 끓어 조선에까지 넘쳐 뜨거운 물이 튀어오를 것이지만 뜨거운 물은 식기 마련이지."

현소는 당시 그의 말이 무엇을 뜻하는지에 대해서 상상조차 못했다. 그러나 차츰 공부를 하다가 그의 말뜻을 깨닫게 되었다. 그 말은 장차 일본의 세력이 넘쳐 조선땅에까지 미칠 것을 예언한 말이었다. 지금이 바로 그때가 아닌가?

일본 열도는 지금 한창 뜨거운 물이 펄펄 끓고 있는 중이다. 머잖아 그 물이 조선땅으로 튈 것이다.

조선에는 미리 앞날을 내다보는 예언자들이 많이 있건만, 조정에서는 그 말들을 듣지 않는다. 권력을 쥐고 있는 자들은 자신의 세도를 유지하고 확장하기에 혈안이 되어 옳은 말을 들으려 하지 않는다. 알면서도 행하지 못하면 아무런 소용이 없다. 알면서도 행할 힘이 없으면 차라리 모르는 것만 못하다. 그 앎으로 인하여 화근을 입기 때문이다.

현소는 지금 그때 그 일을 다시 떠올리며 회심의 미소를 짓는다. 조선에 들어가면 그 자를 다시 만날 것이고, 이제는 그를 눌러 이길 자신이 있었다. 그 동안 현소는 그를 이기기 위하여 많은 공부를 했다. 이게 바로 섬나라 일본인들의 근성이라고 생각하는 현소였다.

누구한테 건 이겨야 한다. 지고서는 살 수 없다. 져서는 안 된다. 현소는 이제 그에 대한 앙갚음을 할 때라고 생각하고 있었다.

조선인들의 결점은 바로 그거였다. 칠 때 치지 못하고 그냥 두었다가 돌아서서 치는 그 칼에 맞아 죽는다. 그걸 뻔히 알면서도 그게 무슨 자비심이나 되는 것처럼 용서한다. 그러다가 당한다. 현소는 지금이야말로 조선인들의 그런 약점을 이용할 때라고 생각한다.

"내 오늘은 그대를 그냥 돌려보내나 이후로는 다시 이곳에 오지 말라."

그가 그랬다. 그렇게 자신만만한 그와 다시 한 판 겨룰 수 있다고 생각하니 흥이 저절로 나는 현소였다.

현소는 혼자서 빙싯빙싯 웃었다.

"대사님, 잔 받으시지 않구요?"

현소는 술상이 들어와 그에게 잔이 돌아와 있는 것도 모르고 기억의 저편을 더듬고 있었다.

"무슨 상념이라도 계십니까?"

"아! 아니오…. 내 잠깐 옛 친구를 생각했을 뿐입니다."

"옛 친구라니요?"

"조선땅에 범상치 않은 인물이 하나 있었지요."

"아! 그래요?"

정의조는 그 다음 이야기가 나오리라 기다렸지만, 현소는 일월선사에 대해서는 입을 다물었다. 그 대신 그는 율곡이라는 인물에 대하여 이야기를 시작한다.

"조선땅에 율곡이란 자가 있습지요. 앞날을 내다볼 줄 아는 인물입니다. 벌써부터 십만양병설을 주장하였지요."

"십만양병설이라면?"

"머잖아 왜국이 쳐들어올 테니까, 그때를 대비해서 미리 군사를 훈련시켜야 한다는 게지요."

"그렇다면…"

"걱정 마십시오. 그러한 혜안이 있는데도 불구하고 조정에서는 오히려 그를 탄핵했다 하지 않습니까? 그러니 인재가 아무리 있으면 무얼합니까?"

"실로 무서운 혜안들이로군요?"

"혜안이면 무얼하겠습니까? 인재가 있어도 당파싸움에만 몰두하고 있으니 그 말을 귀담아 듣는 사람들이 없지요. 그러니 우리 할 일에는 아무런 차질이 없을 겝니다. 눈치채지도 못할 거구요. 설사 눈치를 챈다 할지라도 저들의 당파싸움을 잘 이용하면 되는 거지요."

현소는 말을 하다보니까 자신이 조선에 들어가 어떻게 공작을 할 것인가 하는 답이 절로 나오는 걸 느꼈다. 서로의 뺨을 치게 만드는 것이다. 조선은 지금 한창 당파싸움에 세월 가는 줄을 모른다. 저들의 싸움을 이용해 서로의 뺨을 치게 만드는 일이다. 궁즉통이라는 말은 이러한 때 쓰는 말. 그는 이제 한 가지 묘책을 얻었다고 작심하는 표정이었다. 그렇다면 이제부터 그 묘책을 실행할 동행자를 고르면 그뿐이다.

그는 다시 조금 전의 이야기를 꺼내기 시작한다.

"그렇다면 이번 사신으로 갈 인물들은 정해졌는지요?"

"아직 정하지는 않았습니다만, 이번에는 경험 삼아서 의지를 한 번 내보내보고 싶기도 한데 대사님의 의향은 어떠신지요?"

의지라면 도주의 아들이니까 마땅히 가야 할 것이다.

"그렇게 하시지요. 조선에 가면 배울게 많을 겁니다. 젊은이들은 그저 어디든 다니면서 경험을 쌓는 것이 산공부지요."

"그렇고말구요. 일가를 이루고 산다지만, 아직 우물 안 개구리나 마찬가지 아닙니까? 이번에 함께 데리고 가서 톡톡히 가르쳐 주십시요."

살아 있는 짐승이라면 누구나 제 새끼를 중히 여긴다. 하물며 인간에 있어서랴. 대마도주 종의조는 이제 머잖아 이 섬의 태수 자리도 아들인 의지에게 넘겨주어야 할 터이니까, 그러자면 한 가지라도 더 배워 견문을 넓혀 줘야 할 것이라 떠벌인다.

　견문은 그 인격의 됨됨이를 높이는 일이다. 인격을 높이는 데는 여행만큼 좋은 공부가 없다. 이번 조선 사신길이야말로 그저 얻는 공부가 아니고 무엇이겠는가?

　그러나 그는 아무도 믿지를 못하는 성미였다. 그래서 한 마디 덧붙인다.

　"대사님께서도 동행하고 싶은 사람이 있다면 한 사람쯤 데리고 가시지요. 아무래도 시봉이 있어야 하지 않겠습니까?"

　"아니오. 없습니다. 전 여기 올 때까지만 해도 조선에 사신으로 간다는 생각은 한 번도 해본 적이 없었으니까요."

　현소의 말은 솔직했다. 여기 오기 전까지는 조선에 다시 건너간다는 것은 상상도 못했던 일이다. 양국간의 관계가 소원해지고 조선의 대외정책이 안으로 문을 걸어 잠그는 방향으로 꼬여져가고 있는 때이니 만큼 다시 조선땅을 밟아본다는 것은 꿈에도 그려볼 수 없는 상황이었기 때문이다.

　"그렇다면 제가 시봉 맡을 자를 천거해 올리겠습니다."

　종의조는 소서행장의 가신 도정종실을 시봉으로 데려가 줄 것을 부탁한다.

　"쓰시투수는 소서행장가의 가신으로 지금 이곳에 와 있는데 함께 가심이 어떨지요? 그래야만 돌아가 느낀대로 보고해 올리지요."

　종의조는 도정종실에 대하여 설명을 하려고 하였지만, 현소는 그 말을 끊는다.

"저야, 부사를 누구로 삼고 시봉을 누구로 하건 상관할 바가 아니
지요. 태수님이 생각하시고 결정한 일이 아니겠습니까? 소승은 태
수님 명에 따르겠습니다."

"명이라니요? 당치 않으십니다. 그래도 명색은 갖추어야겠기에…"

"그렇다면 모양을 갖추는 김에 한 사람을 더 데리고 가야겠군요."

"그러세요. 마음대로 하시지요."

"제 수하에 유천조신이란 자가 있지요."

현소는 자신의 수족과 같이 부려먹는 유천조신이란 자를 데리고 가
겠다고 청하였다.

이렇게 해서 조선국으로 들어갈 일본국 왕사가 결정되었다. 마음대
로 급조된 엉터리 사신들이긴 하지만, 그래도 모양을 갖춘답시고 현
소를 정사로 종의지를 부사로 삼았다.

"모든 것을 대사님께 맡깁니다. 이번 일은 대왜국에서 보내는 사신
인 것같이 위장을 해서 가지만, 사실인즉 그건 아니라는 점도 감안
해야 합니다."

이 말은 함부로록 경거망동해서 책임 못질 일을 해서는 안 된다는
뜻으로 받아들여졌다. 사실상은 이렇게 왕사를 사칭해서 조선땅으로
건너가는 것을 일본 조정에서는 모를 수도 있겠고, 나중에 국제적인
문제를 야기시켜 놓으면 그 책임을 어떻게 지겠느냐는 엄포같은 것이
기도 하다.

"알겠습니다. 제 힘이 닿는데까지 미력을 다해 보겠습니다."

저들은 겉으로는 일본 사신을 위장하고 있었지만, 사신은 아니었

다. 풍신수길의 대명가도를 위한 독촉에 대한 응급조처로 사신을 가장해 조선 국왕을 알현하는데 그 목적이 있었던 것이다.

"조선 국왕을 알현하더라도 우리 신주(풍신수길)의 대명가도론을 내세워서는 안 됩니다."

"그야 여부가 있겠습니까? 그랬다간 살아돌아오지 못합지요."

"옳은 말씀입니다. 누가 자기 나라를 치고 짓밟겠다는데 쌍수를 들어 환영할 사람 있겠습니까? 바보천치가 아닌 다음에야…"

"그러니까, 대사님 같은 분을 이렇게 모신 것이 아닙니까? 터억하면 타악이라니까요?"

"손바닥도 마주쳐야 소리가 난다지 않습니까. 제가 아무리 계략이 뛰어나기로서니 태수님 같은 분이 불러주지 않으신다면야 무슨 소용이 있겠습니까? 여하튼 감사합니다. 오늘은 모처럼 지기를 만난 기분입니다."

"그러시다면 자, 드십시다. 조선 국왕을 왜로 끌어내오기 위하여."

"국왕을 끌어내오기란 어려울테고… 그쪽 사신이라도 태우고 오기 위하여…"

"그들을 끌어다가 직접 왜국의 힘을 보여주기 위하여…"

그들은 미친 듯 지껄여대며 술잔을 높이높이 들었다. 건배! 섬나라 왜인들인지라 아버지와 아들도 없었고 지위고하도 없다. 여기다가 이제 소서행장의 가신 도정종실까지 끼어들었다.

"쓰시투수라 합니다."

"반갑소이다."

“대사님을 이렇게 뵙는 광영이 있을 줄은 몰랐습니다.”

“무슨 당찮은 말씀을요.”

서로의 인사가 끝나자 종의조가 도정종실에게 묻는다.

“당신의 주군은 도대체 어떤 사람이요?”

잠시 도전종실은 멍했다. 어떤 사람이라니요? 당신의 사돈되는 사람인데, 그걸 나한테 물어서 어쩌겠느냔 투다.

“고니시는 내 사돈이지만서도 난 도무지 그 인물이 어떤 사람인지 통 알 수가 없어서 묻는 거요. 당신은 그에 대해서 잘 알고 있지 않소?”

도정종실은 소서행장의 가신이자 친구지간이라, 그에 대해서 모르는 것이 없다. 그렇지만 종의조가 갑자기 왜 그런걸 이 자리에서 묻는지 알 수가 없다.

“도대체 난 그 양반의 속내를 알 수가 없다 이 말이요. 뭣 때문에 이런 일을 우리에게 시키는지.”

도정종실은 이제야 대마도주 종의조가 무엇을 궁금히 여기는지를 알 것 같았다.

“거기엔 두 가지 목적이 있습니다. 이미 우리 왜국에서는 염탐군을 보내어 조선의 내정이 어떻게 돌아가는지를 샅샅이 알고 있습니다. 저들은 탕평책이라는 걸 써서 임시방편으로 당파싸움을 저지시켜 놓고는 있습니다만, 집안꼴이 말이 아니지요. 이때를 틈타 치자는 것이지요. 궁극적인 목적은 거기 있는 것이고…”

도정종실은 거기까지 이야기하고는 술잔을 들어 그 안에 따른 술을 마셨다. 그리고는 뜸을 들인다.

"그러니까 선전포고로군요?"

종의지가 묻는다.

"그렇다고 보아도 되겠지. 그보다는 누가 그 선봉장이 되느냐가 보다 중요한 일인 게야. 그래서 자네 장인영감이 이렇게 한 발 앞서 일을 만들고 있는 거라네. 그게 두 번째 이유겠지. 아니면 그게 전부일 수도 있고…"

잠시 장내가 숙연해진다. 소서행장이 그 선봉장에 서서 조선을 쳐 없앤다면 그 공로를 인정 받아 조선은 그의 손에 넘겨질 것이다. 설마하니 풍신수길 자신이 조선땅에 건너가 그걸 다스릴 리는 없을 테고 누군가에게 조선을 맡길 것이다. 맡긴다면 그걸 맡을 사람이 누구인가? 가장 많은 공로를 세운 사람이다. 누구나 원하는 바로 그 자리에 앉고 싶은 것이다. 비옥한 토지와 자원이 풍부한 조선땅을 차지하는 사람이야말로 가장 복 받은 자일 것이기 때문이다.

"고니시는 이미 선두 자리에 선 셈이지요. 그러니까 우리가 그를 잘 떠받들어 올려주어야 되질 않겠습니까?"

그렇다. 그를 선두주자로 만들고 내세워야 그의 뒤를 따르는 사람들이 설 자리가 생긴다. 이들은 이미 그 대열에 끼어있는 것만으로도 가슴이 설레임을 감당할 수 없는 자들이다.

"그렇다면, 이미 다른 장군들도 욕심을 부릴 일 아닙니까?"

"다른 장군들도 조선땅에 사람을 보낼 수는 있겠지요. 그렇지만 왕실에서 정식으로 보낸 사신들은 없었습니다. 이미 그 선점권을 고니시가 쥐고 있으니까요. 여기가 어떤 곳입니까? 어느 누구가 이 대마도를 거치지 않고 조선땅에 들어갈 수 있습니까?”

그건 그렇다. 조선을 들어가자면 일단 이 대마도에 들려 물을 얻고 전열을 가다듬어야 한다. 소서행장은 이미 그러한 여건을 충분히 감안해 쥬스타의 반대에도 불구하고 이곳에다가 마리아를 출가시켜 놓았던 것이다.

종의지는 차츰 자기의 결혼이 정략적이라는 생각을 하게 되자 무언가 치밀어 오르는 것이 있었다. 그렇지만, 한편으로 생각해 보면 그러한 입지조건을 업고 한층 더 출세할 수 있다고 믿는 그 이기도 하다.

“그렇다면 언제 떠날 예정이십니까?”

“이런 일은 서두르는 것이 좋지요. 출발 일시는 대사님이 길일을 택해 보시지요.”

도정종실은 어눌한 듯 하면서도 사람을 휘어잡는 마력을 가지고 있었다. 빼어난 자 뒤에는 그보다 더 빼어난 자가 있어야 한다. 소서행장은 확실히 사람을 부릴 줄을 아는 무장이었다. 도정종실 같은 자를 휘하에 두고 있다는 것이 그걸 증명하기에 충분하다.

현소는 아직 한 번도 소서행장을 본 일은 없었지만 그를 위하여 함께 일해 본다는 것도 값있는 일이 될 것 같다는 생각을 해본다. 그 사람을 모르면 그 친구를 보라는 말이 있다.

지금 이 도정종실을 본 바에 의하면 소서행장은 앞으로 커나갈 인물임에 틀림없다. 놀아도 큰 인물하고 놀아야 한다. 현소는 지그시 눈을 감았다가 뜨며,

“섣달 열이튿날께 출발하는 것이 좋겠습니다.”

라고 날을 잡는다.

“그렇게 합시다. 이미 준비는 다 돼 있으니까요.”

사신이 한 번 길을 떠나자면 여러 가지로 필요한 것들이 많다. 그 중에서도 상대국에게 갖다 바칠 예물이 가장 중요하다. 그 예물에 따라 대접이 융숭할 수도 있고 소홀할 수도 있다. 또 거기 따라 일이 잘 될 수도 있고 안 될 수도 있다.

“예물은 뭘로 준비를 하셨습니까? 대왜국 왕사라면 왕사답게 준비를 해야 할 텐데요.”

“그런 걱정은 할 필요가 없습니다. 지금 우리는 저들과의 친교를 목적하는 것이 아니라 불을 붙이러가는 거나 다름없으니까요. 우리 신주의 힘이 저렇게 하늘을 웅비하니 예물 따위에는 신경을 쓸 필요가 없습니다. 그래서 준비한 것이 있는데 공작새 한 쌍이랍니다.”

“공작새 한 쌍? 하하하…”

“조선땅에는 그런 새가 없으니 진귀한 보물임에는 틀림없겠지만, 어디 그거 가지고서야 되겠습니까? 토산품이라도 몇 가지 더 얹어 가야 하지 않겠습니까?”

예전 같았으면 예물을 바리바리 싣고도 모자라 더 쓸 곳이 없을 만큼 빼곡하게 물목의 이름들을 썼을 터인데, 이번에는 물목에 올릴 물건도 없다. 이래 가지고서야 어떻게 왕사라고 지칭할 수 있겠는가 하여 겨우 얹은 것이 채화선 10점과 연필대 2점, 침자l바늘l 10점이었다. 왕사가 들고 가 바칠 예물치고는 너무 간소한 것들 이었다. 그렇지만 저들은 그걸 받고 멍청해 할 접견사의 모습까지를 그려보며 술안주를 삼는다.

"이걸 받고 멍청해 할 접견사의 모습이 눈에 선하군요. 하하하…"

"아마도 중간에서 접견사가 예물을 떼먹었다고 문책을 당할 지도 모르지. 으하하핫."

이렇게 해서 왕사 아닌 왕사 일행은 배를 띄울 날짜까지를 잡았다. 섣달이라 열이틀이면 바람이 서북으로 불어 배가 뜨기에 좋을 것으로 그들은 추정하고 있었다.

그러나 종의조만은 별로 유쾌한 빛이 아니었다. 선조 대대로 조선국의 보살핌에 힘입어 굶주림 없이 살아온 대마도가 아닌가?

태풍만 한 번 휩쓸고 지나가도 입을 것과 먹을 것이 떨어지고 병마가 창궐하는 섬. 조선은 이 섬을 불쌍히 여겨 구휼을 일삼았다. 그럼에도 불구하고 좀도둑처럼 살금살금 숨어들어 도적질도 많이 해왔다.

지금도 섬 구석구석에 수많은 조선 여자들이 살고 있다. 억지로 붙들려온 여자들이긴 하지만 저들이 아니면 장가 못 드는 섬총각들의 짝이 되어줄 여자들이 없다.

섬에서 하는 일은 전복을 따거나 소라를 줍는 일, 또는 해초를 건져올리는 일인데, 이러한 물질은 남자보다는 여자가 제격이고 체력이 튼튼한 조선 여자들이 그 중에서 제일이다. 조선 여자 둘만 거느리고 살면 먹고 사는 일에 걱정이 없다 할 정도이니 누군들 조선 여자를 탐내지 않는 사람이 없다. 그래서 처녀사냥을 나간다.

조선에서는 그러한 노략질을 알면서도 인간적인 측면에서 헐벗고 굶주린 대마도민들을 보살폈던 것이다. 이제 그러한 나라를 기만하러 간다 하니 마음 한구석이 찔리지 않을 수 없었다.

종의조는 수리매를 생각했다. 수리매는 창공을 높이 솟아올라 멀리 보고 빨리 날기로 유명하다. 눈에 보이는 사냥감을 정확히 채는 면에서도 단연 매들 중에서 제일 으뜸으로 치지만 그 태어남은 우스꽝스럽다.

수리매는 제 스스로는 집을 지을 수 없고 알을 품을 줄도 모른다. 그는 뱁새의 집에다가 몰래 알을 낳아놓고는 뱁새를 이용해 그 알을 품어 깨게 만든다. 수리매는 태어나서 얼마 안 되어 그 어미새를 잡아먹고 자란다. 세간에서는 길러준 은혜를 모르는 인간을 수리매같은 놈이라고 손가락질을 한다. 그렇지만 종의조는 그 수리매를 매우 좋아했다. 날쌔고 사냥을 잘 하기 때문이다.

하여, 지난번에도 조선땅에 사신을 보냈을 때, 그 매를 얻어올 것을 명했던 것이다. 수리매는 큰 땅에나 살지 조그만 섬 같은 데는 살지 않기 때문에 섬나라 대마도인으로서는 그것처럼 값진 자랑거리는 없었다.

그는 지금 자기가 하고 있는 일이 수리매처럼 자신을 이 세상으로 보내준 어미를 잡아먹는 행위라는 것을 잘 알면서도 이 일을 진행해야만 하는 자신의 입장이 마음에 걸렸다.

"뭐, 언짢은 일이라도 있습니까?"

잔을 들고 멍청히 생각에 잠긴 종의조를 보고 묻는 도정종실의 말이다. 도정종실은 지난번에 갔던 사신 일행이 아무런 성과도 거두지 못하고 돌아온데 대한 소서행장의 역정을 전한다.

"지난번 사신들의 헛걸음에 대해서 우리 주군께서는 매우 역정을 내시었소. 태수님과는 남이 아니었기에 아무런 일이 없었지 그렇찮았더라면 문책이 있었을 것이오."

종의지는 상대가 소서행장 본인이나 되는 것처럼 큰소리를 치고 있는 도정종실의 말에 역겨움이 치밀어 오른다.

"문책이라구요?"

아들의 성미가 급함을 아는 지라, 그 애비가 말을 가로막는다.

"어허, 너는 잠자코 있거라."

그러면서 뒷말을 잇는다.

"지난번 사신들은 덕목이 좀 부족했던 모양입니다. 그러니까 이번에는 꼭 성공할 줄로 믿습니다."

이 말로 미루어보건데, 이미 지난번에도 이같은 일이 있었던 것으로 짐작이 되어지지만, 아무도 그 일에 대해선 더 이상 입을 열지 않았다.

이로써 이 날의 술자리는 파하게 되었다.

파도소리를 헤아리게 되는 밤이다.

저쪽 어둠 속 밤하늘을 가로질러 바다 한복판 위로 길게 유성이 흘렀다.

# 3. 붕당의 회오리

　사향주머니를 팔고 돌아오던 상노는 주막거리를 그냥 지나칠 수 없어 주막으로 들어섰다. 술꾼이 주막을 피해 갈 수 없는 것은 참새가 방앗간을 그냥 지나칠 수 없는 것과 마찬가지였다. 이미 술이 거나하게 된 술꾼들이 주거니 받거니 이야기꽃을 피우고 있었다. 그들 중에서는 이미 낯익은 화상들도 있다.

　"어허, 이 사람 이거…"

　"오랫만일세."

　궁궐을 떠나고 난 뒤로 한 번도 만나볼 수 없었던 쌍가매가 손을 내밀어 반갑다는 표정을 짓는다. 쌍가매는 생긴 게 곱상하고 성질이 나긋나긋해 궐내의 경비를 맡고 있던 작자였다. 한두 번 지나칠 때마다 보아두었던 사이로 서로 인사 정도는 하고 지내던 사이였지만, 이런 데서 만나니 뜻밖에도 반갑다.

“자넨 아직도 포청에 있나?”

“그렇다네. 그런데 요즘은 왜 통 보이질 않나?”

“난 이제 궐 밖으로 나왔다네.”

“왜? 나비가 꽃밭이 싫을 때도 있나?”

“나비는 무슨 나비?”

쌍가매는,

“하기야, 뭐 자네같은 빈 쭉정이가 꽃밭인들 무슨 소용이 있겠는
가?”

하고 놀려주고 싶었지만 쭉정이에게 쭉정이라는 소리를 했다간 큰일
나겠다 싶어 꾹 눌러 참고는 장난삼아 이렇게 말한다.

“그래, 장가라도 들었단 말이냐?”

“장가는 무슨 장가? 그냥 하나 데불고 살지.”

“장가를 드나 그냥 데불고 사나 그게 그거지, 뭐… 하여간 팔자가
바뀌긴 바뀐 모양이구만?”

쌍가매는 마시던 잔을 비우고는 상노에게 내민다.

“보아하니 혼자 같은데 함께 마시지.”

“그럴까?”

아무리 밑바닥에서 놀았다 하더라도 그래도 궁중물 먹던 사람들인
데, 술 한 잔 함께 못 나눌 거야 없지. 상노는 쌍가매와 합석하기로
하였다.

“그런데 자네는 왜 혼자인가?”

포졸들은 언제나 둘이 짝을 지어 다닌다. 그래서 혼자 앉아 술을

마시고 있는 쌍가매의 행동이 이상했다.

"나? 나 말인가?"

쌍가매가 갑자기 광기어린 목소리를 내는 바람에 상노는 이게 뭘 잘못 먹었나 싶어 주춤 뒤로 물러앉는다.

"여기 자네 말고 누가 더 있나?"

"하긴 그렇군."

쌍가매는 이글거리는 눈빛으로 허공을 한참 쏘아보더니만, 그 시선을 거두고 허탈하게 내뱉듯 말했다.

"나도 물먹었지."

"물을 먹다니?"

"이거 정말 몰라서 묻나?"

"뭘?"

"지금 궁중엔 또다시 서인이 득세를 하고 있는 판국이라네."

쌍가매는 지금 궁중 내부에서 일어나고 있는 붕당들의 파당에 대하여 이야기를 하고 있는 중이었다.

선조왕은 선왕 명종이 아들이 없는 상태로 승하를 하자, 아무런 준비도 없이 왕이 된 분이시다. 겨우 열여섯에 왕이 된 그는 덕흥군의 셋째 아들 하성군으로 왕이 되는 교육을 받은 적이 없는 상태였다. 본시 왕이 되리라고는 꿈도 꿔보지 못한 덕흥군의 제삼자였던 선조는 궁중 일에 서툴렀다.

이에 대행왕비 심비가 왕대비로 책봉이 되고, 인성왕후는 대왕대비가 되었다. 왕이 궁중 법도에 익숙치 못하고 나라를 다스릴 능력이 없음은 당연한 일이었다. 자연스럽게 이루어진 것이 왕대비 심비의 수렴청정이었다.

심비는 왕의 양어머니가 되는 분으로 수렴청정을 하는 1년여 동안 심씨 일가가 득세를 함은 당연한 처사였다. 다음해 왕대비 인순왕후는 수렴청정을 거두고 임금에게 국사를 물려주었으나 수렴청정을 시작한 1년 동안 정치 판도는 많이 바뀌었다.

명종 때부터 궁중 내부에는 외척들의 싸움이 격심해 소윤과 이량이란 자가 각각 득세를 하고 있었는데, 이들은 왕대비 심비의 권력을 업은 심강과 심의겸에 의하여 제거되었다. 이때부터 심의겸은 주위 사림으로부터 호평을 받기 시작하였고 점차, 그 세력권을 넓혀 나가기 시작하였다.

이 무렵 김효원이라는 사람이 있어 장래가 총망되었다. 김효원은 영남의 거유 김종직 학파의 계통을 이은 사람으로 윤형원이라는 사람과는 동서지간이었다. 심의겸은 그가 윤형원의 문하에 자주 드나드는 것을 보고는 못마땅하게 생각하였다.

장래가 총망되는 젊은 김효원이 윤형원 같은 자의 문하에 출입을 하며 아첨을 한다고 생각되었기 때문이었다. 그 뒤 김효원은 과거에 올라 명성이 날로 높아져갔고 윤형원과는 관계를 끊고 지냈다. 그리고 얼마 뒤 윤형원은 몰락하여 세상을 떴다.

마침 이조정랑 자리가 비게 되어 그 후임자를 물색할 일이 생겼다. 이조참의로 있던 심의겸은 자신의 부하를 선택하는 일이었음으로 당연히 자신이 부하될 사람을 선택할 권리가 주어질 줄 알았는데 대사

헌으로 있는 김계휘가 자기 부하인 김효원을 추천하였다. 또한 이조
정랑으로 있다가 이번에 물러나오게 된 오건이란 자 역시 김효원을
천거하였다.

  김효원은 벼슬이 심의겸보다 낮았지만, 나이는 세 살이나 위였다.
심의겸은 이조정랑에 오를 자를 심사하면서,

  "김효원은 전에 세도를 부리던 윤원형의 문객으로 있던 사람인데,
  그런 자를 어떻게 그 자리에 앉힐 수 있겠소."
하고 반대를 하였다.

  "그게 무슨 소리요? 김효원은 김종직의 제자 김근태의 문하생으로
  장래가 기대되는 사람이오."

  "허어, 그 무슨 모르는 말씀… 왜 김효원이 김근태의 문하생인 것
  만 알고 윤원형의 문객이었던 것은 모르십니까?"

  심의겸은 성품이 청백하였으나 남과 타협할 줄 모르는 꼬장꼬장한
사람이다. 그는 작년에 심의겸이 대사헌 자리에 올랐을 때 김효원 일
파에서 외척이 대사헌 자리에 오르는 것은 옳지 못하다고 반대한 일
이 있었던 것을 생각하며 더욱 열을 내어 반대하였다.

  결국 김효원은 심의겸의 강력한 반대에 부딪혀 그 자리에 오르지
못하였다. 그러자 김효원을 아끼던 신진 사류들은 심의겸이 외척의
힘을 빌어 너무 권세를 휘두른다고 반박하고 나섰다. 이렇게 하여 심
효겸을 지지하는 파와 김효원을 지지하는 파간에 파당이 벌어지고 싸
움이 끊이지 않았다. 마침내 두파 간에는 붕당이 생기고 사사건건 서
로 헐뜯는 사태가 벌어졌다.

마침내는 국정을 처리할 수가 없을 정도로 파당이 심하게 되었다.

이를 보다 못한 대사간 율곡 이이가 왕에게 사실을 고하여 김효원을 이조정랑에 임명하게 함으로써 일단은 붕당의 위기를 넘기게 하였다.

그 뒤 김효원이 임기를 마치고 이조정랑의 자리를 물러나게 되자, 그 후임자리를 두고 또다시 논란이 일기 시작하였다. 심의겸은 그의 아우 심충겸을 그 자리에 앉히려 하였고, 김효원 일파들은 외척들이 자주 국정에 관여하는 것을 옳지 못하다는 이유를 들어 이를 극력 반대하였다. 작년과 똑같은 상황이 재연된 것이다.

작년의 경우는 심의겸이 양보를 하여 김효원이 그 자리에 오를 수 있었지만, 이번에는 상황이 달라 심충겸은 끝내 그 자리를 오르지 못하였다. 이에 심의겸은,

"앙심을 품어도 나한테 품을 일이지 동생에게까지 그 화가 미쳤다. 어디 두고보자."

하면서 이를 갈고 대들었다. 싸움은 더욱 커지고 표면화되어 마침내는 붕당이 이루어졌다.

이때 김효원의 집은 동대문 부근에 있었으므로 그의 집에 모여드는 사람들을 동인이라 불렀고, 심의겸의 집은 서대문 부근에 있어 그쪽 일파를 서인이라 불렀다.

신응시와 정철 일파는 서인이 되어 동인을 몰아내는데 앞장을 섰고, 이성중 허봉 등은 동인으로 서인을 공격하는 선봉장 역할을 담당했다. 서인의 주요 인물은 박순 김계휘 홍성민 이해수 윤근수 이산보

등이었고, 동인으로는 유성룡 이산해 우성전 이발 허엽 등이 속해 있었다. 동인은 주로 젊은 신진 사류들이었고, 서인은 나이든 사대부들이 주인물로 결집되었다.

이를 동서의 분당이라 하여 '동서분당'이라고도 하였고, 을해년에 일어난 사건이라 하여 '을해분당'이라고도 하였다. 이렇듯 사소한 자리다툼 하나가 동서 양당을 만들어 파벌싸움을 일으켰음은 물론 조정은 점점 두 파로 나누어져 갔다.

나라가 되는 일이 없었다. 아무리 옳은 일이라도 동인이 주장을 하면 서인이 반대를 하고, 서인이 주장을 하면 동인이 반대를 하고 일어났다. 마침내는 조정이 둘로 쪼개질 위기에 놓이게 되었다.

뜻있는 조정 중신들은 이를 염려하여 임금에게 탕평책을 쓸 것을 아뢰었다.

"전하, 이래 가지고서는 안 되옵니다."

우의정 노수신이 아뢰었다.

"붕당의 피해는 망국의 근본입니다. 하루 속히 이를 탕평하소서."

또한 부제학 이율곡이 간곡히 아뢴다.

아직 경험이 어린 임금은 어찌할 바를 몰라 울상이다.

"어찌하면 좋겠소? 그 방법을 일러주시오."

"탕평책을 써야 합니다."

"탕평책이라면?"

"분당의 책임자인 두 사람을 외직으로 내보내 과열된 분당의 불을 끄게 하심이 옳을 줄로 아옵니다."

임금은 이율곡의 진언을 받아들여 김효원을 함경도 부령부사로, 심의겸을 개성유수로 내보내도록 이를 이율곡에게 맡겼다.

이율곡은 동서 양당의 수뇌급인 두 사람을 외직으로 보내고 양당의 인사들을 요직에 골고루 안배하여 조정의 화합을 꾀하려 했지만, 이를 실행에 옮기지 못하였다.

이율곡은 대학자이긴 하였지만, 정치인이 가져야 할 과단성과 행동력이 부족하였다. 이에 서인은 동인을 몰아내지 못하였다고 이율곡을 욕하였고, 동인은 서인을 치지 않는다고 욕을 하여 이율곡은 진퇴양난에 빠지게 되었다.

이런 판국에 임금은 후궁들에게 빠져 정치에는 무관심하였다.

"장차 이 일을 어찌할꼬?"

뜻있는 선비들은 여기저기서 탄식을 하였고, 견디다 못한 이율곡은 벼슬자리를 내놓고 강릉으로 내려가고 말았다. 이에 덩달아 낙향을 결심하는 사람들이 생겨났으니, 송강 정철 같은 이도 이에 속해 그는 고향인 전라도 땅으로 내려가 시 짓는 일을 소일거리로 삼았다.

진흙밭에서 서로 잘 했다고 물고 나뒹구는 개같은 판국에서도 나라를 구해 보고자 했던 사람들이 조정을 떠나게 되자, 조정은 더욱 치졸한 난장판을 벌였다.

이즈음 하여 전국을 떠돌다가 해주 석담에 이른 이율곡은 그 지방 사람들을 계몽선도하여 상부상조하는 '향약회집법'을 만들고 사창을 세웠다. 즉 풍년이 들었을 때 곡물을 절약하여 아껴놓았다가 흉년이 들었을 때를 대비하자는 제도였다.

그 무렵 그의 곁에는 항상 일월선사가 있었고, 선사는 그러한 그로부터 많은 것을 배우고 깨달았다. 모든 것은 있을 때 준비하는 것이다. 곡식도 있을 때 아껴서 비축하는 것이요, 건강도 건강할 때 지켜야 하는 것이며, 시간이 있을 때 앞일을 준비해야 하는 것이다.

그러다가 선조 11년 3월에 서울로 돌아온 이율곡은 조정에 들어왔으나 한 달만에 다시 낙향하기에 이르고, 5월에 다시 임금이 불러 대사간에 임명하고 당파싸움을 조정하여 줄 것을 부탁하였다. 그러나 당파싸움은 이미 극에 달하여 눈에 보이는 것이 없었다.

그는 동인의 소장 이발과 서인의 소장 정철에게 간곡한 서신을 보내 다시 조정으로 돌아오기를 당부하였으나 이들 두 사람은 돌아오지 않았다.

이제는 아무도 그 누구의 말도 들으려하지 않는 지경이 돼버린 것이다. 뿐만 아니라, 양당에서 서로 이율곡을 헐뜯었다.

이율곡은 왕에게 이렇게 진언한다.

"전하, 지금 신은 중간에 서 있다고 하여 양당으로부터 미움을 받고 있습니다. 두 사람만 모여도 동서로 갈라지고 그 어느 쪽이라도 들지 않으면 관직에 오를 수가 없게 되었습니다. 이래 가지고 어떻게 올바른 조정이라 하겠습니까?"

"그러니 날더러 어떻게 하라는 말이오?"

왕도 이제는 넌더리가 났다. 이 사람은 이렇게 말하고 저 사람은 저렇게 말하고, 어느 게 암까마귀이고 숫까마귀인지 도무지 알 수가 없었다.

이율곡은 다시 진언한다.

"전하, 깊이 통촉하여 주옵소서. 지금 북으로는 여진족들이 기회를 엿보고 있사오며, 동쪽 바다 건너 왜구들은 해마다 바다를 건너와 노략질을 일삼고 있사옵니다. 이러한 때 국방을 게을리하면 큰 화가 미칠 것은 자명하옵니다. 모름지기 안으로 병사들을 훈련시키고 힘을 길러놓아야 합니다. 유비무환이라고 하였사옵니다."

이율곡은 안으로는 군사를 모아 힘을 기르고 밖으로는 위엄을 보여야 한다고 상주한다. 그러자면 하루 빨리 당파싸움을 근절시키고 서로간의 화합을 모색하여야 한다고 주장하였다.

그러나 옳은 말은 귀에 들어오지 않고 좋은 약은 입에 쓴 법. 그러잖아도 여러 가지로 밉게 생각되던 이율곡이 혼자서 왕의 총애를 독차지하자, 여기저기서 수군거리는 소리가 드높았다.

도승지 유성룡이 이율곡의 말에 반박을 가한다.

"그건 큰일날 소리입니다. 지금 나라가 무사태평한데 군사를 기르다니요? 그건 군사를 기르는 게 아니라 화를 기르는 꼴이 되고 맙니다."

이렇게 반박하는 유성룡을 보고는 씁쓸한 표정을 지을 수밖에 없는 이율곡이었다. 아무리 옳은 말을 하고 좋은 소리를 하여도 도무지 들으려 하는 귀가 없는 세상이었다.

임금은 임금대로 조정 대신들은 그들대로 모두 귀를 막고 자신들의 발밑 걱정만할 뿐이었다. 어쩌면 남의 눈에 나지 않고 한 자리 더 올라갈 수 있을까 하는 자리다툼이 관건이었다.

뿌리 뽑을 수 없는 이 당파싸움에 휘말려 가랑잎 구르듯 이리저리 휘몰려 다니기 일쑤인 사람들이 붕당을 만들어 무고한 사람들을 모함하고 해쳤다. 동인이 한 사람 득세하면 그 밑에 있던 서인이 추풍낙엽처럼 우수수 떨어지고, 서인이 한 사람 득세하면 또 그 밑에 붙어 있던 동인이 찬밥 신세다.

"그래서 그만두었단 말인가?"

"그만둔 게 아니고 쫓겨났다니까?"

상노는 쌍가매의 말을 대충 엮어 세상 돌아가는 꼴을 그려보다가 그렇다면, 오늘 아침에 절골로 몰려들었던 그 정체 불명의 자들도 필시 이러한 회오리에 엮어져 일어난 사건이 아닌가 하는 생각을 해본다.

"세상 참, 말세로구먼."

"말세 말세하지 말게. 이 사람아… 그러다가 어느 손에 잡혀 가게 될지 모르는 세상이라네. 오늘 아침에도 추풍낙엽 쓸어 모으듯 싹쓸이를 해갔다는 사실을 자네는 모르고 있구먼?"

"누가? 누구를?"

"누구긴 누구인가? 그런 일할 사람이 대사간 권대감 밖에 더 있겠는가?"

"권대감이?"

"유언비어를 뿌리고 다니는 놈들을 잡아들이고 있다네. 그러니 자네도 그 입조심하라, 이 말씀이네."

"금시 초문인 걸? 그래, 요새 무슨 소문들이 나돌고 있는가?"

"자네, 정말 몰라서 묻나?"

쌍가매는 귓속말로 소근댄다. 머잖아 왜구들이 쳐들어 온다는 게다. 그러잖아도 이율곡이 십만양병설을 주장하였고 뒤를 이어 옥천땅에 사는 조헌이라는 사람이 구구절절한 상소를 올렸는데 내용인 즉, 이율곡의 십만양병설과도 통하는 주장이었다. 뿐만 아니라 부정부패한 늙은 중신들을 탄핵하고 신진사류들을 옹호하는 내용이 담겨 있었다.

파당 좋아하는 사람들이 볼 때는 동인을 욕하고 서인을 칭찬하는 글처럼 보였다. 이에 발끈한 동인의 중신들이 응징책을 모색하였다. 응징책이라는 게 따로 있나? 닥치는 대로 잡아다가 물고를 내야 한다는 것이었다.

조헌은 공주교수로 있으면서 만언소를 올린 사람. 옳은 소리를 하다가 파직을 당하고 고향인 옥천땅으로 내려갔다.

이제 머잖아 왜구가 쳐들어온다는 것은 공공연한 사실이 되어버렸다. 그렇지만 기득권을 거머쥐고 있는 늙은 대신들에게는 그게 곧 자신들의 권좌에 대한 위협처럼 들렸고, 그런 말을 하는 자들은 모두 자신들의 권좌에 도전하는 사람들로 밖에는 보이지 않았다.

"그러니 입조심 하랄 수밖에…"

"그렇다면, 혹시 자네는 알런지 모르겠구먼?"

"뭘?"

상노는 이날 아침에 천보사를 찾아온 한떼거리 무리들이 있었는데, 그게 누구의 지시이며, 또 누구를 찾아온 것인지를 물었다.

"천보사? 천보사에 누가 있길래?"

상노는 더 상세히 묻고 싶었지만, 그랬다간 오히려 일월선사와 자기와의 관계만 노출시킬 염려가 있다는 생각에서 입을 다물었다. 그리고는 엉뚱한 소리를 한다.

"아침에 절골에 놔둔 덫을 거두러 갔는데 낯선 무리들이 떼를 지어 천보사로 몰려가두마?"

"천보사로?"

상노는 이 문제에 대해서는 쌍가매도 더 이상 아는 게 없다는 판단을 내린다.

"자, 우리 골머리 아픈 이야긴 치우고 술이나 마시세. 우리 같은 사람들이 걱정해서 될 일인가?"

그러나 쌍가매는 뭔가를 떠올리는 듯 머리를 갸우뚱하더니 엉뚱한 이야기를 꺼내놓는다.

"아! 맞아. 천보사랬지? 그래, 맞아…"

천보사인지, 어딘지는 확실히 모르지만 한 여인을 찾는 사람들이 있었다. 그 여자는 본시 귀한 집 여식이었으나 그 부모들은 누명을 쓰고 귀양길에 올라 홀로 남아 피신 중이었다. 어떤 절간에 숨어 있었는데 사냥을 나갔던 왕이 이 처녀를 보고는 하룻밤 정을 주었다.

"그게 일이 그렇게 되느라고 그 씨앗을 잉태했다는 게야."

"그 참, 팔자 고치는 일이로군."

상노는 하룻밤 잠자리를 위하여 온갖 간교를 부리던 궁중의 그 수많은 궁녀들을 떠올리며, 그러한 여인은 호박이 덩굴째 굴러들어온

행운을 잡은 거라고 생각하였다. 그것은 손 안 대고 코푸는 격이지 뭔가?

깊은 궁중 여인네들은 노소를 불문하고 어쩌면 그분의 눈에 띄어 잠자리 시중을 들 수 있을까만 궁리한다. 그래서 너나 할 것없이 부적을 붙이고 그것도 모자라 사향주머니같은 것을 차고 다님으로써 그분의 눈에 띄기를 기원한다. 한평생 그 한 번의 기회를 꿈꾸며 살고 있는 궁녀들이다. 그러할진대 절간에 그냥 있다가 그러한 은애를 입었다면, 그건 대운이다.

"소문에 의하면 그 여자를 찾기에 혈안이라는 게야."

"누가?"

"누구긴 누구야? 심대감 일파겠지."

"심대감이 왜?"

"만약에 그 태어날 아기가 사내녀석이라고 쳐보아라. 화근이 되지 않겠나?"

"화근이라니?"

"태어날 애기가 왕의 혈통을 이어받고 있다고 가정해 보라구."

그건 그렇다. 밭이야 어찌되었건 간에 씨앗은 왕의 것이다. 그러니 왕통일 수밖에 없다. 그렇다면 일이 복잡해질 수도 있다. 왕의 마음이 어디로 기울지 모르기 때문이다. 누구를 왕세자로 책봉하느냐는 오로지 한 사람만이 결정할 수 있는 일이기 때문이다. 그러니까 알고는 그냥 넘길 수 없는 것이 왕비마마를 둘러싸고 있는 외척들의 심정일 것이다. 미리 후환의 끄나풀이 되는 것들은 자르자는 생각이야 누구라도 할 수 있는 일이다. 거기까지는 이해가 쉽게 가는 상노였다. 그런데 왜 그 여인네를 하필이면 천보사에서 찾느냐 이거였다.

그러나 상노가 아무리 돌대가리라 해도 집히는 게 전혀 없지 않는 그였다. 갑자기 궁금한 게 한두 가지가 아니다. 그렇지만 직설적으로 물어볼 수는 없고 말을 돌려 물어볼 수밖에 없는 상노였다.

"그렇지만 왕에겐 두 왕자가 있지 않은가?"

"물론 기둥뿌리야 든든하지. 그렇지만 사람 앞일을 어찌 아누? 요즘처럼 세상이 시끄러우면 이쪽 저쪽이 서로 어떻게 들고 나올지…"

"이쪽 저쪽이라니?"

"아, 그거야 뻔하지 않는가? 동인은 서인을 못 잡아먹어서 안달이고, 서인은 동인을 못 잡아먹어서 안달복달인 세상인데 나중에 누가 아나? 서로 자기들 왕자를 업고서 왕위를 노릴지."

"예끼 이 사람아. 큰일날 소리하고 있네."

"내가 뭐 틀린 말하고 있나? 입이야 가로 찢어졌어도 말이야 바로 하지. 그런 일이 어디 한두 번 일어났는가?"

"낮말은 새가 듣고 밤말은 쥐가 듣는다는 말도 몰라?"

상노는 쌍가매의 입을 막는 척 하면서도 또다시 꼬치꼬치 캐묻는다.

"그렇다면, 아침에 그 패거리들이 심대감네 하수들이란 말인가?"

"그거야 모르지. 내가 안 봤으니까."

"그렇다면, 그 여자는 그들에게 잡히면 꼼짝없이 죽고 말겠네?"

“아따 이 사람아, 뭐가 그리 관심이 많은가? 그 여자가 자네 딸이
라도 된다면 또 모르겠지만…”

상노는 마지막 술을 쌍가매의 잔에 따르며 다시 물었다.

“그렇다면, 그 여자가 누구인지도 훤히 알겠네?”

“아따 이 사람, 남의 이야기 참, 좋아하네. 그걸 내가 어찌 알겠누?
그때 사냥을 같이 나갔던 사람은 이성중 허봉이 뿐이라는데 어찌
알겠나?”

허봉은 허엽의 아들로 ‘홍길동전’을 쓴 허균의 형이다.

“허봉이라면 이조좌랑 아닌가? 왕이 어찌 그런 자와 함께 사냥을
나가?”

“누가 아니래나? 그러니 알 수 없는 왕이라고 하지. 뭐랬는지 아
나? 왕을 일컬어 밤도깨비라고도 한다니까?”

선조는 본시 임금이 될 사람이 아닌 사람이 왕이 되고나서 그 부담
감 때문에 몹시 괴로워하였다. 어린 나이에 왕이 되어 수렴청정을 당
하였고 그 치마폭에서 벗어나자 북방 호족들에게 시달림을 받았다.
이러저러한 괴로움을 떨쳐 버리기 위하여 여색을 탐하기도 하고 한때
방탕한 생활을 했지만, 어느 날 문득 정신을 차려 심신의 재무장을
위하여 사냥을 시작하였다.

처음에는 여러 장졸들을 거느리고 나섰으나 차츰 측근들까지 떼어
놓고 밤중에 남몰래 사냥을 즐기곤 하였다.

“왕과 단 둘이만 주고받던 암호까지 있었다니까.”

술이 취했는 지 쌍가매가 엉뚱한 소리를 지껄여 대기 시작한다.

"결국은 그게 들통이 나서 이 신세가 되고 말았지만 말이야. 그래
도 이 몸은 임금님과 직접 암호를 주고 받은 사이라구."

쌍가매는 보초를 잘못 선 죄로 그 자리를 쫓겨났다. 왜 임금이 밤
중에 몰래 궁궐 밖으로 나가도록 허락을 했느냔 거였다. 그러다가 일
이 잘못되어 왕에게 탈이 생겼으면 어떻게 됐겠느냔 거였다.

"하긴 그렇지? 내가 겁 없는 짓을 한 거지 뭐?"

쌍가매는 그렇게 갇혀 사는 임금이 불쌍하다는 말까지 하였다.

"난 그분이 불쌍해. 자네도 있어 봐서 알겠지만, 궁인들은 다 불쌍
한 거야."

상노는 쌍가매의 술주정을 듣고 있으면서도 한 가지 집히는 게 있
다는 생각을 한다. 앞뒤 사정을 꿰맞춰보니 그게 바로 그거라는 생각
이 드는 것이었다. 왕은 사냥을 자주 나갔고, 그 까닭은 바깥바람을
쐬려는 것이었다. 왕이 바깥바람을 쐬려는 데는 대개 심신의 수련을
핑계 삼지만, 그 진짜 이유는 따로 있다. 궁중 바깥에 있는 야생마
같은 여색을 탐하자는 것이었다.

여자가 궁중에까지 들어오자면 수많은 손을 거쳐서 들어오기 때문
에 이미 길들여진 상태다. 길들여진 여자에 식상해지면 야생마 같은
여자가 그리워지는 법. 그래서 왕은 궁중을 벗어나는 자유를 만끽하
려고 사냥 핑계를 댄 것이다.

실제로 선조는 그런 재미를 위하여 궁중을 버리고 야밤 도주를 자
주 시도하였다. 그렇다면, 그러한 도주를 도울 자가 필요하다. 안에
서 보필해 줄 사람이 필요하다면 바깥에서도 이를 주선해 주는 사람

이 있어야 한다.

"그렇다면 밖에서도 누가 있어 그들 일행을 맞아 안내를 했을 게
아닌가?"

"그야 모르지. 아니, 아참… 중이 하나 있었어."

"중이? 이름은 모르고?"

"몰라, 내가 어떻게 그것까지 다 아나?"

상노는 이제 차츰차츰 모든 것이 분명해지는 것을 느꼈다. 막연하
게 상상했던 일들이 실제 상황으로 나타나는 것이었다. 허봉과 함께
다닐 수 있는 중이라면 일월선사 밖에 없다.

일월선사는 허봉의 아우 허균과는 단짝으로 그림자처럼 붙어 다녔
던 일이 있었고, 그 형 허봉과도 교분이 두터웠다. 그뿐이 아니었다.
내노라 하는 궁중 인물치고 일월선사가 모르는 사람은 거의 없을 지
경이었으니까. 어쨌든 선사는 동서 양당의 인물들을 골고루 알고 지
냈다.

그렇다면 결론은 한 가지. 천기의 몸 속에 자라고 있는 그 씨앗은
분명 임금의 것이다.

결론이 여기까지 치닫자 상노는 자신도 모르게 전신이 떨려오는 전
율을 느꼈다. 감히 그러한 천기와 함께 살고 있다니? 이제야 일월선
사의 말을 이해할 것 같았다. 그리고 왜 자신과 같은 씨 없는 사내를
그 곁에 붙여두었는지를 확연히 알 것 같은 상노였다. 이러한 때 웃
어야 할지 울어야 할지 혼란스러웠다.

일월선사는 분명히 모든 내막을 알고 있을 것이고, 그 때문에 자신

을 천기의 곁에 있게 했을 것이다. 그렇다면 자신의 불구를 이용하려
는 것이었을까? 아니면 자신을 그만큼 믿기 때문에 천기를 내맡긴 것
일까?

상노는 술에 취하는 지, 이 질문에 취하는 지 서서히 취기를 느끼
기 시작하였다.

"자, 이제 그만하고 일어서지."

쌍가매가 일어설 것을 제의하였다.

"왜? 자네 술값이 없어서 그러나?"

"예끼 이 사람, 사내대장부가 그깟 술값 몇 푼 때문에 그럴 것 같
나?"

그렇지만 사실은 사실이다. 쌍가매에게 있어서는 이제 더 이상 술
을 마시면 감당할 능력이 없다.

"오늘 술값은 내가 냄세."

상노는 방금 황약국네에 들려 사향주머니를 팔고 오는 길임을 이야
기하고, 오랫만에 만났으니 이야기나 더 하자며 쌍가매를 억지로 제
자리에 주저 앉혔다.

"오늘은 내게도 돈이 있다구. 궁노루를 잡아 사향주머니를 팔고 오
는 길이거던? 그러니까 술값은 걱정 말라구."

"그럴까? 어디 그럼 한 잔씩만 더 하지. 주모, 여기 술 한 병 더
주고…"

그들은 호기롭게 술을 더 시켰다. 술값이 있다는 바람에 안주도 하
나 더 시킨다.

“수구레라도 더 주구려.”

수구레라면 소껍데기를 말려뒀다가 끓는 물에 데치어 양념을 한 안주다. 그러니까 이런 술집에서는 최고급 안주에 속한다.

“왜 그랬을까?”

상노는 술이 들어갈수록 천기에 대한 생각으로 머리 속이 어지럽다. 도대체가 무슨 꿍꿍이속으로 자신을 천기 곁에 붙들어 맸으며, 천기 또한 무슨 생각으로 자기와 함께 살며 거기 대해서는 일언반구도 없는 것일까?

만약에 천기가 품고 있는 씨앗이 정말로 임금의 것이라면 장차 자기는 어떻게 되는가? 그리고 천기는 어떻게 되는가? 그렇다면 일월선사의 진짜 속셈은 무엇인가?

“그렇다면 선조대왕께서도 밤마다 그 호마를 타고 다니면서 숱한 난봉을 부렸겠네?”

선조는 북방 오랑캐 포로한테서 빼앗았다는 호마 한 필을 진상 받고는 그 말을 애지중지하였음을 그들 두 사람은 잘 알고 있는 터였다. 서로 궁중 내막을 조금씩 알고 있음으로서 대화가 가능했다. 궁궐 안에서는 말을 타고 달릴 수가 없어 늘 갑갑함을 느끼던 선조였다. 이에 두 사람은 자기들만이 아는 이야기를 함으로써 동질감을 느끼며 서로의 처지와 입장을 감싸주었다.

“쉬이, 이 사람이 이거…”

쌍가매가 상노의 입을 틀어막는다.

“어때? 여기 우리 말고 또 누가 있나. 아무도 없는 데서야 나랏님

욕을 한들 누가 상관하겠나?"

그러나 쌍가매는 주위부터 먼저 살펴본다. 항상 남의 눈치 보며 억눌려 살아온 습관 때문이다.

"그렇다면…"

"또 그렇다면이야? 자넨 아주 습관이 되어버렸구먼?"

"그래, 이제부터 그렇다면이라는 소리 안 할게."

"말해 보라구. 자네가 진짜 알고 싶은 게 뭔지?"

"좋아, 진짜 내가 알고 싶은 걸 물어볼게. 그렇다면, 대왕님께서 어디든 가서 마구잡이로 씨를 뿌려놓았을 수도 있겠네?"

"충분히 가능하지."

"그렇다면 그 씨앗을 가지고 출세를 할 수도 있겠네?"

"그럴 수도 있겠지. 아니면 그게 화근이 되어 죽을 수도 있을 것이고…"

"죽을 수도 있다니?"

"이 사람이 이거 눈치 없기는? 그런 씨앗을 담고 있는 사람이 왜 그 씨앗을 거두려 하겠나? 그 아이를 업고 큰 출세를 하려들지 않으면, 장차 역모를 꾀하려는 수작이 아니겠는가? 그렇게 추산해 본다면 그렇다는 이야기지."

"그래서 그 여자를 찾으러 다닌단 말이지?"

아차! 상노는 말을 너무 쉽게 내뱉었다 싶어 속으로 흠칫 놀랐지만, 쌍가매는 이미 그 말을 곰곰이 분석해 보기에는 이미 술이 너무 취해 있었다.

"누가 그 여자를 찾아다니는데? 그 여자는 또 어디 있고?"

쌍가매는 의미없는 말을 중얼거렸을 뿐이다.

"이봐, 자네는 아까부터 이상한 것들만 자꾸 묻고 그러는데, 사실은 나 역시 아무것도 모르기는 마찬가지 아니야? 나도 몰라."

하고는 술을 들이켰다. 상노는 하마터면 큰 실수를 할 뻔했다고 생각하며 자리를 뜰 궁리를 한다.

"자, 이제 그만 마시고 돌아갈까? 갈 길이 머니까."

그는 취한 척 하며 쌍가매를 일으켜 세웠다.

"자, 가자구. 오늘 셈은 내가 치를 테니까."

두 사람은 주막을 떠나며 서로 손을 흔들었다.

비틀비틀 집으로 돌아온 상노는 어깨에 걸치고 들어온 곡식 포대를 내려놓는다. 곡식 포대래야 두어 됫박씩 팔아온 잡곡에 불과했지만, 그래도 그게 어딘가?

그는 그걸 보고 기뻐할 천기를 찾고 있었다.

"이봐요…"

그는 나즉이 소리 내어 그녀를 불러본다. 평상시 같았으면 그렇게라도 불러볼 숫기가 없었을 상노였지만 술기운이 이러한 용기를 불러일으켰다.

"어디 있어요?"

상노가 문을 열고 방 안을 들여다본다. 없다. 명색이 그래도 거적때기를 둘러 부엌이라고 만들어 놓은 곳을 찾아보았지만 거기에도 없었다. 집안이라곤 이 두 곳이 전부다. 그렇다면 측간에라도 갔나?

측간은 그냥 돌을 몇 개 줏어 앞을 가렸을 뿐 하늘을 가릴 지붕도 없는 곳이다.

"거기 있어요?"

상노는 다시 한 번 소리를 내어 불러보았지만 거기도 없다. 상노는 갑자기 머리가 띵해 오는 불길한 예감에 사로잡히기 시작한다.

아침에 봤던 남정네들과 쌍가매의 이야기가 겹쳐서 그의 눈앞을 어른거리게 만드는 것이 있었다. 당쟁의 소용돌이였다. 갑자기 그 속에 휘말려 들어가는 천기의 모습이 휩쓸고 지나간다.

"이봐요. 어디 있어요?"

그는 불길한 생각을 떨쳐 버리기라도 하려는 듯 고함을 질러댔다. 그러나 아무 곳에서도 천기의 대답 소리는 들리지 않았다.

차가운 하늘을 빙빙 돌고 있던 수리매 한 마리가 쏜살같이 내려꽂히는 것이 보였다. 매는 먹이감을 보면 살보다 빠르게 내려꽂혀 먹이를 채 간다. 그는 문득 그 누군가가 와서 천기를 채 간게 분명하다는 생각을 한다.

그는 울며불며 끌려가는 천기를 상상해 보다가 또 한편으로는 절간에 올라가 불공을 드리고 있는 천기를 그려보기도 한다. 한쪽은 끌려 갔으리란 생각이고, 다른 한쪽은 불공을 드리러 올라간 아씨를 그리게 되는 두 갈래 마음을 다스리지 못하여, 그의 심장이 뛰었다.

"아씨…"

그는 절반이 울음 섞인 소리를 입밖으로 내지르며 한낮 내내 술집에 앉아 있었던 그 시간을 후회했다. 그러면서 휘이휘이 손을 내저으며 절골을 향하여 슬기운으로 오른다. 오늘 새벽에도 올랐던 그 길이다.

"제발 거기 있게만 해주세요."

그는 찬물내기 옹달샘을 지나며 샘터 뒤에 서 있는 바위에 대고 꾸벅 절을 하였다. 평시 때는 몰랐던 바위였지만, 이날 보니 더욱 높다란 것이 거기에 절을 하면 무슨 큰 영험이 있을 듯싶은 상노의 간절한 마음이다.

그러나 절에는 아무도 없었다. 아무도 없었던 게 아니라 그가 찾고 있던 천기가 없었다는 이야기다. 천기가 없으면 그에게는 아무도 없는 거나 마찬가지였다.

"이 보시요."

그 대신 낯선 젊은이가 그를 불러 세웠다.

"누구? 사람을 찾고 있는 것 같은데 내 말이 맞소?"

"……?"

상노는 이건 또 무슨 뚱딴지같은 수작인가 싶어 멀뚱하니 자신을 불러세운 그 자를 유심히 살펴보니 속세를 떠난 수도승은 아닌 듯 했으나 머리는 백호를 쳐서 밀었고 눈알이 부리부리했다. 그 눈에서 빛이 나는 듯하여 상노는 자신의 몸이 위축되어 오그라드는 느낌을 받았다.

"보아하니 틀림없이 사람을 찾아 예까지 올라온 것 같은데, 왜 말이 없소?"

"댁은 뉘시요?"

"보시다시피 나는 나요."

젊은이는 장난스럽게 피식피식 웃었다.

"저런 뻔뻔스런…"

상노는 목구멍까지 차 오르는 말을 참고,

"댁에서 내가 찾고 있는 사람을 봤단 말이오?"

하고 되물었다.

"댁에서 찾고 있는 사람이 내가 본 그 사람이라면 봤다고 할 수도 있고, 아니라면 못 봤다고도 할 수 있겠지요."

무슨 뚱딴지 같은 선문답을 하자는 겐가?

"도대체 댁은 누구요?"

"나는 나라고 하지 않았소? 지금 우리가 여기 서서 그런 거나 따지고 있을 때요?"

상노는 젊은이가 벌써 저간의 사정을 모두 알고 있는 듯한 느낌을 받고는 말투를 고쳐 고분고분하게 묻는다.

"지금 우리라고 했소?"

"여기 우리 두 사람 말고 또 누가 있소? 절간은 비었는데 어둠만 찾아들고…"

젊은이는 여전히 장난기어린 눈초리로 시를 읊조리듯 흥얼거렸다.

"좋소. 댁에선 뭘 많이 알고 있는 듯한데, 내 한 가지 정식으로 물어보리다. 아녀자 한 사람이 여러 사람한테 끌려가는 것을 못 봤소?"

"왜 아녀자 한 사람이 여러 사람에게 끌려갔다고 생각하시오?"

"그렇다면 아녀자 한 사람이 여러 사람과 함께 갔소?"

“왜 또 함께 갔다고 생각하시오?”

상노는 왜 이렇게 말이 꼬여들어 가는지 모르겠다는 생각을 하면서, 다소 짜증스런 음성으로 말했다.

“그렇다면 둘이서 갔소? 도대체 댁에서 본게 무언지 속시원히 말 좀 해 주시오.”

“본 건 아무것도 없소. 그렇지만 아는 건 있지.”

“그렇다면 뭘 아는 지 말해 보시오. 난 댁하고는 말씨름하기는 싫소. 난 본시 댁에처럼 말꼬리 잡고 늘어지는 말장난 같은 건 할 줄도 모르고…”

상노는 솔직히 항복을 하였다. 젊은이의 말솜씨를 당해 낼 재간이 없다는 것을 깨닫기도 하였지만, 이런 이야기로 시간을 허비할 때가 아니라고 생각했기 때문이었다. 상노가 솔직히 말을 하자 젊은이도 장난끼를 거두고 말하였다.

“나도 댁에처럼 본 것은 없소. 그렇지만 천기가 어디로 갔는지는 알고 있소.”

“당신이 천기를 어떻게?”

“놀라지 마시오. 천기의 존재에 대해서 아는 사람은 댁나 나뿐이 아니니까. 그리고 그녀를 필요로 하는 사람도 우리 둘만이 아니라는 사실을 명심하시오.”

“그렇게 말하는 당신은 누구요? 어떻게 천기에 대하여 그렇게 잘 알고 있소?”

상노는 이제 이 사람에게 더 이상 속일 게 없다는 다짐을 하면서 마음을 터놓고 이야기해야겠다고 생각했다.

"내가 아는 것은 그뿐만이 아니오. 댁의 이름이 상노라는 것과 내 관이었던 댁이 천기를 보호하기 위하여 이곳에 들어와 있다는 사실까지도 알고 있소. 그러나 댁과 나는 한 편에 서야 한다는 것을 미리 말해 두고 싶소."

"좋소. 그렇게까지 알고 있는 댁이니 더 의심하지 않겠소. 그러니 지금부터 내가 해야 할 일이 무언지 가르쳐 주시오."

"내가 아니고 우리요."

"우리요?"

"우리 둘이 말이오."

상노는 사내의 그 다음 말을 기다렸지만, 그는 더 이상 아무 말도 하지 않았다. 단지 앞서서 산을 내려갈 뿐이므로 그에게도 하산할 것을 명하는 것 같아 그로서는 젊은이의 말없는 행동에 따를 수밖에 별 도리가 없었다. 한참만에 그가 입을 열어 말했다.

"주상 전하께서는 이 일에 몹시 진노하고 계시요."

"주상께서요?"

"그래도 당신의 피붙이가 아니요. 그러한 옥체의 혈육을 점지한 분을 이런 데다가 이렇게 두시다니…"

"그렇다면?"

"그렇다면이 뭐요? 그걸 알고 이렇게 찾아오니까, 벌써 피신을 하고 없지 않소? 피신을 하고 없어진 것인지, 누가 데리고 간 건지는 모르지만?"

상노는 간이 덜컥하고 내려앉았다. 그렇지만 한편으로는 사내의 말이 믿기지 않았다. 왕께서 친히 이 일을 알고 찾아 나섰다면, 우선 일월선사의 손에 의하여 이루어져야 하지 않은가. 그렇지 않다면 이 사내는 거짓이다. 이 사내의 말이 진정이라면 일월선사의 말이 거짓이어야 한다. 둘 중의 누구 하나는 거짓이다.

"상감께서 천기를 찾는다면…"

"왜 찾느냐 이 말이오? 좀더 편안히 모셔야 한다는 생각이시겠지. 왜는 왜겠소?"

"그렇다면 궁중으로 뫼셔들이라는 분부이신가요?"

"그건 아니오. 그렇게 된다면 중전께서 심기가 불편하실 테니까."

옳지, 이제야 네놈의 정체를 알겠다.

상노는 이 자가 누구의 끄나풀로 여기까지 찾아왔는지를 알 것 같았다. 중전마마가 옥체의 피를 보전하고 있는 천기를 반길 리 만무였기 때문이다. 그렇다면, 이 자는 나를 이용해 천기를 쉽게 찾아내려는 게 분명하다. 천기를 찾아내서는 그 씨앗을 없애 버리려는 거겠지?

그렇다면, 이 일은 공공연하게 소문이 퍼진게 분명했다. 궁중 내에서 이런 일이 있으면 그 계집은 물론이고 삼대를 멸해 버리는 예를 상노는 봐서 잘 안다. 설혹 운이 좋아 상감의 눈에 들어 사랑을 받는다 치더라도 배운게 있고 양가집 규수라야 그게 가능하다.

이미 멸문이 된 천기의 집안 형편으로서는 상감의 총애를 계속 받을 수가 없다. 만에 하나 총애를 듬뿍 입어 멸문지화의 누를 벗고 집안의 명예가 복권이 된다 하더라도 천기의 집안에는 사람이 없다. 이미 홀홀단신이 되어버린 신세이니 만큼 이제 와서 새삼스럽게 집안을 일으킬 은사를 받기는 틀린 집안이다.

이러한 일들은 주로 안에서 이루어지는 일임으로 상감께서 미주알 고주알 알고 있을 리가 만무하다. 안다 할지라도 숱한 계집 중의 하나로 취급 당할 게 뻔한 이치 아니냐.

상노는 별의별 생각이 다들어 머릿속을 주판알처럼 굴려봤지만, 아무런 결론도 얻지 못한 체 사내의 뒤를 줄래줄래 따라갈 뿐이었다. 이럴 때 일월선사께서 계셨더라면… 그는 이심전심이라는 말을 생각하며 속으로 일월선사를 불러보았다.

선사님!

이럴 때 선사의 신통력이 발휘된다면 얼마나 좋을까?

"저는 이제 어떻게 하면 좋지요? 보살피라는 여자 하나 못 지키고 이렇게 되었습니다요. 선사님, 그 신통력으로 이 사건의 해결책을 찾아주세요."

상노는 내내 혼자서 술을 마시고 보냈던 그 시간들을 후회하였다. 그렇지만 천기의 신분을 확실히 알았다는 점에서 이날의 일이 전혀 무의미했다고는 볼 수 없었다. 그 경위야 어쨌건 천기가 왕통을 보전하고 있다면 자기같은 것이 지키고 있어서는 안될 일이라는 사실을 깨달은 것이다.

그렇다면 그런 무모한 일을 시킨 일월선사의 처사 역시 옳지 못한 것이 되고 만다. 그런데도 그는 일월선사가 한 일에 대해서는 한 마디도 왈가왈부할 것이 없다는 생각을 한다.

　왜냐 하면 그는 아버지와 같은 존재였기 때문이다. 자식이 누가 그 애비가 하는 일에 대해 이렇다 저렇다 할 수 있을 것인가? 그는 생각할수록 머리가 혼란스러워졌다.

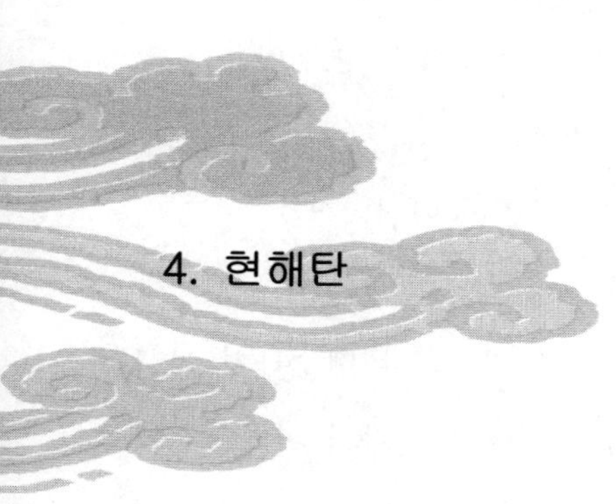

# 4. 현해탄

배가 망망대해로 들어서자 현소가 입을 열었다.

"조선 사람들은 순박하고 착한 성품을 지니고 있소. 우리 왜인들과는 그 근본이 다르오. 그러니까 아무리 화가 나는 일이 있다 하더라도 저들 앞에서 성미를 내보이면 안 되오. 그러면 우리가 지는 것이요. 또 한 가지는 절대로 그 말은 입밖에 내어서는 안 된다는 사실을 각별히 명심들 하셔야 할 겝니다."

"그 말이라면?"

소서행장의 가신 도정종실의 물음이다.

"조선 국왕의 왜국 내조 말이오."

현소의 말은 단호하다. 그러나 도정종실은 아직도 그 말이 미심쩍다. 조선에 들어가는 목적이 그 말을 전하기 위해서인데, 왜 그 말을 하면 안 된다는 것인지 알 수가 없었다.

"조선 사람들에게는 양반 기질이라는 게 있소. 그들은 체면을 목숨보다 더 귀하게 생각합니다. 명색이 그래도 왕인데, 조선왕을 우리 국왕 앞에 와 무릎을 꿇어라 할 수 있겠소?"

"무릎을 꿇라는 게 아니라 입조를 하라는 명이 아닙니까?"

도정종실이 답답하다는 투로 말한다.

"그게 그거잖소? 말이 다르다 뿐이지. 그 말뜻이야 뻔 한 거 아니오? 입조하라는 거나 무릎을 꿇으라는 거나 매한가지 아니오? 그러니까 왕을 거론해서는 안 된다 이 말씀이요. 조선에서는 왕이 어디를 간다는 것은 있을 수 없는 일이오. 더군다나 바다 건너 멀리 있는 왜국 입조라는 것은 있을 수 없는 수치로 생각할 것이 뻔하다는 말씀입니다."

"그렇지만, 우리 고니시 유끼나가님께서는…"

"다이묘의 자리를 내걸고 지금 이 일을 추진하고 있다는 사실을 저도 잘 압니다. 그렇지만 일을 섣불리 터뜨려서는 안 됩니다. 오히려 누가 되었으면 되었지 이득이 없습니다."

현소는 소서행장이 지금 어떤 입장에 놓여 있는 지 앞으로 하려는 일이 무엇인지를 훤히 꿰뚫어 내다보고 있었다.

"대명께서는 지금 큰 꿈을 꾸고 계십니다. 그게 곧 히데요시의 뜻이기도 하구요."

"압니다. 대륙 정벌이지요."

풍신수길은 일본 열도의 천하를 통일하고 그 힘이 남아돌아 대륙 진출의 꿈을 꾸고 있다. 그 꿈을 재빨리 간파한 소서행장이 그를 부추겨 대륙으로 나아갈 것을 부채질한다. 그러자면 우선 조선이라는 걸림돌을 눌러야 했다. 또한 이를 이용하여 디딤돌로 삼자는 것이다. 조선을 디딤돌로 삼고 세계로 뻗어나가야 한다. 이게 저들의 음모이고 꿈이었다.

소서행장은 본시 약장수의 아들로 권모술수에 뛰어난 능변가였다. 풍신수길의 오까야마 입성을 도운 공훈으로 무장이 되어 그의 측근이 되었다. 그는 계산에 약삭빠른 자로 언젠가는 대마도가 대륙 진출의 발판이 될 것을 예견하고 대마도주를 사돈으로 삼는가 하면 그를 이용하여 미리 조선을 염탐하려는 것이다. 현소는 이미 그의 의중을 충분히 헤아리고도 남음이 있었다.

그렇지만 소서행장의 가신인 도정종실로서는 아직 그 주인의 뜻을 다 헤아리지 못하고 있었다.

"그걸 아신다면…"

"일에는 순서가 있는 법입니다. 조선이 어디 우리 나라 같은 줄 아십니까? 조선 사람들은 우리처럼 성미가 급하지 않아요. 순차적인 접근이 필요합니다."

현소는 조선 사람들을 설득시키는 데는 다소 시간이 필요하다고 말한다.

"이번 한 번 걸음으로 일을 성사시킬 생각은 버리는 것이 좋을 겝니다."

"우리 고니시 유끼나가님께서는 시간을 상당히 촉박하게 생각하는 편입니다."

"그렇다고 바늘허리에 실 매어 쓰겠습니까? 이런 일일수록 더욱 진중하게 생각해야 합니다. 조선은 그렇게 호락호락한 상대가 아니라는 걸 가서 보면 알게 될 겝니다."

"대사님께서는 조선을 너무 과대평가하시는 것 같습니다."

"그럴까요? 그대야말로 조선을 너무 과소평가하시는 경향이 있는 것 같구료."

현소는 하회마을의 겸암이라는 자를 생각해 낸다. 성은 유요, 이름은 운룡이라는 자였다. 그때 그는 우연히 풍산 유씨들이 많이 살고 있는 하회라는 마을을 지나치다가 하룻밤을 묵게 되었는데, 겸암의 신세를 지게 되었다.

그때 일을 생각하면 아직도 모골이 송연할 지경이다. 그는 지팡이 속에 숨겨 가지고 다니던 칼을 빼앗기고 톡톡히 망신을 당하였다. 이미 겸암은 그가 뭘 하고 다니는 지에 대하여 훤히 꿰뚫고 있었다.

그가 그랬다.

"이후 다시 우리 나라를 찾을 때가 있을 것이다. 그렇지만 만약 그때에도 네가 이 동네에 나타난다면, 정말 그냥 두지 않을 테다."

겸암은 이미 십 년 이십 년 후를 내다보고 있었고, 머잖아 왜가 조선땅을 짓밟는 날이 있을 것으로 예측하고 있었다. 그러면서도 그를 돌려보내 주었다. 그 자신이 무슨 일을 하고 있는 지를 확연히 알면서도 목숨을 살려 주었던 것이다. 그 점에 있어서는 일월선사와 마찬가지였다.

현소는 조선에서 만났던 두 사람을 떠올리며 아마도 그들은 지금

이 뱃길까지도 내다보며 앉아있을 것이라는 생각을 해본다.

"조선에는 인물이 많다는 것을 알아야 하네. 우리 왜국의 인물하고는 질이 다른 도사들이 있어 나라의 앞일을 훤히 내다보는 사람들이지."

"그러나 우리에게는 조총이 있습니다."

"조총과 인물! 허, 그거 참 재미있는 말이로구먼? 조총과 인물이 서로 만나면 어떻게 될까?"

현소의 자탄에 종의지가 한 마디 거든다.

"대사님께서 두려워하는 인물이 조선에 있다면 저들은 대체 어느 정도의 인물입니까? 나는 새라도 떨어뜨린다는 것입니까?"

"나는 새?"

이렇게 말한 현소는 순식간에 머리 위를 날고 있던 갈매기 한 마리를 배 위에 떨어지게 하고서는,

"일본에는 이 정도 하는 사람이 겨우 몇 손가락 안에 드는 숫자이지만, 조선에서는 각처 곳곳에 이보다 더한 사람들이 있어 나는 새를 떨어뜨리는 도사를 손바닥 위에 올려놓고 놀릴 줄 아는 고수들이 수두룩하다네."

하고는 떨어진 새를 집어 날려보낸다.

선상의 사람들은 어안이 벙벙해 현소의 그 솜씨에 감탄을 한다. 새는 다시 날아 허공을 높이 차고 오른다. 칼을 쓴 것도 아니고 활을 쓴 것도 아니다. 그런데 조선에는 그런 도사를 부릴 줄 아는 사람들이 수두룩하다니 그 말을 믿을 수밖에는 별 도리가 없었다.

"그래도 우리에게는 일본 열도를 통일한 히데요시의 힘이 있고 조총이 있습니다."

"힘을 믿고 까부는 것은 이 일과는 아무런 연관이 없어. 우리에게 지금 필요한 건 저들의 마음을 움직여 통신사를 보내게 하는 일이오. 통신사로 하여금 일본의 힘을 느끼도록 하여 자연스럽게 길을 열어주도록 하는 것, 지금 우리가 싸우러간다고 생각한다면 살아서 돌아오지 못할 것이오."

아직 힘이 펄펄한 종의지나 도정종실은 현소의 말이 전혀 실감 나지 않았다. 그러나 현소의 가신으로 그림자처럼 그를 수행하고 조선의 팔도를 다녀본 유천조신으로서는 현소의 염려가 무엇인지를 금방 알아챘다.

"우리 대사님의 말씀은…"

"예, 대사님의 뜻이 무언지 한 번 말씀해 보십시오."

"조선 사람들은 우리가 내조한 까닭을 이미 훤히 꿰어 알고 있다 이 말씀이십니다. 그러한 데다가 조선 국왕의 일본국 입조를 거론했다가는 그 말을 순순히 받아들이기 이전에 우리를…"

"우리를 죽이기라도 한다는 이 말씀이십니까?"

도정종실은 까짓 죽음이 겁날 바에야 지금 당장에라도 돌아가는 편이 낫지 않겠느냐고 힐난을 한다.

"그게 겁이 난다면 차라리 지금이라도 돌아가시지요."

그는 오까야마 입성을 할 때 소서행장을 도왔다. 도운 것도 크게 도운 게 아니라 물에 빠진 소서행장의 말고삐를 당겨 꺼내준 정도인데 타고난 뱃짱과 장대한 기골 덕택으로 소서행장의 눈에 들게 되었고, 소서행장이 풍신수길에게 발탁됨과 동시에 그 역시 소서행장에게 발탁이 되어 그의 심복이 된 것이다. 그러니 두려운 게 없는 작자다.

좀 더 거망동하고 싶었지만, 나는 새를 떨어뜨리는 현소의 마력을 보고는 참는 중이었다. 그렇지만 현소의 가신인 유천조신까지 조선 사람을 칭송하는데 더 참을 수가 없어 한마디 불쑥 내던진 것이다.

그러나 현소는 이들을 타일러 알아듣게 말한다.

"그 기백은 살리되 우리의 속을 드러내보여서는 안 된다는 주의입니다. 우리는 맨주먹으로 적진을 향하여 들어가는 격입니다. 만약에 저들이 본색을 알고 우리의 죄값을 따지고 든다면 어떻게 하겠습니까? 우리에게는 삼포의 교훈이 있질 않습니까? 모두들 조심해야 할 겝니다."

현소는 조용히 일행을 타이른다. 그 말에 일리가 있다 싶었는지 아무도 말이 없다. 누구나 목숨은 소중한 것이다. 그들은 잔뜩 겁을 집어먹고 있음이 역력했다. 현소는 이렇듯 남의 마음을 읽어내는 독심술까지 지니고 있었다.

"조선 사람들은 말이오. 체면 때문에 남에게 듣기 싫은 말을 안 할 뿐이지, 한 번 한다 하면 하는 민족이요."

동래 울산에 이가 성을 가진 뱃사람이 사람이 있었다. 남자는 늘상 바다에 나가 살았고 그의 아내가 살림을 꾸려나갔다. 하루는 왜인 한 사람이 이 여자를 보고 흑심을 품었다.

그리하여 한밤중에 여자의 방으로 몰래 기어들어갔는데, 마침 남자는 없고 색에 굶주린 이 여자가 남자를 받아들였다. 이 두 사람은 차츰 만나는 횟수가 늘어났고 사통의 횟수도 늘어갔다. 처음에는 설마 했던 자기 아내가 왜구와 놀아나는 것을 안 남자 이씨는 남이 알까 두려워 쉬쉬하며 아내를 달랬다.

그렇지만 집을 비우는 시간이 잦은 남자는 애만 태웠을 뿐이지 여자를 옳게 간수할 수가 없었다. 일이 이 지경에 이르자 자연 동네 사람들도 눈치를 채게 되었고 뒷소문이 꼬리를 물었다. 이제 남자에게는 체면 따위를 차릴 아무런 위신도 남아있지 않았다.

"그 남자가 두 연인들을 어떻게 했는 지 아나? 붙어 있는 둘을 철사줄로 칭칭 동여맨 다음 바다 속에 쳐 넣은 거야. 그리고도 모자라 날마다 그 살점을 한 점씩 뜯어 구워먹다가 들켰지. 사람들은 그가 바다 속에서 건져오는 것이 해물인 줄로만 생각했던 게야. 조선 사람들은 일단 체면을 버리면 무슨 일이던지 저지를 수 있는 위인들이야."

"바다 속에 쳐 넣어 놨으면 썩지도 않고 잘 간수 됐겠네."

"그런 농담 듣자고 이야기한 것 아냐. 체면을 잃지 않게 처신해야 한다 이 말씀입니다. 우리도 자칫 잘못하면 껍데기 벗기어 수장 당할 수도 있어요."

"원 대사님도… 무슨 그런 끔찍한 말씀을 서슴없이 하십니까? 아무려면 저들이 대 왜국의 사신들을 그리야 할라구요."

"저들에게도 정보통이 있다면 우리가 왜국 사신이 아닌 줄은 번연히 알테고, 그 뒷일을 어찌 알겠소? 하여간 미리 조심하는 게 상책이오."

　현소는 어떻게든 조선땅을 밟기 전에 일행의 정신 무장을 시켜야 한다고 생각하는 터였다.

　정신 무장의 첫째는 경거망동함이 없어야 한다는 것이었는데, 그 경거망동이라 함은 아무리 풍신수길이 천하를 재패하였다고 큰 소리 치고 우쭐해 하지만, 그것은 어디까지나 섬나라 안의 일이고 대국과 통해 있는 조선에서는 그게 안 먹혀 들어간다는 지론이었다.

　따지고 보면 왜국의 근간이라는 것이 신라 백제로부터 건너온 도래 인들이 만든 나라가 아닌가? 왜소한 왜구를 탈피시켜 기골이 장대한 풍채로 변모시켜 준 것도 따지고 보면 다 도래인들과의 교접에 의한 것이요, 거기서부터 물갈이를 한 덕분이라는 사실을 그는 잘 알고 있 었다. 또 모든 문화가 거기서 연유했다는 역사의 흐름을 그는 이미 깨닫고 있었다.

　일찍이 백제 도래인 왕인 아지끼가 책을 들고 와 잠자던 왜인을 일 깨워 눈을 트여주었고, 그들에 의하여 전파된 불교문화가 전 일본을 꽃피게 하였으며, 오늘의 현소 자신도 저들 도래인들에 의하여 눈뜬 장님을 면하게 된 것을 늘 생각하고 있는 사람이었다.

　그러나 그는 왜국에서 태어났고 조국을 버리고 조선 사람이 될 수 는 없었다. 그게 바로 운명이란 것이다. 그는 운명을 믿었다. 그래서 운명에 순종하여야 한다고 생각하는 사람이었다. 지금 이렇게 배를 타고 현해탄을 건너야 하는 것부터가 벌써 운명이 아니더냐. 그는 운 명 그 자체도 운명의 장난이라고 믿는 터였다.

"조선 사람들 중에는 앞일을 내다보는 혜안을 가진 사람들이 많습니다. 그들은 역술을 익혀 갖가지 조화를 부리지요. 그렇지만 저들은 아무렇게나 그걸 써먹지를 않습니다."

"써먹지 않는 재주가 무슨 필요가 있겠습니까?"

"재주란 반드시 써먹기 위해서 배우는 것만은 아니지요. 배우는 그 과정을 중시하는 견해도 있습니다. 그걸로 인격을 완성시키는 것이지요."

"그렇다면 왜국에는 그런 자가 없단 말씀입니까? 우리 도요도미 히데요시님께서도 하늘을 나는 재주가 있다고 들었는데요."

"본시 영웅이 만들어지자면 이야기가 많이 생기는 법입니다."

풍신수길은 대체 어떤 인물인가? 왜국의 역사를 한 번 거슬러 올라가 보자.

태평양 바다 위에 갈겨놓은 갈매기똥 같은 일본열도는 수백 년간 피비린내나는 권력 다툼으로 피폐해 있었다. 그러나 이 열도를 어느 정도 통일한 사람이 요시또모 장군이었다.

이렇게 해서 세워진 정권을 일컬어 막부정권이라 불렀다. 그러나 요시또모 장군이 창설한 막부정권은 곧 타락의 길로 들어서고 말았다. 장군의 마음에 들지 않으면 갑을 시켜 을을 치게 만들고 병을 시켜서는 또 을을 치게 만드니 안정이 있을 리 없다.

이에 반발을 일으켜 일본열도의 재통일의 기치를 내건 인물이 노부나가였다. 그러나 노부나가 역시 천하통일을 목전에 두고 부하 미쓰히데의 모반으로 죽고 말았다.

모반의 불구덩이 속에서 구사일생으로 구출된 노부나가의 손자를 부탁 받은 히데요시가 다시 천하통일을 이루게 되었으니 이 자가 곧 풍신수길이다.

풍신수길은 본시 노부나가가의 말몰이꾼이었으나 노부나가의 사랑을 받아 토요도미라는 성을 하사 받고 주군을 죽인 미쓰히데를 쳐서 원수를 갚으면서 권좌에 오른 인물이다.

그는 지략을 겸비해 힘으로 못 이길 상대한테는 계교로서 화의를 청했고, 약한 자에 대해서는 여지없이 굴복을 시켰다. 이에야스가 그런 경우로 힘으로는 도저히 감당할 수 없음을 깨닫자 여동생을 출가시켜 화의를 꾀해 천하통일의 동반자로 삼았던 것이다.

이제 그러한 그 자가 조선을 넘보고 있다. 그의 밑에는 오오다니 요시쓰구, 후꾸시마 마사노리, 가다기리 가쓰모도, 이시다미 쓰나리, 고니시 유끼나가와 같은 직속 무장과 마에다겡 이아사노 나가마사, 마스다 나가모리, 나가쓰가 마사이에 같은 5행정관, 이께다 구로다, 나가마사, 도오조 다까도라, 죠소까베 모도찌까, 나베시마 가쓰시게, 아사노 요시나가, 가또 기요마사 같은 7인패가 있었다.

막부시대의 권력의 서열은 그 첫째가 장군들에게 주어지고, 장군은 대명을 거느려 그들에게 영지를 내린다. 대명은 장군을 섬기는 자로 지배 계층이 되는 동시에 정치적 책임을 진다.

이들이 다스리는 지역을 번이라 불렀으며, 대명에는 보대대명과 외양대명이 있다. 그러면 이 대명은 또 가신을 두어 지행지를 나누어 주고 그들을 수족으로 삼는다. 이들이 행정 실무자로 말단 권력자인 셈이다.

이중 첫번째 실력자에 해당하는 장군 소서행장이 착수한 첫 업무가 조선 탐색이란 임무였다. 소서행장은 곧 대마도에 심어둔 그의 촉수와도 같은 도주 종의조에게 이 일을 일임한다. 이렇듯 막중한 책임을 진 밀사로 나온 도정종실이 아닌가?

이러한 도정종실이 일개 절의 주지에 지나지 않는 현소로부터 이래라 저래라 하는 소리를 듣는다는 것이 여간 불쾌하지 않을 수 없는 노릇이다. 그것도 몇 번씩이나 들었던 이야기를 하고 또 하는 되풀이에 이제 진력이 났다.

비록 조선이 처음 가는 곳이기는 해도 조선이라고 어디 별천지랴 싶었다. 또한 현소가 아무리 뛰어난 법력을 가졌다 하더라도 그게 무어냐? 자신도 어느 정도의 검력은 갖고 있는 터, 뭣 하다면 겨루어보고 싶은 충동까지 생기려고 하는 젊은 혈기의 도정종실이기도 하다.

"우리 주군님께서는 천제이십니다."

풍신수길은 천하를 제패하자마자 그의 신분을 높이기 위하여 일부러 신비에 가까운 출생 신화를 지어 퍼뜨렸다. 그 이야기는 일본열도에만 국한된 것이 아니라 남만의 여러 나라에까지 퍼지도록 소문꾼을 동원하거나 책자를 만들어 배포까지 하였다.

도정종실은 지금 현소의 대답 여하에 따라 이 자를 처단할 행정적인 근거가 생긴다는 회심의 미소를 머금고 있었다.

"그야 누구나 아는 사실이지요?"

'얼씨구, 잘도 피하는군?'

"소신이 듣기에는 천상천하에 히데요시님만한 인물이 없다고 들었는데, 대사님께서 하시는 말씀은 조선에는 그러한 인물이 도처에 깔렸다고 하시는 것 같이 들려서 하는 말입니다."

"그럴 리가요?"

현소는 도정종실의 속셈이 무언가 환히 꿰뚫어 그의 마음 깊은 곳까지 헤집어 보고 있었지만, 굳이 어린 그를 탓할 일이 아니라 생각하고 있었다. 그러면서 사공들에게 이른다.

"닻줄을 단단히 감아라. 곧 소용돌이가 칠 것이니라."

풍신수길은 1536년 1월 1일 해돋이와 함께 태어났다고 했다. 아버지는 오하리국의 기노시타라는 사람이었고, 어머니도 같은 오하리국 출신이었다. 풍신수길은 오다 노부나가의 부친인 노부히데의 부하로 있다가 부상을 당해 평민이 되었다. 생김새가 원숭이를 닮아 보는 사람으로 하여금 저게 사람인지 짐승인지 모를 정도였다는 이야기가 전해진다.

그러나 어쨌건 그는 당대 최고의 실력자인 노부나가의 부하가 되었고, 처음 마굿간 일을 돌보던 신세에서 출세가도를 달려 천하 통일을 이룬 장군이 되었다.

이 무렵의 일을 중국 『명사:일본전』에 이렇게 기록되어 있다.

일본은 옛부터 왕이 있고 그 밑에 관백이라는 최고 실권자가 있었는데, 당시의 관백은 노부나가였다. 노부나가가 어느 날 사냥을 나갔다가 나무 밑에 누워 있는 사람을 만났는데, 그 자가 놀라 일어나 달아나다가 노부나가의 행렬과 충돌하게 되었다. 노부나가가 그 자를 체포하여 힐문하였다.

그 자는 자기 이름을 다이라노 히데요시라했고 사쓰마 주의 노예 출신이라 했다. 말을 잘할 뿐만 아니라 행동이 응용하여 노부나가의 호감을 사게 되었다. 노부나가는 처음에는 마굿간 일을 시키고 기노시다라 불렀다. 그 후 차츰 노부나가의 눈에 들었고 기노시다의 계책을 이용하여 20여 주를 병합함으로써 마침내 그를 셋쓰진 수비대장으로 임명하게 되었다. 노부나가의 참모 아기지라는 자가 죄를 짓자, 노부나가가 기노시다로 하여금 그의 토벌을 명하였다.

기노시다가 성을 떠난 사이 노부나가의 부하 미쓰히데가 배반을 해 노부나가가 죽는 변이 일어난다. 이 기별을 들은 히데요시는 아기지를 토벌한 후 부장 소서행장 등과 함께 군사를 돌려 미쓰히데를 주멸한다. 이로써 그의 명성은 일본열도를 들끓게 했다, 마침내 노부나가의 셋째 아들을 폐하고 관백의 자리에 오르게 되니, 그때가 만력 14년 1586년이었다.

풍신수길은 이러한 그의 신분을 높이기 위하여 부하 오무라를 시켜 자신의 전기 『천정기』를 쓰게 하였다. 모두가 그 자신을 미화시키기 위한 작업이었다. 뿐만 아니라, 그 자신도 서슴없이 스스로를 높이는 서신을 보내고 있었으니 이러한 내용들이다.

어머니가 나를 임신할 때 태몽을 꾸었다. 한밤중에 어머니 방에 햇빛이 대낮처럼 찬란하게 비추는 꿈을 꾸고 태어난 것이 나 히데요시다. 이 이야기를 들은 사람은 깜짝 놀랐으며 점장이에게 물은 결과 이 아이는 장차 자라서 천하를 다스리고 그 위세를 사방에 펼칠 것이 분명하다고 예언하였다.

1593년 히데요시가 고산국|대만|에 보낸 편지의 한부분이다.

이렇듯 자신의 출생 신화를 만들어내기까지 하는 풍신수길이 현소의 마음에 들리 만무였다. 그러면서도 그를 위하여 이렇듯 먼 길을 떠나는 자신의 심정을 모르고 자꾸만 깐죽거리는 도정종실이 곱게 보일 리 없었다. 그런데 그조차도 운명이라고 생각하는 현소이기에 되도록 이들과의 마찰만은 피해야 한다고 생각했다. 저들이 권력자의 가신이라서가 아니라 어차피 같은 배를 탄 이상 같은 운명을 짊어지고 나아가야 할 일이기 때문이었다.

그는 쓰잘 데 없는 마음의 갈등을 가지고 체력을 소모하기보다는 앞으로 다가올 돌풍이 더욱 마음에 걸린다. 눈앞의 안전 항해가 우선 급선무였다.

"모두들 각오를 단단히 하라고 일러라. 곧 돌풍이 몰아칠 것이다."

현소는 일기의 변화에 민감한 뱃사람들까지도 알아채지 못하는 돌풍을 예감하고 있었다. 날씨는 쾌청하고 뱃길은 순조로운데 돌풍에 대비할 것을 명하는 현소를 보고 사람들은 의아해 한다.

"속이 거북하십니까?"

혹시 뱃멀미라도 해 정신이 어떻게 된 것이 아닌가 하는 비아냥이었다.

그러나 그는 정확한 발음으로 말한다.

"용오름이야… 용오름이 올 것이야."

"용오름이라니요?"

가신 유천조신조차도 그의 말뜻을 이해 못하겠다는 듯 의아한 표정
으로 다시 묻는다.

"용오름이요?"

"모두들 선실로 들어가 정해진 위치에 몸을 묶고 노를 힘껏 잡아
라. 돛대는 남동으로 돌리고… 선상에는 나 혼자 있겠다. 그래도
용오름을 눈으로 지켜볼 수 있는 자는 나 밖에 없을 테니까."

바람은 북북서로 순풍을 받아 흐르고 있는데 갑자기 남동이라니…
뱃사람들은 의아해 한다.

"갑자기 남동이라니요? 그러면 떠나온 곳으로 다시 돌아가는 뎁
쇼?"

"배를 잃고 물고기밥이 되기 싫거든 시키는 대로 하게나."

유천조신의 말이다. 그만이 현소의 예언력과 신통력을 믿고 있었
다. 지금 여기서 무슨 조화를 부려 보여 단결된 힘을 얻으려 하거나
아니면, 정말로 용오름이 일거나 무슨 일이 있을 것이라는 예측은 틀
림없는 사실이라고 믿는 그였다.

일부는 믿기지 않는다는 표정을 하고 사람들이 모두 선실로 내려가
자, 현소는 저만큼에서부터 불어오는 바람의 덩어리를 보았다. 그것
은 바람의 덩어리가 아니라 물보라였다. 바닷물이 한꺼번에 거꾸로
치솟아 하늘로 오르는 물기둥 같은 것이었다.

처음에 조그만 점이었던 것이 점차 집동만한 것으로 변하면서 똬리
를 틀며 달려오는 물기둥을 보고, 그는 한동안 넋 나간 사람처럼 그
자리에 서 있을 수밖에 없었다.

"용이야. 정말 용이야…"

선실로 들어가면서 까지도 현소의 말을 비웃던 사람들이 배에 자신
의 몸뚱아리를 묶으려고 서둘며 밀어닥치는 물기둥을 망연히 바라본
다.

"청천 하늘에 이런 일은 처음이야."

뱃사람들조차도 겁에 질려 할 일을 잃고 허둥댄다.

갑자기 천지가 캄캄해지면서 밀어닥친 물기둥은 뱃전을 여지없이
내리덮쳤고 돛대를 부러뜨렸다.

"어이쿠!"

"사람 살려요."

여기 저기서 비명소리가 터져나온다.

현소는 덮치는 물보라를 그대로 맞으며 염원을 한다.

"대왕님! 우리는 결코 당신네 나라를 해치러가는 게 아닙니다. 그
저 가서 우리 막부의 뜻을 전하러가는 것 뿐입니다. 이 일은 누가
해도 해야 할 일이고, 어차피 정해진 운명이 아니겠습니까? 그러할
진대 저 같은 것을 죽여 무엇하겠습니까? 그저 이만하면 대왕마마
뜻을 알겠으니 부디 진노를 거두어 주옵소서."

연신 이렇게 비는 데도 물벼락은 내리친다.

"제발 이쯤에서 거두어 주옵소서. 본시 왜와 조선은 하나이거늘 왜
이다지도 무서운 물벼락을 내리는 것입니까?"

지금 현소가 빌고 있는 대상은 신라 문무대왕이 죽어서 된 호국 용
왕이다. 문무대왕은 왜가 이 강산 국토를 침범할 것에 대비하여 죽어

서까지 호국용이 되어 동해 바다를 감시하겠다는 유언을 남겼다.

그는 죽어 육신을 동해 바다 깊숙히 대왕암에 묻고 그 혼은 정말 동해 바다의 용왕이 되었는데, 간밤의 꿈에 현소에게 나타나 현몽하였다.

'너희는 지금 큰 잘못을 저지르려고 한다. 조선은 너희 어머니 땅이거늘, 어찌 호시탐탐 기회를 노리는고? 내 이미 너희의 속셈을 다 알고 있거늘, 이제 그 못된 짓을 그만두거라.'

'너희가 정말 나의 말을 못 믿겠다면, 내가 살아 있다는 증거를 보여줄 것이다.'

현소는 이미 문무왕의 존재에 대하여 들어 알고 있다. 대왕은 삼국을 통일한 위업을 남겼으면서도 항상 왜구의 침략을 걱정하였다. 왕은 죽으면서까지 자신의 몸을 화장해 동해에 묻혀 왜구를 막겠다는 유언을 남겼다.

사람들은 유언에 따라 낭산의 능지탑에서 화장을 하여 봉길리 앞바다 대왕암에다가 묻었다. 사상 유례없는 수중 왕릉이 여기서 탄생한 것이다.

신라 사람들은 문무왕이 용이 되었다고 믿었으며, 왕의 은혜에 감사하기 위하여 감은사라는 절을 지었다. 수중능에서 감은사 사이에는 대종천이 흐르고 있는데, 용이 된 문무왕이 드나들기 좋도록 수로를 만들기까지 하였다. 절에는 금당을 짓고 용이 된 대왕께서 와서 쉬도록 금당 밑에 큰 구멍을 뚫어놓기까지 하였다.

경주는 부산포에서 그리 멀지 않은 곳이고, 경주에서 봉길리까지 또한 먼 길이 아니라, 그는 그곳을 두 번이나 가 본 적이 있었다. 그곳에는 해룡이 된 문무왕만 있는 것이 아니라 삼국통일의 대업을 이루고 난 뒤 죽어서 천신이 된 김유신의 넋도 함께 있었다.

이 두 호국신들이 만나는 이견대라는 누대가 있어 그도 잠시 거기서 쉰 적이 있었다.

이견대는 문무왕의 수중능이 보이는 언덕 위에 있었는데 주변에는 대나무숲으로 둘러쳐져 있었다. 이곳에서 신문왕은 신라 3기 중의 하나인 '만파식적萬波息笛'을 얻었는데, 이는 죽어서 해룡이 된 문무왕과 천신이 된 김유신이 합작해서 만들어낸 기이한 물건이다.

『삼국유사』에 이렇게 적혀 있다.

어느 날 동해에 떠오르는 섬이 있어 신문왕이 나아가 맞았는데, 그 섬 위에 서 있는 대나무 두 그루를 얻어다가 피리를 만들었다고 한다. 이 피리를 불면 적군들이 물러가고 질병이 사라지며, 장마 때는 비를 그치게 하고, 가뭄 때는 비를 내리게 하는 신비스러움이 나타났다. 그래서 세상의 파란을 없애고 평화를 심어준다는 뜻에서 만파식적이라 불렀다.

더욱 신비한 것은 이 피리가 경주를 한 발짝이라도 벗어나면 소리가 나지 않는다고 한다. 신문왕 다음 효소왕 때에 화랑 부례랑이 말갈족에게 납치당했는데 백률사의 불상이 이 만파식적을 이용하여 그를 구해 오는 기적이 있었다. 그래서 왕은 '만만파파식적'으로 이 피리의 이름을 높여 주었다.

한때 현소는 이 피리를 탐하여 백률사에 몰래 들어갔던 적이 있을 만큼 그에게는 각별한 인연이 있는 문무대왕이다. 바로 어젯밤 그 문무대왕이 그에게 나타나 현몽하기를 '네가 어찌하여 또다시 그 같은 일을 저지르려 하느냐.' 하고 몹시 나무랐다. 그는 꿈에서 한 마디 변명도 못하고 목이 타 물을 찾다가 깨어 일어났는데 침상이 축축이 젖어 있었다.

오늘 반드시 이 같은 일을 당하리라 예견은 했던 일이었지만, 그래도 그는 저들이 사신 일행을 죽이지 않으리라는 것까지도 알고 있었다. 조선 사람들은 워낙이 품성이 착하고 여려서 일없이 살상을 하지는 않는다. 겁을 주어 스스로 깨닫게 만들었으면 만들었지 죽이지는 않는 것이 조선 사람들의 장점이라면 장점이요, 단점이라면 단점이었다.

수리매는 뱁새의 둥지에다가 알을 낳는다. 그러면 뱁새가 그 알을 품어 새끼를 깬다. 매는 알을 품을 줄 모르기 때문이다. 수리매는 자라면서 어미새와 같은 뱁새를 잡아먹는다. 자신을 부화시켜 준 은공도 모르고…

현소는 조선인과 왜인을 항상 이런 관계로 비유해 생각한다. 왜는 조선으로부터 모든 문화를 받아 문화의 꽃을 피우고 있지만 뱁새와 같은 존재인 조선을 늘 넘보기만 했다.

조선에는 너무나 많은 보화가 있기 때문이었다. 경주만 해도 그렇다. 현소 그가 탐하던 것으로 경주에는 만파식적 외에도 '금척金尺'이라는 것이 있다. 신라 시조 박 혁거세 왕이 천신에게서 얻은 보물이라 전해지는 이 금자는 병든 사람을 이 자로 재면 병이 낫고 죽은 자를 이 자로 재면 다시 깨어난다.

신비스러운 금자에 대한 소문은 멀리 중국에까지 퍼져 중국의 황제는 사신을 보내 이 금자를 빌려 달라고 하였다. 신라에서는 자를 빌려준다는 것은 곧 잃는다는 것임을 알고 30여 개의 인조산을 만들어 자를 묻어버렸다. 그는 이 소문에 미쳐서 금자가 묻혀 있다는 금척리를 배회한 일까지 있었다.

지금 그가 이러한 모험을 하는 것도 언감생심, 이 물건들을 손에 넣을 수 있을까 해서라고 생각하니 두려움이 전혀 없을 수 없는 현소였다. 만약에 조선을 꺼꾸러뜨릴 기회가 주어진다면, 그는 맨 먼저 이것들을 찾아내리라 계산했던 것이다. 만약에 일이 잘 되어 왜가 조선을 친다면 그는 선봉장에 설 작정이었다. 그러한 야무진 꿈을 버릴 수 없는 그였다.

경주에는 또 하나의 신비한 물건이 있다. '화주花柱'라는 것으로 분황사탑에서 나온 구슬로 그 빛깔이 마치 수정 같았다. 이화주는 빛이 고울 뿐만 아니라 빛을 통과시켜 솜을 갖다 대면 불이 붙었다. 말하자면 불씨의 근원 같은 것이다. 이 셋을 합해 경주 사람들은 경주의 '3대 기물'로 쳤는데, 지금 현소의 욕심은 그 세 가지 보물을 손에 넣겠는 욕심으로 가득하다. 인생의 생사화복을 그 세 가지 물건으로 주관할 수 있으니 얼마나 진귀한 물건인가?

그러나 지금 그는 자신의 속마음을 훤히 꿰뚫어보고 있는 호국룡인 문무왕의 넋에 시달리고 있는 중이다.

"대왕이시여! 제 욕심을 다 버리겠습니다. 제발 살려만 주십시요."

그는 이렇게 빌었다.

"제 욕심이 지나쳤습니다. 이제 다시는 그런 욕심을 부리지 않겠습니다. 조선에 건너가서도 사신으로 온 뜻만 전하고 얌전히 돌아오겠습니다."

다시 한 번 철썩 그의 뺨을 때리는 파도소리가 들렸다.

순간, 그는 매달렸던 돛대에서 손을 놓치고 이물 쪽으로 곤두박질 쳤다.

다시 한 번 무서운 물보라가 순식간에 그의 웃도리를 벗겨갔다. 이상하게도 그 윗도리는 하늘로 높이높이 올라가고 있었다. 마치 빨래통 안에서 돌아가는 빨래처럼 둘둘 말려 용오름을 따라 치솟아 오르는 것이었다.

용오름은 그것으로 끝이 났다. 언제 그랬더냐는 듯 눈부신 햇빛이 일엽편주에 불과한 배를 향하여 내리비추기 시작하였다.

현소는 선실로 몸을 피했던 사람들이 올라올 때까지 이물의 닻줄 물레 밑에 널부러져 있었는데, 이마에서는 피가 흐르고 소금물이 들어가서 그런지 두 눈알은 뻘겋게 충혈되어 거의 의식을 잃는 듯싶었다. 두 개의 부들로 엮어 만든 풍석돛을 달았던 돛대는 부러져 나갔고 찢겨진 돛의 한 조각이 현소의 몸둥아리를 덮고 있었다. 현소는 벌거숭이인 채로 한동안 정신을 잃고 엎드려져 있다가 일어났다.

"괜찮으십니까?"

"대사님, 이게 도대체 어떻게 된 일입니까?"

물에 빠진 생쥐라는 말이 가장 잘 어울릴 모습을 하고 나타난 사신

일행과 선원들이 올라와 감쪽같이 사라져간 바람의 뒤끝을 조사하고
있는 동안 현소는 겨우 눈을 떴다. 넋나간 사람의 모습 그대로 정신
이 혼미했다.

"정신 좀 차려 보세요."

"이제 바람이 지나갔어요."

현소는 간신히 기어서 몸을 옮겨간 후 멍에뿔을 잡고 몸을 가눈다.
조금이라도 덜 흔들리는 곳을 찾아서 배의 중심부로 몸을 옮겨 앉은
것이다.

"봤지? 이게 바로 용오름이란 것이야."

오랜 뱃사공 노릇을 한 선원들도 이런 일은 처음이라며 혀를 내둘
렀다. 그렇지만 현소는 이러한 현상이 문무대왕의 진노에서 비롯되었
다는 말은 하지 않았다. 말을 해봤자 저들이 문무대왕이 누군지 알
턱도 없을 테고, 그보다는 자신의 마음속에 감추어둔 비밀을 털어놓
고 싶지 않았기 때문이다. 그는 이제 교신이라는 말을 곰곰이 생각해
본다. 영매라는 말과도 통하는 뜻이다. 죽은 사람과의 대화를 영매나
교신이라고 생각할 때 그는 분명히 문무대왕과 교신을 하였다고 생각
하는 것이었다.

"대왕의 경고로 생각하시오."

"대왕의 경고라면…"

"조선에는 아직 이러한 대왕이 많다는 사실을 알아야 하오. 저들의
말로는 호국신이라 하오만, 어쨌거나 죽어서도 나라를 지키고자 하
는 영령들이 있다는 것을 이제 몸소 겪었을 것이오."

단순한 기상변화라고 우기기에는 너무나 신비한 경험을 한 일행은 아무도 다른 말을 하지 않았다. 이제 다시는 이런 일이 일어나지 않도록 비는 수밖에 할 일이 남아있지 않았다.

"자, 배를 수리해야 할 곳이 있으면 손을 보고 그렇지 않으면 예비 돛이라도 올립시다."

현소는 배의 정비를 지시하고 예비돛을 올릴 것을 일렀다. 사방이 바다에서 자란 저들인지라 배에 대해서는 누구나 다 잘 알고 있었다. 일본배는 대개가 한반도에서 건너가 전수된 것으로 백제선이라 불리웠는데, 왜말로는 '가라부네', 한자로는 '당선'이라 씌었다.

'가라'라는 말은 옛날 삼한시대의 '한'을 뜻하는 말로 발음이 가라였고, 한반도를 가라라 했다. 중국의 당나라 역시 가라라고 하였지만 '한'과 '당'을 혼용해 가라라고 하였다. 가라라는 말에는 한이나 당 같은 나라 이름도 포함되지만, 또한 가라 사람이 만든 배 또는 먼 나라를 다니는 배라는 의미로도 쓰였다. 하여 가라부네라는 말은 백제 사람이 백제식으로 만든 배로 먼 나라를 다니는 배를 뜻한다.

이 가라부네는 고물과 이물의 끝이 삐죽하게 하늘로 솟아 있는 것이 특징으로 물의 저항을 덜 받게 설계된 배다. 본시 일본배는 앞쪽이 편편하고 넓어 물의 저항을 견디지 못하였던 것인데 대마도 사람들은 재빨리 이 백제선을 본받아 이물과 고물을 높이는 반면 그 폭을 좁혔다.

배밑은 네모진 통나무를 옆으로 잇고 가새를 박는다. 그리고 배밑의 양쪽 가장자리에 두께가 각각 다른 삼판을 이어 붙인다. 이물 쪽에 귀삼을 한 장 더 올려서 이물을 솟아오르게 한다. 삼판에 박는 못도 물에 잠기는 곳은 참나무못을 쓰고 마른 데는 쇠못을 박는다.

이물비우는 세로닫이로 대어 막는다. 한가운데 곡목을 세우는데 아래는 배밑 사이에 꽂아넣는다. 양 옆으로 각각 세 개의 비우를 세운다. 이때는 쇠못 꺽쇠 거밀못 대갈못 넓적쇠 등이 사용되는데 가세를 옆으로 때려 박아 잇는다.

한편 고물비우는 가로다지 널판대기를 대어 박는다. 배의 못은 참나무못과 쇠못을 섞어 사용한다. 이때 고물비우의 널판대기 이음새에 키 꽂는 구멍을 뚫는다. 이러한 뱃몸이 완성되면 뱃전 위에 멍에를 얹어 걸고 그 위에 널판을 깔고 뱃집을 세운다.

"가라부네가 아니었더라면 도저히 견디어 내지 못할 뻔했습니다."

배를 살펴보던 선장의 말이다. 이물돛대와 한판돛대가 부러져 나갔을 뿐 배의 몸집에는 이상이 없다는 보고였다.

"다행히 예비로 준비한 돛대가 있습니다."

현소는 이제 겨우 정신을 차리고 고물비우 뒤에 마련돼 있는 뒷간으로 엉금엉금 기어가며 연신 기침을 콜록거려 댄다. 짠물이 그대로 콧구멍과 목구멍을 훑어 내려가 뱃 속이 뒤틀렸다.

"조선은 함부로 대할 나라가 아니야…"

그러나 그는 더욱 이빨을 사려물고 언젠가는 이 말을 하며 큰소리칠 날이 있을 것이라고 이를 간다.

"두고 보자!"

금방 혼줄이 빠지도록 시껍을 먹고도 또다시 이를 가는 게 섬사람들의 특성인가? 뒷간에서 나온 현소는 일행들을 불러놓고 이렇게 말한다.

"이 배가 아무리 견고하게 만든 백제선이라 할지라도 이 현소가 없었더라면 당장 깨어져 나가고 말았을 것이오. 조선의 호국룡과의 일전에서 우리는 당당히 맞서서 싸웠소. 이제부터는 이보다 더한 싸움이 계속될 것인즉, 저들과 싸워 이기는 길은 정신을 바짝 차리는 길밖에는 없소. 그리고 일치 단결하는 우리의 단합력이 이번 싸움에서의 관건이 될 것이오. 절대로 개인적인 영웅심이나 욕심을 가져서는 안 될 것이오."

그는 조금 전의 용오름을 일으킨 것은 조선의 호국룡인 문무대왕이라고 말하며 또 한 차례 천신의 시험이 있을 것임을 경고했다.

"천신은 김유신을 말하는 것입니까?"

종의지의 물음이었다.

"그렇다네. 저들은 비록 각기 다른 시대에 태어났지만, 아직도 자신들이 통일한 한반도 땅을 떠나지 않고 있다네."

현소의 말을 듣고 있던 종의지는 이즈하라 항을 떠나올 때 눈물을 감추고 내밀던 아내가 손수 지은 겹옷이 어디에 걸렸는지 찢어지고 물에 젖은 것을 보고는 적잖이 겁을 집어먹고 다시 묻는다.

"그렇다면 이번에도 물 위에서 공격을 받아야 한답니까?"

"이번에는 물 위에서가 아닐 것이오."

"그렇다면 뭍에 내려서도 또 다시 곤혹을 치르어야 한다 이 말씀입니까?"

도정종실이 종의지의 말을 받는다.

"그대가 아직 나이 어린 탓이요. 까짓게 뭐가 그리 겁난단 말이오? 우리는 그보다 더한 철포가 있지 않소?"

철포란 뭔가? 현소도 이야기만 들었지 아직 그 위력에 대해선 직접 눈으로 본 일이 없는 물건이었다.

철포!

철포가 처음으로 일본에 전해진 것은 포르투칼 사람들에 의해서였다. 1543년 아직 노부나가의 아버지가 이마가와씨와 미카와를 사이에 두고 치열한 싸움을 벌이고 있을 무렵 구주 남쪽 다네가 섬에 이상한 배 한 척이 나타났다.

지금까지 보아오던 조선 사람이나 중국 사람과는 전혀 다른 복장을 하고 알아들을 수 없는 말을 쓰는 그들은 이상한 물건을 무기로 사용하였는데, 그것이 바로 철포였다.

한 발 남짓한 가느다란 철통에 조그만 납덩이를 넣고 불을 붙이면 번갯불 같은 빛과 우뢰같은 소리를 내면서 폭발하여 납덩어리가 날아가는, 얼핏 보면 쉬운 구조의 물건이었다. 그러나 이 납덩어리의 위력이 얼마나 큰 지 그것에 한 방 맞으면 살아남는 자가 없었다.

그것은 칼보다도 활보다도 훨씬 무서운 힘을 가지고 있는 무기였던 것이다.

다네가 섬의 영주인 도키타카는 포르투칼 사람들에게서 이 철포를 구입해 부하들로 하여금 그것을 제작하게 하였다. 일 년 후에는 수십 정의 철포가 만들어졌고, 그로부터 40년 후에 노부나가는 이 철포를

이용하여 나가시노의 싸움에서 승리를 거두었다. 이때부터 일본열도
는 이 철포를 제작하는 소리로 떠들썩하게 되었다.

일본열도를 통일한 풍신수길은 이미 이 철포를 대량 생산하여 창고
에 비축하여 두었고, 그 힘을 믿고 지금 조선땅을 유린하려고 하는
중이다. 도정종실은 극비에 가까운 이 가공할 무기를 내세워 현소의
조선에 대한 두려움을 씻어주려고 했다. 현소 역시 철포에 대해서는
들어서는 알고 있었다. 그렇지만 그 구체적인 위력에 대해서는 본 바
가 없다.

도정종실이 자랑삼아 철포를 꺼내와 시범을 보인다.

"보십시오. 이것 하나면 바다용 아니라, 어떤 괴물도 문제 없을 것
입니다."

그는 화약을 재고 납덩어리를 넣고는 마침 머리 위를 끼룩거리며
날아가는 갈매기를 향하여 포문을 열었다. 꽝! 하는 굉음과 함께 불
빛이 번쩍하였고 쉬웅! 하고 납덩어리가 날아가는 소리가 났다.

그와 동시에 머리 위를 날던 갈매기가 날개를 꺾고 바닷물을 향하
여 곤두박질치기 시작하였다. 실로 눈 깜짝 할 사이의 한순간이었다.
그것은 분명 살보다 빠르고 힘 찬 것이었다.

"보세요. 이 위력이 어떻습니까?"

"가히 두려울 게 없겠군요."

대마도에선 아직 이런 물건을 본 일이 없는 종의지가 신기한 듯 철
포를 만져보기를 원한다.

"정말 믿기지 않는 물건입니다. 한 번 만져봐도 되겠습니까?"

“이것은 장난감이 아니라네.”

도정종실은 자랑스럽게 철포를 거두어서 닦아 넣었다.

“행여라도 조선에 가서는 그 물건을 꺼내지 마십시오. 그 용도에 대해서도 일체의 말을 해서는 아니 됩니다.”

현소의 당부다.

“이건 어디까지나 호신용이지요.”

일행은 다시 망망대해를 흘러 한반도를 향할 수 있도록 북서로 키를 잡았다.

언제 그러한 세찬 물보라를 일으키는 용오름에 휩쓸렸더냔 듯 배는 순조로히 항해를 계속한다. 벌써 이즈하라 나루턱을 떠난 지 하루가 지나고 이틀째 해가 저물어간다.

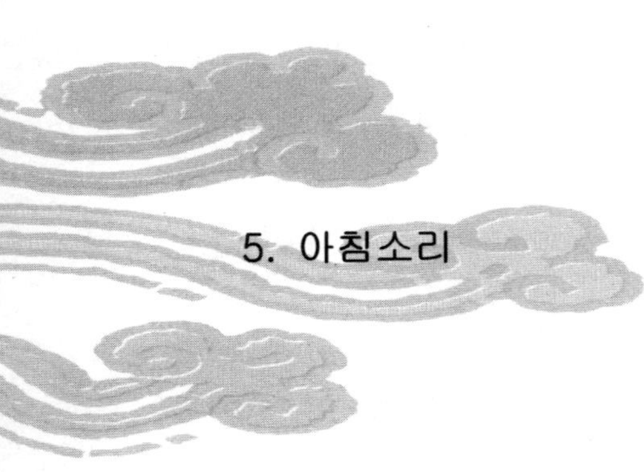

## 5. 아침소리

　이날 아침 천기의 몸에서는 이슬이 비쳤다. 그리고는 곧이어 진통이 시작되었다.

　이제 곧 아기의 엄마가 된다는 두려움도 있었지만, 해복 구완을 하기 위하여 들어온 사람의 모습을 보고는 더욱 놀랐다.

　"괜찮겠니?"

　이렇게 묻는 여인은 다름 아닌 유모였기 때문이다. 자신을 업어주고 길러주신 젖어머니 파주댁이 아닌가.

　"유모가 여길 어떻게?"

　천기는 몸을 비틀다가 정신을 차려 유모를 빤히 올려다본다.

　"그런 이야긴 나중에 하고… 자, 우선 마음을 편히 가지고 근심 걱정을 떨쳐 버려요. 여자라면 누구나 겪는 일이니까. 마음을 편히 가지라구."

그러나 천기의 마음은 궁금증으로 가득하다.

"우리 어머니는요? 아버지는요?"

"그런 이야기는 나중에 하자니까. 우선 마음을 진정시키고 애기 낳는 일에 집중을 해야 해."

"살아계세요? 무사하냐고요?"

"두 분 다 살아계시니 안심하세요. 지금은 그런 걱정하실 때가 아니니까."

"무사하다면 됐어요."

천기는 아득히 먼 골짜기로 떨어져내리다가 밑에서부터 불어오는 바람에 의해서 공중으로 다시 떠오르는 것 같은 느낌을 받았다.

우선 두 분이 살아계시다니까 안심이었다. 얼마나 궁금했던 두 분 소식인가?

그녀는 다시 아득히 먼 나락의 골짜기로 떨어져내리는 아픔을 느낀다. 말로만 듣던 산통을 겪는다.

'다 그렇게 배틀고 나온 자식이다. 너도 나중에 커서 애기 한번 낳아서 길러봐라. 그때가 돼야 에미의 본정을 알 거다.'

말을 듣지 않을 때마다 하시던 어머님의 말씀이다. 천기는 온몸으로 진땀을 줄줄 흘리면서 그래도 유모라도 곁에 있어 주는 게 얼마나 다행한 일인지 모른다는 생각을 한다.

"그런데 유모?"

아무래도 이상한 건 유모가 어떻게 여길 왔으며 해복 구완을 맡았느냐 이거다. 유모는 저절로 모든 것을 알 때가 올 것이라 말했지만,

도무지 궁금해 견딜 수 없는 천기였다. 그러면서도 그 못잖게 해산의 고통에 시달리는 천기였다.

아무리 입을 꾹 다물려고 해도 저절로 튀어나오는

"애고! 애고!"

소리에 자기 자신도 깜짝깜짝 놀라면서 천기는 몸부림을 쳤다. 아침부터 비치기 시작한 해복 기미는 한나절이 넘도록 이어졌고 천기와 유모는 다 같이 땀에 뒤범벅이 되어 있었다.

"유모, 나 좀 살려줘요."

"걱정 말아요. 조금만 참으면 될테니까요. 아랫배에 힘껏 힘을 주어보세요."

천기는 유모의 말대로 아랫배에 힘을 주어본다. 그렇지만 도무지 힘이 들어가지 않는다. 일월선사에게서 단전호흡을 배운 일이 있었다. 그녀는 그렇게라도 힘을 주어보려 했지만, 도무지 힘이 들어가지 않는다. 자꾸만 헛김이 새는 느낌이다.

"유모, 어헛!"

천기는 신음소리를 내뱉으며 산고를 앓는다. 아무런 생각도 나지 않고 정신도 없다. 다만 이 고통에서 어서 빨리 벗어나고 싶다는 생각뿐이었다. 저들 말대로 한시라도 빨리 애기를 낳아서 줘버리면 그만일 터였다.

저들이 원하는 건 애기이지, 그 어머니가 아니다. 왕의 혈통을 점지하고 있는 애기이지, 그 어머니가 아닌 것이다.

"애기를 낳아서 우리에게 주시오. 그러면 당신에게는 아무 탈 없을 것이오."

그 자가 그랬다.

"우리는 이미 당신의 뱃 속에 든 애기가 누구의 씨라는 것을 알고
있소. 당신 역시 그 씨앗의 임자에게는 관심이 없다는 것도 알고
있소. 그러니 우리 일에 협조를 해야 하오. 그게 서로에게 이로울
테니까 말이오."

그 자는 애기를 낳아주기만 하면 된다고 하였다. 그러면서 그 애기
의 생명을 준 자에게서 받은 보검마저도 빼앗아갔다.

"이건 우리가 보관해 두겠소. 그래야만 장차 태어날 아이의 신분을
확인시킬 수 있기 때문이오."

그날 아침 상노가 봤다는 한떼거리의 사람들이 바로 이들이었다.
이 자들은 애기만 낳아 주고나면 천기를 다시 가고 싶은 데로 보내준
다 하였고, 필요 이상으로 잘 대해 주었다.

"내 이름이 알고 싶소? 내 이름을 알고나면 그대를 그냥 둘 수 없
기 때문에 굳이 내 이름을 알려고 하지는 마시오."

일당 중에 제일 윗사람인 듯한 자의 말이었다.

"우리는 당신이 누구의 씨앗을 잉태하고 있는 지를 알고 있소. 그
러니 우리에게 필요한 건 당신의 아기이지, 당신이 아니오."

"……?"

"그러니 우리 일에 협조를 하시오."

"그것이 당신이나 당신 아이에게 이로울 것이오."

천기에게 있어선 그런 건 하나도 중요하지 않았다. 그 자가 무엇을

하는 자건 또 무엇 때문에 아이를 필요로 하건 그건 상관이 없었다.

또한 장차 태어날 아이에 대해서도 별다른 미련이나 애착같은 것은 없었다. 그저 몸 속에 든 것이니까 어쩔 수 없이 탄생시켜야 하고, 누구이건 그걸 가져간다면 주어 버려도 상관없는 일이었던 것이다. 이건 실로 끔찍한 우연이며 누구도 원치 않았던 임신이었기 때문이다.

천기가 이렇게 자신을 내동댕이치며 자포자기한 심정으로 아기를 탄생시키는 산통을 겪고 있을 때, 그녀를 이곳으로 납치해 온 일행들은 궁리에 궁리를 거듭하고 있었다. 장차 이 아이를 어떻게 이용할 것인가 하는 문제였다.

"만약에 사내아이라면 우선은 그 아이를 옥좌에 올려야 하겠지요? 아무래도 왕통은 세워야 할 테니까요. 하지만, 그렇지 않다면…"

"않다면?"

"않다면 소용이 없는 게지요."

"그러면 그때는 어떻게 한다?"

"에미한테 딸려 멀리 보내는 게지요."

"그러니까 눈치채지 않도록 조심하란 말일세. 아무리 아녀자라 할지라도 눈치란 건 있는 법이니까."

이렇게 두런거리는 인물들은 대동계의 계원으로서 해주의 지함, 두운봉의 승려 의연, 안악의 변승복 등이었다. 이들은 정여립을 중심으로 대동계라는 계를 모으면서부터 밤낮없이 모반할 꿍꿍이속을 대고 있었다.

정여립은 전주 출생으로 첨정 희정의 아들이었다. 경사ㅣ경서와 사기와 제자백가諸子百家에 통달하여 명석하였으나 그 성질에 잔인함이 있었다. 일찍이 선조 3년에 문과에 급제하여 이이, 성혼 문하에서 총애를 받아 예조좌랑 수찬까지 올랐으나 그 자리를 떠났다. 본시 서인이었던 그가 집권 중인 동인의 편이 되면서 스승을 배반하였고, 이랬다 저랬다 함으로 왕의 눈밖에 났던 자였다.

이로써 그는 공직을 버리고 귀향할 수밖에 없었다. 결국 그는 이러한 불평불만 분자들을 규합하여 대동계라는 조직을 만들었다.

1587년 선조 20년에 전주 부윤 남언경의 요청으로 변경의 왜변을 방어해 준 뒤부터 그는 성질이 더욱 자기중심적이 되면서 전국의 대동계 조직을 크게 확대하여 [정감록]을 퍼뜨리게 하고는 이씨가 망하고 정씨가 흥한다는 말을 만들었다. 그것으로 민심을 동요시켜 나가자는 계략이었다. 그렇게 함으로써 나라를 뒤엎고 역성혁명을 하자는 뜻이다.

이러한 시점에서 왕의 씨앗을 잉태하고 있는 여인을 발견하였다는 것은 우연의 일치가 아닐 수 없었다. 이것은 우연이 아니라 천우신조였던 것이다.

"이거야말로 우리의 거사를 돕는 하늘의 뜻이야."

왕의 혈통을 점지하고 있는 여인네가 있다는 것을 처음으로 알아낸 의연의 말이다.

"그런데 스님께서는 어떻게 그런 사실을 아셨습니까?"

안악에서 내려온 변승복의 질문이다.

"남의 합방 장면을 들여다보지 않고서야 어떻게 그러한 사실을 알 수 있느냐 이 말씀이십니까?”

“그렇다고 말할 수도 있겠지요. 어떻게 밤중에 일어난 일을, 그것도 이불밑에서 일어난 일을 그렇게 자신있게 말할 수 있느냐? 이 말입니다.”

“그렇습니다. 사실은 저도 제 귀를 의심할 정도였으니까요.”

“그렇다면 누구한테 들었다는 말씀입니까?”

“예, 들었지요. 그것도 가장 확실한 사람한테서요.”

“가장 확실한 사람이라니요?”

“거기까지는 말씀드릴 수가 없습니다. 그 자의 목숨이 걸려 있는 문제이니까요.”

“그 자라니요?”

“아, 글쎄. 그 자의 이름 석 자는 댈 수 없다고 말씀드리지 않았습니까? 알아듣게 말씀 올리자면, 지금 애기를 낳고 있는 저 여인네의 애비되는 사람이라는 것만 기억해 두시면 될 일입니다.”

“저 여자의 애비라구요?”

“지금은 배소에 감금되어 꼼짝도 못하는 처지이지만, 언젠가는 다시 빛볼 날이 있겠지요. 그날이 오면 우리와 함께 같은 자리에 있게 될 겝니다.”

“그렇다면 그 자도 당파싸움에 휘말렸다는 말인가요?”

“그렇게 볼 수도 있겠지요.”

“더욱 잘된 일이네요. 나중에 우리 편이 될게 뻔하니까.”

“그러니 내 뭐랍디까? 천우신조라는 말을 아무 데나 쓰는 말입니까? 이거야 말로 하늘이 우리 편이라는 뜻입니다."

"이 사실을 알면 정장군도 좋아할 겁니다."

정장군 즉, 정여립. 그는 정감록을 이용하여 세상을 뒤집어 볼 심산으로 동분서주하고 있는 사람이다. 이들은 지금 대물을 잡아다 놓고 그를 기다리고 있다.

"기별은 보냈지요?"

"그럼요, 지금쯤 아마 저 문앞으로 들어오고 있는지 모를 일입니다. 문을 한 번 열어보시지요."

도사연하는 중 의연의 말이다.

"농담이시겠지요."

해주의 지함두가 하는 말이다. 생긴 모양새는 얼빵해도 눈치 하나는 빠른 사람이었고, 재담도 제법하는 측에 들었다.

"스님께서 아무리 도를 넓게 깨우쳤다 하더라도 그것까지야 알아맞힐 수 있을라고요? 지금 하신 말씀은 농담이시겠지요?"

의연은 빙그레 웃는다.

"중이 어디 농담하는 거 봤습니까? 어디 한 번 문을 열어보시지요. 제 귀에는 지금쯤 문 안으로 들어오는 장군의 발소리가 들리는 듯합니다."

"그야 뭐 어렵겠나? 그러잖아도 답답하던 판국에 문이사 열어보면 될 일을…"

안악의 변숭복이 문을 열어젖혔다.

아, 아니나 다를까? 뚜벅뚜벅 걸어서 들어오는 사람이 있다. 비록 참대개비로 만든 패랭이를 눌러 쓰긴 하였지만, 그 걸음걸이가 당당한 것이 정장군이 틀림없었다.

"호랑이도 제 말하면 나타난다더니…"

의연의 말이다. 정여립과 농담을 주고받을 만한 사람으로는 이 자리에서는 의연뿐이다. 사실상 정여립이 꾸미는 모사 또한 의연의 머리를 빌려서 나오는 것들이기 때문이다. 그렇지만 지방 두령들 앞에서까지 잘난 체 하려는 의연의 말투는 그를 자극시키고도 남았다.

"왜? 내 말들을 하고 있었나? 없는 사람 두고 이러쿵저러쿵들 하지 말어."

정여립의 말이다.

"그런건 아니옵고요?"

"그렇다면 이제 막 들어오는 사람을 보고 그게 무슨 표정들이야? 마치 자리에 없는 사람을 욕하다가 들킨 것 같잖은가?"

정여립은 이렇게 사람들을 의심부터 하고 보았다.

"그게 아니오라, 스님께서 장군님 오시는 소리가 들린다고 문을 열어보라기에 문을 열었더니, 정말로 이렇게 오시질 않았습니까?"

"그래서, 그 신통력에 탄복을 해서 이러고들 입을 다물지 못하고 있다 이 말인가?"

"말하자면 그런 셈이지요."

"하하하하…. 그렇다면 저 대문 밖에 또 누가 오시는지 다시 한 번 알아 맞춰보라고 하시게들."

"또 누가 오고 계십니까?"

"그렇게 신통하시다면 의연스님께서 알아맞히실 일이 아닌가?"

정여립은 이걸로 잘난 체 하는 의연의 콧대를 꺾어놓고자 하였다. 분명히 누군가 따라 오고 있었던 것이다. 그가 누구이건 이리로 들어 오건 아니건 간에 어려운 숙제를 줌으로써 의연의 신통력을 다시 한 번 시험해 보자는 뜻이었다.

정여립은 의연이 아무리 자신의 수족같은 존재라 하더라도 남 앞에 서 잘난 체 하는 모양을 볼 수 없었고, 자신의 수령들 앞에서 자기보 다 더 관심을 끄는 행위에 대해서도 용납할 수가 없었다.

"한 사람 오고 있긴 하구먼? 그렇지만, 우리 편은 아니야. 동에서 서로 부는 바람일세. 그냥 지나치게 내버려 두는 것이 현명한 일일 듯하네."

얼마 지나지 않아 서인이 다시 득세하고 동인이 탄압을 받지만, 지 금은 동인이 서인을 누르고 있는 세상이었다. 그렇다면 정기적으로 오다가다 하는 순라군 정도라는 말이다. 호기심 많은 변승복이 얼른 바깥 동정을 살피러 나갔다 돌아와서는,

"과연 스님의 말씀이 옳습니다요."

하고는 변복을 한 포졸이 지나갔다고 했다.

"됐네. 그건 그쯤해 두고…"

이렇게 보자고 한 이유는 뭔가 하고 물었다. 의연이 설명을 하였 다. 왕의 혈육을 점지한 여인이 있는데, 그 여인의 아이를 받아 장차 그 아이를 앞세워 역성혁명의 받침으로 삼자는 요지였다.

"허어 참, 이 사람들이 이거?"

큰일날 소리를 한다며 나무라려던 정여립이 갑자기 어조를 바꾸어 정색을 하며 말했다.

"그 아이가 여아라면 어떻게 할 참인가?"

그 생각도 해보지 않은 의연이 아니었다.

"왕을 꼭 남자만 하라는 법이 있나? 신라의 선덕여왕도 진덕여왕도 다 여자였지만, 남자 못잖게 나라 다스리는 일을 해왔네."

"어차피 그 자리는 형식뿐인 자리가 아니겠습니까?"

변승복도 거들었다. 그러나 정여립의 생각은 전혀 달랐다.

"내가 생각하는 역성혁명이란 그런게 아닐세."

차마 입밖에 내어서 말할 성질의 것이 아닌 줄 알면서도 그는 설명을 하지 않을 수 없었다.

"내가 생각하는 세상이란 그런 것이 아닐세. 겨우 수렴청정이나 하려고 하는 짓이 아니야. 그런 일이라면 이미 수양대군이 한 일 아닌가? 수양대군이 세조가 되었다고 해서 세상이 달라진 게 뭐 있던가?"

이건 또 무슨 말인가? 아무리 조정에 반기를 들고 일어서려 했던 그들이었지만, 정여립의 말에는 선뜻 이해가 가지 않았다. 썩어빠진 당파싸움을 중지시키고 무기력한 왕을 들어내고 새로운 힘을 내세우자는 것이지 왕의 성을 바꾸자는 생각을 해본 일이 없는 저들이었기 때문이다.

한명회 같은 인물이 역성혁명을 도와 수양대군을 왕위에 올려놓았지만, 그건 어디까지나 왕통을 이은 사람을 왕위에 올려놓았던 일이 아니던가? 그렇다면 정여립은 이씨왕조 그 자체를 뒤바꾸어 놓겠다는 이야기가 아닌가?

그는 정감록의 비기를 들고 나왔다.

"정감록에 이르기를 '금강산으로부터 온 맥의 운이 태백산 소백산에 이르러 산천의 기운이 뭉쳐서 계룡산으로 들어가니 정씨가 팔백년 도읍할 땅'이라고 하였소. 이게 무슨 말인지 아직도 모르겠소?"

비기에 나오는 그 정씨가 바로 정여립 자기라는 말이었다.

"이제 한양 도읍의 시대는 끝났소. 이제부터는 새로 나온 정도령의 시대가 열리는 것이오. 새로운 왕권시대가 열려야 하는 것이오. 그러기 위해서 우리가 이렇게 모이지 않았소? 하하하핫! 뭘, 그리들 놀라시오? 이 사람은 한다면 하는 사람올씨다."

좌중은 아연실색할 수밖에 없었다. 지금까지 몇 차례 썩어빠진 세상을 그냥 두어서는 안 된다는 이야기를 한 적은 있었다. 거기서 더 나아가 세상을 바로잡자면 혁명이 필요하다는 이야길 한 적은 있었지만, 당파싸움을 없애고 바른 정치를 구현하자는 것이었지 왕조의 성씨 자체를 바꾸어보자는 생각은 해본 적이 없는 저들이었다. 그래서 어렵게 왕통을 이어받을 것으로 생각되는 천기를 붙잡아 온 것이 아니던가? 그런데 정여립의 생각은 완전히 달랐다. 왕조의 성씨 자체를 갈아야 된다는 것이었다.

"아시겠소? 이제는 이씨왕조는 끝장이 나야 된다는 이야깁니다. 이미 정감록의 비기에 나와 있는 말씀이 실천되고 구현될 때가 도래했다 이겁니다."

『정감록』

정여립이 이렇게 당당하게 내세울 수 있는 비기란 대체 무엇을 근 거로 하는 말인가?

정감록은 누가 만들어낸 이야기인지는 몰라도 한륭공의 아들 심과 연이 정감이라는 사람과 팔도강산을 유람하며 나누는 이야기가 주제 로 되어 있다.

그 주된 내용은 천지는 음양이 먼저 주장했다는 이야기에서부터 시 작해 장차 큰 환난이 있을 것을 대비해 난을 피할 수 있는 곳으로 가 서 살아야 한다는 것이었다.

그곳을 '십승지'라고 일컬었다. 십승지를 찾아가는 자만이 자손을 보아 대를 끊어지지 않게 할 수 있다고 주창하고 있다. 그러면서 전 국에 숨을 만한 몇 곳을 나열하였다.

그러기 이전에 '곤륜산의 내맥이 백두산에 이르고 그 원기가 평양 에 이르렀다. 그러나 평양은 이미 천 년의 운수가 지나 그것이 송악 으로 옮겨졌다. 송악은 오백 년 도읍할 땅이나 요승과 궁녀들이 난을 꾸며지기가 쇠퇴하고 천운이 막혀서 운은 다시 한양으로 옮겨갈 것이 다. 그 대략의 내력은 다음과 같다. 난리는 아직 평정되지 않았는데 충신이 죽었으니 적막한 천지가 긴 밤중이다. 남쪽으로 건너간 교룡 은 이제 어디로 갔는가. 모름지기 흰소를 쫓아 종성으로 달아났느니 라.' 하였다.

그리고 곧 이어지기를, '금강산으로부터 온 맥의 운이 태백산 소백 산에 이르러 산천의 기운이 뭉쳐서 계룡산에 들어가니 정씨가 팔백

년 도읍할 땅이로다.'라고 하였다.

이미 많은 사람들이 시국의 불투명함을 깨닫고 비기에서 일러준 십승지를 찾아 산골짜기로 숨어들고 있는 판국이었다. 곧 피비린내나는 혼란이 올 것이라는 것이 비기의 주된 내용이었다.

"정감록에 이르기를 그날은 머잖았다고 예언하고 있소. 곧 도성은 무너지고 말세가 올 것이오. 그날이 오면 혹세무민하는 자들은 거꾸러지고 핍박 받고 고통스러워하던 자들이 일어설 것이오. 우리는 그들을 구해야 하오."

정여립은 비장한 어조로 일장 연설을 하였다.

"사나이 대장부 한 번 세상에 태어나서 할 일이 무엇이라고 생각하오? 고통 받고 시달리는 저들을 구해 밝은 세상으로 인도해야 되질 않겠소? 그러기 위해서는 우리가 나서는 길밖에 없소. 정감이 말하기를 새로운 세상이 도래하면 정도령이 일어선다고 하였소. 그 정도령이 어디 있다고 생각하시오?"

정여립은 정감록에서 말한 정도령이 바로 자기라면서 주먹을 불끈 쥐었다.

"동지들, 오늘부터는 그날을 위하여 살아야 하오."

갑자기 비장해진 정여립이었다. 이건 또 무슨 뚱딴지같은 소리인가 싶었지만 좌중은 정여립의 떠들어대는 소리에 이끌려 그 분위기에 휩쓸릴 수밖에 없었다.

이미 개인적으로 정여립에게 마음의 빚을 지고 있는데다가 함께 일하기로 맹서를 한 자들인지라, 그가 어떠한 수단과 방법을 택한다 할지라도 거기 대해서는 반론을 제기할 아무런 이유가 없는 사람들이었다. 이들에게 있어서는 누군가가 나서서 썩어빠진 탐관오리들을 척결해 주었으면 하는 바램 때문이다. 저들은 한결같이 당파싸움만 일삼는 조정의 한심한 작태들이 싫었을 뿐이다.

정여립이 무슨 소리를 지껄이던 어떠한 방법으로 혁명을 일으키던 그가 하자는 대로 따르면 그뿐인 사람들이었기 때문이다.

사람들은 어려울 때일수록 지푸라기라도 잡고 싶은 심정이 되는 것이다. 실낱같은 희망이라도 보이면 거기에 전 생애를 걸고 매달리게 되는 것이다. 지금 이들은 한결같이 제도권 밖으로 밀려난 사람들이었고, 어딘가에서 끄나풀을 잡아야만 안정을 얻을 수 있는 사람들이었다.

그렇게 해서 모신 정여립의 말이니 무슨 말이건 믿고 따를 수밖에 없는 입장이었다.

"그렇다면 저 방에 있는 여인은 어찌한단 말이오?"

천기를 찾아오기에 온갖 힘을 기울였던 의연의 말이다.

"여인? 대체 어디서 무슨 여인을 데려다놓고 이러는 것들이오?"

정여립이 갑갑하다는 듯 물었다. 지금까지 그렇게 이야기를 했는데도 못 알아듣느냐는 말이다. 그가 생각하는 혁명이란 사람 하나 바꿔치기 하는 정도가 아니라, 아예 성을 갈아치우는 역성혁명이라는 말을 누누이 했는데도 못 알아듣나 싶어 하는 말이다.

"저 방에 있는 여인은 본시 평양 사람 이수익이라는 자의 딸인데, 사냥 나온 성상의 은애를 입어 그 성통을 보전하게 된 것이라네.

이수익이 귀양살이를 가게 되자, 일월선사가 그 딸을 보살펴 숨기고 있었던 것이고…"

"성상은 무슨 얼어죽을 놈의 성상이고 성통은 또 무슨 성통이란 말인가? 임금이라면 백성을 불쌍히 여길 줄 알아야지 간 곳마다 아녀자들이나 유린하고 겁간해 씨나 퍼뜨리는 게 그게 성상이란 말인가? 그러다가는 온 나라에 왕손 아닌 사람 누가 있겠나? 그러니까 이런 나라를 바로잡지 않으면 안 된다 이 말씀이외다. 아시겠소들?"

정여립의 말에는 의기가 차 있었다.

"이수익은 본시 양반으로 평양 부호였지요. 동서 붕당이 생기면서 송강 정철의 비호를 받았다 하여 동인의 모함에 걸려 지금은 박천 땅으로 유배를 가 있습니다."

"허어, 저런. 동서 파당은 한양에만 있는 게 아니로군?"

"동 아니면 서, 서 아니면 동이니 어디 동서남북을 가리겠습니까? 가만히 앉아 있으면 저절로 치이는 썩어빠진 세상이니 가만있을 수도 없고…"

이들이 이러고 있는 동안에도 천기는 악을 쓰며 산통을 겪고 있었다. 이마엔 땀방울이 줄줄이 타고 흘렀고 머리칼이 젖어 산발이 되었는가 하면 이빨이 부숴지도록 이를 악물어도 끝나지 않는 고통이다.

"아씨, 조금만 더 참고 힘을 주어요. 이젠 다 됐어요. 조금만 더 참고 힘을 주어요. 이제 머리가 보여요."

"으응, 힘이 들어가지를 않아…. 힘이 주어지지를 않아…"

천기는 젖먹던 힘까지 다 내어 아랫배에다 힘을 모았다. 그러자 꽉 막혔던 그 무엇인가가 확 뚫려내려가는 강한 느낌을 받았다. 참으로 순식간의 일이었다. 그 한순간을 위하여 한나절 내내 고통을 겪었던 것이다.

"아이고, 이렇게 순산을 하다니… 순산이야."

천기는 아득히 먼 곳에서 들리는 듯한 유모의 소리를 귓가로 들으며 잠 속으로 빠져드는 허탈한 느낌에 휩싸였다.

잠시 후 그녀는 신생아의 울음소리를 들었고, 깊디 깊은 잠 속으로 빠져들었다. 그러면서 그녀는 유모의 말을 귓가에 주워 담을 수 있었다.

"꼬추나 하나 달고 나오지, 이눔아…"

유모는 태어난 아기가 고추를 달지 않고 나온 것이 서운한 모양이다. 그러나 천기는 태어난 아이가 고추를 달고 나오지 않았다는 그 말에 얼마나 안심이 되는지 몰랐다.

천기는 이제 태어난 아이의 앞날이 어떻게 돌아갈 것인가를 듣고 느껴서 알고 있었다. 멋모르고 태어난 아이를 두고 흉계를 꾸미고 있던 사람들에게는 실망이겠지만, 아이를 이용해 못된 음모를 꾸밀 바엔, 거기 이용당할 바엔 차라리 여아로 태어나 저들의 관심권 밖으로 밀려났으면 좋겠다는 바램이었던 것이다.

천기가 낳은 아이가 여식이라는 말은 곧장 사랑방으로 전해졌고 이 아이가 남아이기를 바랬던 사람들은 실망하였다.

"그보라구. 애초에 그런 걸 기대해서는 안 됐던 거야요."

"맞아. 그걸 언제 키워서 잡아먹어?"

그들은 이제 왕손을 얻어 그 혈통을 이용하려던 애초의 속셈을 포기한다. 가로채려했던 천기의 아이가 여식이라는 점도 있었지만, 당초부터 이런 미지근한 계획이 싫었던 정여립이다.

"눈에는 눈, 이에는 이입니다. 설사 저게 사내아이라 칩시다. 그리고 저게 자라서 우리 일을 성사시키게 해준다 칩시다. 그게 뭡니까? 결국에 가서는 남의 자식 불알만지는 격이기는 마찬가지 아닙니까?"

"그러니까…"

"직접 우리가 하자 이겁니다. 사람이 좀 솔직하고 분명합시다. 이왕지사 이렇게 모여 역성혁명을 모의하려거던 서로의 속맘을 털어놓고 이야기합시다. 이가 성을 가진 자를 내세운다는 것은 결국에는 지금이나 마찬가지 세상이 되는 겁니다. 피를 갈아야 합니다. 성을 바꾸지 않는 한 썩어빠진 정신을 갈 수는 없어요."

정여립의 어조는 단호하였다.

"정감록에는 이렇게 말하고 있습니다. 이가 다음에는 분명히 정가라고요."

정여립은 '내맥운이금강 지우태백(재안동) 소백(재순흥)산천 종기입어계룡산 정씨팔백년지지 원맥가야산 조씨천년지지 전주범씨육백년지지 지어송악 왕씨부흥지지여미상 불가고야'라는 정감록 일절을 들고 나왔다.

금강산으로부터 내려온 맥의 운이 태백산 소백산에 이르러 산천의 기운이 뭉쳐져 계룡산으로 들어가니 정씨가 팔백 년 도읍할 땅이로다. 원맥 가야산은 조씨가 천년 도읍할 땅이며, 전주는 범씨가 육백년 도읍할 땅이오, 송악으로 말하면 왕씨가 다시 일어나는 땅인데, 그 나머지는 상세하지 않아 상고할 수가 없다.

"이 모두는 정감록의 비기에 있는 말이오. 정감록처럼 앞일을 훤히 내다보는 비결은 없소. 신비의 예언서라 할 것이오. 이 예언서에 이미 이씨 왕조가 끝나고 정씨가 일어선다는 것을 분명히 말하고 있소."

그 정씨가 바로 정영립 자신이라는 것이다. 일순간 침묵이 흘렀지만 의연이 입을 열어 말함으로써 그 침묵은 깨어졌다.

"좋소이다. 어디 그렇게 한 번 해봅시다. 어차피 우리는 버림 받은 몸들이 아닙니까? 이래 죽으나 저래 죽으나 죽기는 마찬가지일 터이니, 어디 굿이나 한 판 벌려보고 쨱소리나 한 번 외쳐보고 죽읍시다."

중 의연은 그 부모가 누군지도 모르고 자란 천생의 고아였다. 비록 절밥은 먹고 있다지만 염불보다는 잿밥에 눈이 어두운 자로 걸핏하면 불공을 드리러 오는 아녀자를 건드리거나 절을 찾아오는 신도들과 싸움을 벌이기 일쑤인 땡초였다. 술에 한 번 입을 댔다 하면 두주불사요, 육량도 커 통돼지를 뜯을 정도였다.

"죽다니요? 보다 더 잘 살려고 하는 거사이지, 결코 죽으려고 하는 짓이 아님을 명심하시오."

정여립은 이제 자신 만만할 뿐더러 스스로 일행의 선봉이 되었다.

이들은 이미 대동계라는 계를 조직하여 그 세를 확장하고 있는 중이었다. 그러나 그 세를 어디에다가 쓸 것인가에 대한 구체적인 이야기를 한 적은 없었다. 그런데 이날 정여립의 말을 듣고보니 그것도 그럴싸한 소리로 들리는 이들이었다.

"성님이 왕이 된다면 우리는 무엇이 되는 거요?"

안악의 변숭복이 진지하게 묻는 소리다. 변숭복은 본시 미련한 구석이 없지 않은데다가 의심조차 많은 위인이었다.

"성님이 왕이 되면 아우는 자연히 정승이 되는 게지. 그걸 왜 묻나?"

해주의 지함두가 그를 놀려댔다. 그러면서 묻는다.

"만약에 성님이 왕이 되면 우리는 뒤따라 정승이 되는 거지요? 그렇지요?"

"그걸 말이라고 물어서 뭣허나? 수양을 도왔던 한명회나 그 공신들의 출세를 보지 못했나?"

"알겠습니다. 그러면 충성을 맹서하겠습니다."

"충성을!"

"충성을!"

일이 이렇게 풀려나가고 보니 세상이 한 발 앞으로 성큼 다가온 듯한 정여립이었다. 지금까지 그 얼마나 갈고 갈아온 이빨인가?

"이제 동지들의 동의를 얻었으니 우리의 앞길이 보다 빨리 열리는 것 같소. 그러니까 이제부터는 내가 시키는 대로만 해야 하오 아시겠소?"

정여립은 빤짝이는 두 눈을 모로 치뜨며 허공을 노려보더니,

"이제 내 뜻을 알았으면 저 따위 왕가의 혈통 따위의 미련은 버리시오."

라고 하였다. 직접 제 손으로 혁명을 일으켜야지 이제 갓 태어난 핏덩이를 키워서 언제 그 영화를 보느냐 거였다.

"그러니 빨리 저 여자들을 돌려보내고 이 일은 없었던 것처럼 처리하시오."

"그냥 돌려보내란 말씀입니까?"

애초에 이 일을 꾸몄던 의연은 못내 아쉬운 표정이다. 그도 그럴 것이 그는 어떻게 해서든지 자신을 능멸한 일월선사를 이기고 싶었다. 이길 뿐더러 복수하고 싶었던 것이다.

"그럼, 보내지 않고?"

"우리가 데리고 살면서…"

"데리고 살아? 데리고 살아서 뭘 어쩌겠다는 겐가? 쓸데없이 식솔이 늘어난다는 건 무리야. 그리고 그런 핏줄을 바라보며 산다는 것도 지겨울거구."

정여립은 양반이나 왕족들은 지겹다고 했다.

"벼슬아치들 바라보는 것이 이제는 지겨워 마치 송충이를 바라보는 것 같아."

그가 이렇게 벼슬아치와 왕족에 원한을 품고 있지 않았다면 천기가 낳은 아이는 어찌 되었을까?

어쨌거나 이런 연유로 하여 천기는 이들의 음모로부터 벗어나 다시

집을 찾아 돌아가게 되었다.

"이대로 돌려보냈다가는…"

의연이 머뭇거리자,

"왜? 무슨 말이라도 했었소?"

하며 의연을 노려본다.

"아니오. 아무 말도 하진 않았지만 괜스레 저들을 데려왔다가 그냥
보낸다면 이상하게 생각할 것 같아서…"

"그러면 죽이기라도 하겠단 말이오?"

정여립의 말이다. 눈에 쌍심지가 돋았다. 왜 애초부터 시키잖은 일
을 했느냔 핀잔이었다. 사실 정여립은 권세를 쥔 벼슬아치들에게 환
멸을 느꼈지, 상민들에 대해서는 원한이 없는 사람이었다. 그리고 그
들이 장차 나라의 주인이 될 것이라는 것도 알고 있었다.

백성이 없는 나라란 있을 수 없다. 백성을 위한 나라이지 나라를
위한 백성이 아닌 것이다. 그런데 이게 뭔가? 같은 계원들이면서도
아직도 이쪽의 속을 모르고 있다니 이래 가지고 어떻게 큰일을 도모
할 수 있단 말인가? 계원들 중에서도 일반계원이라면 또 모를까. 명
색이 계주급에 속하는 자들이 하나로 통일이 되지 않아서야 어찌 일
에 성공을 기할 수 있을 것인가?

정여립은 이쯤에서 확고한 교육을 시켜야겠다고 생각한다.

"우리는 이제 한마음 한뜻으로 뭉친 대동계원들이오. 대동계원이라
면 이것 하나는 알아두어야 할 것이요. 우리는 혈맹으로 뭉쳐 싸워
야 하오. 그러나 그 싸울 상대가 누구라는 것을 확실히 해야 하오.

우리의 적은 저 썩어빠진 탐관오리들이지 무력한 일반이 아니오. 일반은 우리의 동지들이요. 저들의 힘을 빌려야 하오. 저들의 힘을 빌리자면 지지를 얻어야 한다 이겁니다. 민중의 힘은 종교와 같은 것이오."

종교는 각자의 신앙이다. 목숨과도 같은 것이다. 민중에게 그런 신앙을 심어준다면 그 신앙을 위해서 목숨을 바치기는 쉽다.

"정감록에 적혀 있는 이야기를 저들의 신앙으로 삼도록 해야 합니다. 정감록에는 분명히 정도령의 세상이 온다고 돼 있습니다. 이 말을 저들의 신앙으로 삼도록 해야 한다 이 말입니다. 그러자면 이 말씀을 선포할 계원을 더더욱 늘려야 한다 이겁니다."

정여립의 신앙은 확고부동한 것이었다. 처음에는 아전인수격으로 그 말을 차용하려 했었지만, 일단 한 번 말을 뱉어 놓고보니 그게 또 그렇게 그럴싸하게 보일 수가 없게 되었고 스스로도 알지 못하는 사이에 점점 그 말 속으로 빠져드는 것이었다.

말이란 하면 할수록 교묘하게 늘게 돼 있어 나중에는 자기 자신도 모르게 그 말의 노예가 돼버리는 경우가 있다. 그래서 말이 말을 낳고 또 다른 말을 낳게 되는 것이 아닌가.

지금 정여립의 경우가 그렇다. 이가를 축출하고 정가가 새로운 세상을 연다고 말해 버리고나니 그게 곧 사실인 것처럼 믿어지기 시작했고, 그 말 속에 무슨 근거가 있는 것 같기도 한 것이다. 그 근거는 곧 현실로 나타나 그를 왕으로 추대해 올리는 세력이 급증할 것 같은 환상이 고개를 쳐드는 것이었다.

"그러니 이 말을 꼭 전하도록 해야 하오."

정여립은 계속해서 '계룡산 정씨 팔백년지지'라는 말을 되풀이했다. 무식한 백성들이 앞뒤 말을 다 외울 수 없을 테니까, 이 한 마디만 외우게 하고 그 앞 뒷말의 풀이를 이렇게 하라는 것이었다. 이제 장차 이씨조선이 망하고 새로운 세상이 올 것인데, 그게 바로 정씨 세상이라는 것이다. 그 정씨가 누군고 하니 바로 정씨 성에다가 자진해서 정여립 그 자신이라는 것이다.

"내 이름이 뭐요? 너 '여'자에 설 '립'자를 쓴 정여립이 아니오? 이미 태어날 때부터 '바로 네가 나라를 일으켜 세울 인물'이라고 설 '립'자를 써 지은 이름인 게요."

그는 설 '립'자를 쓴 정가가 바로 정도령이란 얼토당토 않는 이론을 펼쳤다. 그러나 아무도 이를 저지하지 않았다. 이미 한 배를 타기로 한 사람들이었고, 누구 한 사람은 앞에 나서서 영웅이 되어야 한다.

"그날이 머잖았소."

그날, 새로운 하늘이 열리고 새로운 세상이 올 때 누구라도 나와 그를 맞이하지 않으면 안 된다는게 정여립의 주장이었다. 이미 그렇게 예정이 돼 있다는 이야기다.

"이미 예정된 일이오. 하늘의 뜻이오. 그러니 여러분들의 위치를 한 번 생각해 보시오. 전쟁에 나가 싸울 때 그 선봉에 섰던 장수에게 공이 돌아가듯 이 일에 앞장섰던 여러분들에게 상이 돌아갈 것은 당연한 이치가 아니겠소?"

그날을 위해 우리는 목숨을 걸고 싸워야 한다는 것이 정여립의 지론이었다. 우선 그 첫단계로 민심을 얻자는 것이다. 민심을 얻자면 한 사람이라도 후히 대접해야 한다는 것이다.

그는 했던 말을 되풀이하고 또 되풀이하였다. 그만큼 그 일에 자신이 없고 불안했기 때문이다. 안악의 변승복이 정여립의 이러한 불안함을 꿰뚫어보고 이렇게 묻는다.

"만약에 일에 실패했을 경우의 대비책은 생각해 보셨습니까?"

"실패란 없소. 그때는 죽음을 각오해야 하오. 사내 대장부가 한 번 세상에 태어나 할만한 일을 하다가 실패했을 경우 어찌 구차한 삶을 더 연장하기 바라겠소? 혁명은 목숨을 걸고 하는 것이지 애들 장난이 아니오."

변승복은 정여립이 전주 부윤 남언경의 요청으로 변경의 왜변을 막으러 나섰을 때 함께 갔던 일이 있었고, 그때 그의 담력과 지략을 보았다. 그리고 그에게 반했다. 사나이로서의 용맹이 특출했던 것이다. 그렇지만 어쩐지 지금은 그때의 그 늠름함을 볼 수가 없는 듯했다.

나라를 위한 그 충용은 간 곳이 없고 사사로운 욕심에 들떠있는 것 같았다. 그렇지만, 지금 이 자리에서 그런 말을 할 수가 없었다. 할 수 없을 뿐더러 그런 내색조차 할 수 없는 처지이다. 그러한 변승복의 마음을 읽기라도 했다는 듯이 정여립이 묻는다.

"왜? 변동지는 어찌 안색이 그리 무겁소?"

"아? 아니요…"

변승복은 어설프게 두 손을 내저으며 웃어보였다.

"어쩐지 내 말이 탐탁치가 않은 눈치 같은데?"

"그럴 리가 있습니까? 어제 마신 술이 덜 깬 탓인지 속이 개운치
않아서…"

변승복은 내키지 않은 변명을 하고는 오른손으로 아랫배를 쓸어보
였다. 그리고서는 일어나 뒷간을 향해 휘적휘적 걸었다.

"저 자가, 저거 마음이 변한 게 아닌가?"

변승복이 나가고 나자, 정여립은 눈에 쌍불을 켜고 지함두를 다그
쳤다.

"지동지, 도대체 어떻게 된 거요? 저 자가… 저거…"

"그렇지는 않을 겝니다. 변동지와 저는 오랜 친구올습니다. 변승복
저 사람은 쉽게 배신하는 그런 사람이 아닙니다."

"믿어도 좋다구요? 변승복, 저 사람 특별히 지켜볼 필요가 있을 것
같소."

"알겠습니다. 그 점에 있어선 제가 책임지겠습니다."

해주 사람 지함두는 머리를 조아려 사과를 한다. 자기가 그런 것도
아니면서 괜스레 미안해 하는데는 그만한 까닭이 있었다.

변승복은 본시 성질이 올곧고 강직해 허튼 짓을 할 사람이 아니다.
그런데도 지함두가 그를 끌어들였다.

해주나 안악, 신도읍 한양을 향하여 내려온 사람들에 비하면 멀리
떨어진 벽촌에 갇힌 일종의 버림받은 사람들이다. 버림받은 사람들
끼리 힘을 모아야 한다는 것이 지함두의 생각이었고, 그렇게 얻어진
동지가 변승복이다.

"계원들 중에 아직까지 그 성분을 명확히 하지 않은 자들이 있으면 색출해 내서 제거해야 합니다. 절대로 그들이 걸림돌이 되어서는 안 됩니다."

변승복은 뒷간에 앉아 곰곰이 생각해 본다. 지금 하려고 하는 일이 무엇인지? 그게 자칫 잘못되는 날이면 어떻게 될 것인지? 목숨이 열 개라도 모자라는 일이다. 혼자 죽어 끝나는 일이라면 별반 아깝잖은 세상살이다.

이미 세상으로부터 버림받은 인생이 아니더냐? 그렇지만 혼자 죽어서 될 일이 아니라, 삼대를 멸하고도 남을 일임을 그는 뻔히 내다보았다. 그는 순간적으로 처자식이 눈앞에 어른거리는 것을 느낀다.

고의춤을 여미며 뒷간에서 나오던 변승복은 파주댁과 마주쳤다. 파주댁은 피가 묻은 강보를 씻으러 나왔던 모양으로 변승복을 보자 흠칠 놀랐다.

"놀라지 마시라요. 아주마니들은 이제 곧 집으로 돌아가게 될거구만요."

"집으로요?"

"예. 우리 계주님이 그렇게 결정을 내렸구만이라요."

"계주님이라니요?"

파주댁은 금시초문인 계주 이야기에 다시 한 번 놀란다. 집으로 돌려보내기로 결정한 것은 또 뭐고, 계주란 건 뭐란 말인가?

그리고 이들의 정체는?

"우리는 대동계 계원들입니다."

변승복은 왜 이런 말을 끄집어내는가를 깊이 생각해 볼 겨를도 없이 묻지도 않은 말을 하고 있었다. 아니, 깊이 생각하고 이 말을 하는 것인지도 모른다. 혹시 일이 잘못되어 변고를 당하는 날, 이들이 있어 도움이 될 지도 모른다는 생각을 뒷간에 앉아했던 것이다.

세상은 돌고 도는 것이다. 음지가 양지되고 양지가 음지된다. 지금은 이들이 잡혀 있는 신세이지만, 언젠가는 그 사정이 바뀌어 자신이 잡힌 바 되고 저들이 잡은 바 될지도 모르는 일인 것이다. 왕의 아이를 가진 자라면 충분히 그럴 수도 있을 것이다.

그럴 리야 없겠지만, 만약에 그런 일이라도 생길 경우에는 오늘의 이 친절을 내세워 구원 받을 수도 있을 것이다. 힘 안 들이고 버는 장래에 대한 약속이다. 변승복은 이미 정여립이 구상하고 있는 역성혁명이라는 것이 쉬운 일이 아니라는 것을 간파하였다. 그리고 정여립이 그럴만한 인물이 못 된다는 사실도 깨달았다.

그러나 지금 이 시점에서 그에게 정면 도전을 할 수 없는 노릇이라는 것을 그는 너무나 잘 알고 있었다. 지금 급선무는 이 자리를 무사하게 빠져나가는 일이다. 그리고 저들과 어울리지 않는 길이다. 그것만이 자신이 살고 집안 식솔들이 살 수 있는 선택이다. 그는 이러한 약삭빠른 계산을 끝내고 난 지라 자연적으로 이제 막 아기를 낳은 이들에게 부드러울 수밖에 없는 것이다.

"아주먼네들은 집으로 돌아가 편히 살 수 있을 것이오."

편히 살 수 있지 않으면 어떻게 하려고 했단 말인가? 생각하면 기가 막힐 노릇이었지만 파주댁 역시 집안이 하루 아침에 평지풍파 나는 꼴을 본 경험이 있는 지라, 그저 입조심을 해야 한다고 생각하면서도, 아직도 억지로 끌려오던 때의 억울함이 남아 있는 투로 앙살을 부렸다.

"편히 살도록 내버려 두지 않으면 어쩌려고 그랬었는데?"

"그거야 나도 모르지요. 어찌되었건 이제 아주먼네들은 돌아가게 될 거요. 그러니까 돌아갈 차비들을 해야 할 거요."

"저래 가지고? 저 몸으로?"

"그러나 어쩌겠소? 가마꾼을 부를 수도 없는 노릇이고…"

변승복은 이렇게 말해 놓고는 안으로 휭하니 들어가 버렸다. 그러자 물을 퍼서 강보에 묻은 피를 대충 씻어낸 파주댁은 얼른 안으로 들어갔다.

그리고는 이렇게 속삭이는 것이었다.

"아씨, 이제 우리는 집으로 돌아갈 수 있게 됐대요."

"뭐라구요?"

천기는 잠 속에선 듯 꿈 속에선 듯 파주댁의 목소리를 듣고 있었고, 다시 물었다.

"뭐라고요?"

"저들이 우리를 집으로 돌아가게 해준대요."

"저들이 누군데요?"

"대동계원들이라고 했어요."

천기는 언젠가 일월선사로부터 대동계에 대해서 들은 적이 있다는 생각을 하면서도 이게 꿈 속의 일이겠거니 하며 자꾸만 잠 속으로 빨려들어간다. 가난하고 못 사는 사람들이 힘을 뭉쳐야 산다며 모인 대동계라는 것이 있는데, 이들의 조직이 심상찮다는 것이었다.

　누군가 말끝에 그런 이야기를 한 것 같았는데, 그게 언제였으며, 누구 하고 나눈 이야기를 들은 것인지 기억할 수가 없었다.

　열 달이나 불렀던 뱃 속이 푹 꺼져 버린 듯한 그 허공 속으로 자꾸만 빨려들어가 깊고 깊은 잠의 길에서 헤어날 수 없는 천기였던 것이다.

# 6. 이리와 늑대

신새벽 안개 속이다. 어디선가 닭우는 소리가 들린다. 이즈하라 항을 떠난 지 만사흘이 지난 시각이다.

물결은 잔잔하였다.

"이제 다 왔나봅니다."

"너무 조용한게 어쩐지 이상하군요."

"조선 사람들은 그렇게 부지런 떨고 다니질 않습니다. 그러지 않아도 먹을 게 많이 있거던요."

조선이 처음인 사람들에게 승 현소가 설명을 한다.

"다시 한 번 말씀드리지만, 조선 사람들은 체면을 대단히 중시합니다. 저들의 체면에 관한 이야기는 일절 삼가시는 게 일을 성공적으로 끝낼 수 있는 비결입니다. 또 한 가지는 조선에서는 절대로 여자들에게 눈길을 돌리지 마십시오. 기방이라는 게 따로 있어 기녀들은 상관이 없지만, 일반 아녀자들을 잘못 건드리면 살아남기 어려울 겁니다. 이 두 가지만 지키면 다른 것들은 별 어려움이 없을 겁니다."

"체면이요?"

"조선에서는 양반과 상민이 있어서 이 둘은 천연지판으로 다릅니다. 양반들은 양반들의 가문과 체통이 있지요. 체통을 위해서는 목숨도 버립니다. 여자들 또한 자신의 정조를 위해서는 목숨도 아까와 하지 않는 풍습이 있습니다. 이 점이 우리 왜와는 전혀 다른 풍습입니다."

"허어, 참! 별 꼴도 다 있네그려. 체통과 정조를 위해 목숨을 버릴 수 있단 말이오?"

"그게 조선이 가지고 있는 유교사상이라는 겁니다."

"유교사상? 그것은 공자의 가르침이 아닙니까?"

종의지가 아는 체를 한다. 현소가 받는다.

"조선은 일찍이 공맹의 가르침을 받아 그 도를 지켜왔고, 그 법도가 왜로 흘러들어오게 된 겁니다. 모든 문물이 조선을 통해 들어오지 않습니까?"

"유구열도를 통해 들어오기도 하지요."

"그럴 수도 있지요. 그렇지만 조선을 통해 들어오는 게 더 자연스럽지요."

승 현소는 어떻게 하던지 일을 성공적으로 수행하는 게 목적이라면서 행동을 조심할 것을 거듭거듭 당부한다.

"거듭 당부합니다만, 이제부터는 조선땅입니다. 절대적으로 저들의 체면에 손상될 이야기는 삼가 해 주시고 아녀자를 희롱하지 말기를 바랍니다."

희부여니 가려진 안개 속으로 육지가 보였다. 점점 그 육지는 가까워 오고 어디선지 사람들의 말소리가 들리는 듯하였다.

현소 일행은 항해를 무사히 끝냈다는 게 우선 안심이 되었지만, 저들과의 만남을 어떻게 끌어가야 할지 새로운 불안이 엄습해 왔다.

삼포의 난 이후로는 아직 교류를 해본 적이 없는 양쪽의 관계가 아닌가.

그러나 현소 일행의 이러한 불안은 점차 사라지기 시작하였다. 배가 포구에 닿고 사람들이 육지로 발을 내딛어도 아무런 제지를 받지 않았기 때문이었다. 뿐만 아니라 낯선 배가 들어왔는데도 주민들의 이목이 집중되지 않는다는 점이다. 경비가 삼엄하리라 생각했던 우려도 기우에 지나지 않게 되었고 심문을 당하면 뭐라고 이야기를 할까 하던 걱정도 필요가 없게 되었다.

"이건 숫제 무방비 상태잖아? 괜히 겁먹고 떨었잖아?"

어깨를 으쓱하는 도정종실이었다.

"이런 정도라면 길을 내달라고 할 필요없이 그냥 밟고 지나가도 되겠어."

그들은 각기 한 마디씩 방비의 허술함을 빈정거리기 시작했다. 남의 나라에 들어왔는데도 아무런 제지를 받지 않는다면 이건 국가의 기강이 서 있지 않다는 것 외에는 달리 표현할 말이 없을 것이다.

그나저나 여기는 어디인가? 저들은 방향을 가누지 못하고 갈 길을 두고 망설였다. 이럴 땐 차라리 누군가 나타나서 자신들을 잡아가더라도 가는 편이 수월할 것 같다는 생각이 들었다.

얼마를 지났을까? 동네 사람들이 이 낯선 사람들을 발견하였고 한참 후에야 어디서 나타났는지 한 떼거리의 병복을 한 사내들이 들이닥쳤다.

"웬 자들이냐? 여기서 무엇들 하는 게냐?"

"우리는 일본국 사신들이오."

"일본국 사신?"

"지금 막 배에서 내려 길을 몰라 물어보려던 참이오. 그러니 우리를 안내하시오."

"우리는 그런 통지 못 받았소."

"그러니 우리를 객관으로 안내하라지 않소? 내 객관에 가서 자세한 이야기를 할 것이오. 감히 어디라고 왜국의 왕사를 길바닥에 세워 놓고 힐문하기요?"

현소는 유창한 조선말로 큰소리를 쳤다. 그는 이미 오랜 조선 생활을 한 터여서 아랫것들 한테는 큰소리를 쳐야 일이 수월하게 풀린다는 것을 잘 알고 있었다.

병졸들은 그제서야 괴상하게 차린 현소 일행의 아래 위를 훑어보면서 일행을 안내해 간다. 일행 중에는 칼을 두 자루나 비껴 찬자가 있는가 하면 법의를 입은 자도 있었고 괴상하게 머리를 깎고 틀어올린 자도 있었다. 거기다가 맨발에 게다짝을 걸치고 있는 자도 있다.

"저걸 어떻게 신고 다니지?"

"좀 빨리 걸어볼까? 저들이 어떻게 따라오는지."

병졸들은 일부러 걸음을 빨리 한다. 저들이 잰걸음으로 따라 올 줄 생각했던 모양이다. 그러나 저들은 일부러 거들먹을 피우며 천천히 걸었다. 게다짝을 끌고는 빨리 움직이지 못한 탓도 있었겠지만, 한껏 위엄을 부리고 있는 것이 틀림없었다.

"일국의 왕사가 왔다는데도 대접이 이거요? 나중에 후회하는 일이 생기리라."

병졸들이 계속 걷기만 하자, 현소가 버럭 화를 냈다. 더 이상 걷기가 싫다는 이야기였다. 아무리 연락도 없이 온 사신이지만, 그래도 사신은 사신이잖은가? 여기서부터 대접을 받지 못하면 끝까지 푸대접을 받아야 하리란 생각이 나는 현소였다.

"그렇다면 어쩌란 말이오?"

"거창한 환영식은 못 베풀더라도 무슨 탈 것이라도 가지고 와야 할 것 아니오?"

현소는 양반들이 타는 가마를 생각했다. 최소한 가마 정도는 타야 하지 않을까?

"그렇다면 여기서 기다리시오."

자칭 왜국의 왕사라 일컫는 현소 일행을 부산포에 있는 부산성으로 안내하던 병졸 이진갑은 황급히 성중을 향해 내달렸다. 마침 첨사 정발이 거기 있었다.

"나으리…"

“무슨 일이냐?”

숨을 헐떡거리는 병졸을 보며 묻는 정발의 말이다.

“왜, 왜… 왜놈들이… 아니, 왜국의 사신이라는 자들이 와서…”

“왜국의 사신이라고 했느냐?”

“예, 소인놈들이 포구를 돌고 있는데 이상한 배 하나가 나타나서 가보니…”

“그래, 대체 군사가 몇이나 되더냐?”

정발은 곧 군사를 불러 모을 작정이다. 직감적으로 이들이 또 무슨 난동을 피우려고 온 왜구의 무리임에 틀림없다고 생각하는 모양이었다. 그는 삼포의 난을 기억하고 있었던 것이다. 그러나 병졸의 보고는 그와는 거리가 멀었다.

“군사가 아니옵고, 중놈 하나를 우두머리로 한 네 사람이 고작입니다요.”

“네 사람? 겨우 네 사람이라고 했더냐?”

“네, 소인의 눈으로 똑똑히 봤습니다. 뱃사공까지 합쳐서 여남은 명이었습니다.”

“군선이 아니더란 말이지?”

“예, 조그만 거룻배에 지나지 않았습니다.”

그렇다면 약탈을 목적으로 온 자들은 아닐테고? 정발은 생각에 잠긴다.

“그 중에 조선말을 아는 자가 있더냐?”

“예. 중놈이 우리말을 아주 유창하게 했습니다.”

중놈이라? 그는 당장 현소라는 작자를 머리 속에 떠올렸다. 이미 몇 차례나 부산포를 다녀간 적이 있었고, 부산에서 산 적도 있는 작자였다.

"그 자의 인상 착의가 어떻더냐?"

"중놈은 화상이 둥글고 어깨가 짝 바라진 것이 키는 그리 크지 않았습니다."

그렇다면 그 자가 틀림없었다.

정발은 승 현소를 떠올려 본다. 현소라면 몇 번인가 본 적이 있는 그였다. 현소는 중이라기보다 장사에 밝아 이재에 능하고 간교하기 이를 데 없으며, 무술에도 뛰어난 실력을 가진 자임을 잘 알고 있었다. 뿐만 아니라, 이미 파악하고 있는 정보에 의하면 그 자는 조선팔도를 암암리에 돌아다니며 군정을 살펴간 자라는 사실도 그는 알고 있었다. 그러한 자가 왕사를 자칭해 나타났다면, 필시 무슨 간교가 숨어있음이 틀림없을 것이다.

"어쨌건 가 보자."

정발이 성문 앞에 도착했을 때는 이미 어디서 어떻게 연락을 받고 왔는지 경상좌수사 박홍이 와 그들과 이야기를 나누고는 있는 중이었다.

박홍은 정발이 나타나자, 마침 잘 되었다는 듯

"이 일은 우리가 처리할 일이 아닌 듯하네."

하면서 동평관으로 모시고 가 동래부사에게 맡기자고 한다.

"그러시지요. 저들이 왜국의 사신이라면 마땅히 그렇게 하셔야겠지요."

정발은 그러자고 대답을 하면서 일단 저들을 맞으러 나갈 차비를 서두른다.

그러나 저들은 어디서 구했는지 이미 수레를 타고 그들의 눈앞에 당도해 있었다.

"저들이옵니다."

"그래? 저런 행색으로 왕사를 자칭하다니 이상하군?"

정발은 대범한 사나이였다. 그는 수레에서 내리는 일행들의 행색을 쓰윽 한 번 훑어보고는 어찌 왜국의 왕사가 이리도 초라한 몰골들을 하고 나타났을꼬? 하고 을러댔다.

"어디서 온 뉘시오이까?"

"우리는 대일본국 사신 일행이오. 정중하게 안내하시오."

현소도 이에 지지 않으려는 눈치였다. 왜국의 왕사라면 펄쩍 뛰며 반겨하리라고는 기대하지 않았지만, 그래도 이렇게까지 괄시를 받을 것이리라고는 생각지 않았던 현소로서는 약간 황당하지 않을 수 없었다. 생각해 보면 이게 다 부질 없는 삼포의 난 때문이다.

"예. 물론 그렇게 하셔야겠지요. 현소 어른…"

정발은 이 자가 현소가 분명하다고 생각하자, 더욱 더 놀리고 싶어진다. 현소 같은 자가 어떻게 왜국의 사신이 된단 말인가? 기껏 해봐야 통역관이나 길잡이 정도이겠거니 하는 생각이 들었기 때문이다. 그러면서 그는 일행들을 주욱 훑어보았다. 그중에 혹시라도 현상 걸린 사나이가 있나 해서였다.

이들 일행을 유심히 살펴보기로는 허삼수라는 자 역시 마찬가지였다. 삼포의 난 이후 대마도에는 아직도 현상 걸린 사내들이 많이 있었고, 거기에 분명히 자신의 가족을 몰살시킨 땅딸이가 있을 것이기 때문이었다. 대마도는 죄짓고 도망간 사람들의 은신처 구실을 하기에는 안성맞춤이었다.

그들은 시시때때로 몰려와 분탕질과 노략질을 일삼았다. 그중에서도 땅딸이 일파가 가장 악질적으로 놀았다. 허삼수의 일가 역시 그들에게 당했던 것이다. 저들이 왜국에서 왔다면 틀림없이 대마도를 거쳐서 왔을 것이고 조선 물정을 잘 아는 사람들을 데려왔을 수도 있을 것이다.

"보기는 뭘 봐? 사람 첨 보나?"

도정종실이 고함을 꽥 지른다. 비록 말은 통하지 않았지만 서로 경계하고 있다는 것쯤은 육감으로 통하는 일. 도정종실의 신경질적인 반응에,

"이게 도대체 뭐 하는 물건이유?"

하고 넉살 좋게 묻는 허삼수였다. 기다란 나무 막대기에 쇠통을 붙잡아 매단 것이 꼭 무슨 화포를 축소시켜 들고 다니는 것 같기도 했다.

"이것 말이오? 댁과 같은 사람은 알 필요가 없소."

"분명히 무슨 무기 같기는 한데?"

허삼수는 더욱 징그럽게 웃으며 도정종실의 주위를 맴돌며 이상한 막대기를 살펴보며 만져보곤 한다. 승 현소가 성질을 내려는 도정종실을 막고 섰다.

"그건 조총이라는 거요."

“조총? 조총이 뭐요?”

“당신이 차고 있는 칼과 같은 거요.”

“칼과 같다… 이게 칼과 같다고? 그러면 그 속에 칼날이 있소?”

“칼, 아니면 활이라고나 할까. 불화살 같은 것이지요. 뭐, 그런 것
이요. 어차피 그건 선물로 드리기 위해서 가지고 온 것이니 관심이
있으면 나중에 자세히 볼 기회가 있을 것이오.”

허삼수는 수작을 더 부리려 하였지만, 현소가 이를 막았다.

“우리를 이렇게 붙잡아 두고 있을 것이오? 피차가 서로 할 일이 다
를 터인즉, 우리를 객관으로 안내하시오.”

정발은 현소라는 자의 단수가 역시 한 단 높다는 생각을 하며,

“이분들을 모셔라.”

한다. 일행이 동평관에 도착했을 때는 이미 한나절이 훨씬 지나 있었
다. 빨리 온다고 오기는 했지만 점심 때가 지났다.

파발마를 타고 저들보다 먼저 달려온 병졸에 의해 전갈을 받은 동
래부사 송상현은 동평관에 나와 격식을 갖추어 왜국의 사신이라는 저
들을 맞아들였다.

“어서 오십시요. 먼 길에 노고가 많으십니다. 동래부사 송상현이옵
니다.”

“반갑소. 대일본국 왕사 현소라고 합니다. 우리 일행을 소개해 올
리겠습니다.”

현소는 자신이 데리고 온 일행을 하나하나 소개해 올린다. 대마도
주 종의조의 양자 종의지를 부사로 자신을 정사로 칭하였고, 가신인

유천조신과 소서행장의 가신 도정종실을 시봉으로 소개했다. 명실공히 왜의 국왕이 보낸 사신임을 증명해 보이려는 것이었다.

차림이나 그 규모로 봐서는 전혀 그렇게 느껴지지 않았지만 저들 일행이 왜국의 왕사라는 데는 어쩔 수 없는 송상현이었다. 그는 나중에 어떠한 문책이 떨어질지 모르는 일이기 때문에 그들 일행을 극진히 대접하라고 이를 수밖에 없었다. 그리고 이들을 어떻게 해야 할지 묻는 장계를 한양으로 올려 보냈다.

'동래부사 송상현 삼가 아뢰옵니다. 왜국 사신이 와 있아온데 어찌 하오리까?'

어찌 되었던 장계는 올려 보내 났지만, 하명이 있을 때까지는 오랜 기간이 걸린다.

이날로부터 송상현은 까다로운 손님을 치뤄야 했다.

왜국의 사신이라는 작자들은 도대체가 체면이라든가 예의가 없었다. 툭 하면 신경질을 부렸고 말을 못 알아듣는 관원들에게 욕지거리를 했다.

하루는 도정종실과 허삼수라는 사람 사이에 사소한 시비가 붙었다. 허삼수는 왜구에게 가족을 잃은 경험이 있어 그들의 말이라면 콩으로 메주를 쑨다 해도 믿지 않을 만큼 멸시와 적대감을 품고 있는 작자였다. 그러니 저들이 아무리 왜국 사신이라는 신분으로 이곳에 와 있다 하더라도 곱게 보일 리가 없었던 것이다.

이날도 허삼수는 씁쓸한 기분으로 동료들과 함께 역관 앞을 지나치고 있었는데, 마침 조총을 소제하고 있던 도정종실을 만났다. 도정종실은 조총의 총구를 나무 위에 앉은 새에 겨누어 빈총을 쏘며 겨냥을 연습하던 중이었다.

"그게 뭐유?"

허삼수가 물었다.

"지난번에도 물어보지 않았소?"

도정종실 역시 지지 않고 말했다. 그랬던가? 처음 오던 날 그걸 가지고 트집을 잡으려다가 현소가 끼어드는 바람에 이야기가 끊어진 적이 있었다. 그걸 모를 두 사람이 아니었다.

허삼수라는 인물로 말할 것 같으면 동래 부산에서는 다 알아주는 장사다. 도정종실 역시 내로라하는 왜국의 인물들 다 물리치고 소서 행장의 총애를 한 몸에 받아 가신이 된 자다.

둘 다 패기가 충천한 젊은이들이다. 날아가는 새만 봐도 쏘아 떨어드리고 싶은 두 사람이었다. 그러니 서로 으르렁거리지 않을 수가 없는 상대다. 이것이 그들의 운명이라면 운명이었을까? 두 사람은 필연적으로 싸움이 붙을 수밖에 없었다.

"그래도 내가 묻지 않소?"

"댁에서 물으면 반드시 가르쳐 줘야 한다는 법이라도 있소?"

"있소."

"어째서 있소?"

"있다면 있는 거요. 동래 부산에서는 이 허삼수가 묻는 말에는 다 대답을 해야 하도록 돼 있소."

허삼수는 괜한 트집을 잡고 있었고 도정종실도 이에 지지 않고 꼬박꼬박 대꾸를 한다. 칼을 차면 뽑고 싶고 총을 들면 쏘고 싶은 법. 힘이 있으면 어디서고 싸우고 싶은 것이 사나이들의 허세다.

어안이 벙벙해 뭐라고 대꾸해야 할 지 몰라 하는 도정종실에게 허삼수가 다시 일침을 가했다.

"그거, 꼭 댁네 물건만 하외다 그려."

처음에는 그 말이 무슨 뜻인지 잘 몰라 어리둥절한 표정을 짓고 있던 도정종실이 저들 일행이 웃고 있는 까닭을 어렴풋이 깨달았다.

"무시기라구?"

"꼭 그 물건이 네 물건 같다구. 몸집도 그렇게 왜소하니 뭐, 물건도 그것밖에 더 되겠어? 그래 가지고서야 어디 마누라가 만족하겠나?"

허삼수는 놀이쇠의 후퇴 전진을 그 짓에다가 비유해 그를 골려주려 했던 것이다.

"너 말 한번 잘 한다. 그러면 네 물건은 어느 만큼 큰 지 어디 좀 보여줄래?"

도정종실도 지지 않았다.

이에 허삼수는 고이춤을 벌러덩 까내리고,

"그래 보고 싶으면 실컷 봐라, 이눔아. 아무려면 네눔들 하고 비교가 될까?"

하였다.

도정종실은 여기서 그만 기가 팍 질려 버렸다. 아무리 생각해 봐도 그만한 물건을 본 적이 없었기 때문이다. 언젠가 코끼리 자지를 본 기억은 있었지만, 사람의 물건이 그만큼 큰 것은 처음이었다. 그렇다고 순순히 물러날 도정종실도 아니었다.

"네놈들은 그것만 크면 제일이냐?"

"그렇다면 니놈들은 무에 크면 다냐?"

두 사람의 입씨름이 그치지 않았다. 가뜩이나 왜놈들에게 대한 감정이 고조되어 있는 허삼수나, 뭔가를 한 번 보여 줘서 조선 사람들의 콧대를 꺾어주고 싶은 도정종실 사이에 이 정도의 입씨름으로 끝날 수 없는 노릇이었다.

결과적으로 얻어진 것이 한 판 승부를 내는 결투로까지 이어졌고 각자가 가진 무기를 사용하기로 하였다. 드디어 사람들이 둘을 에워싸게 되었고, 이 이야기는 양쪽 편의 대장격인 양헌수와 현소의 귀에까지 들어가게 되었다.

"이게 도대체 어떻게 된 일이냐?"

양헌수의 질타에 허삼수는 대답했다.

"저놈이 시비를 걸어와 결투를 하게 되었습니다."

양헌수는 평시에 허삼수가 왜구에게 품고 있는 적대감을 잘 알고 있었다. 또한 집안에 대한 내력이며, 그의 칼솜씨도 어느 정도 알고 있었다. 그렇지만 이웃 나라에서 온 사신과 싸움을 붙일 수는 없다는 생각이었다.

그러나 현소의 생각은 달랐다.

"우리 나라에서는 결투라는 것이 정식으로 허용이 됩니다. 정당한 사유가 있는 한 싸움은 사나이들의 특권이지요."

은근히 싸움을 부추기는 태도였다.

그렇다면 할 수 없지 않은가? 양헌수도 한 발짝 뒤로 물러설 수밖에 없었다. 그는 허삼수의 솜씨를 믿었던 것이다. 그걸로 왜구들의 코를 납작하게 만들고 싶은 우쭐함이 숨어 있었다.

"각자 자기 위치로!"

두 사람은 각자 자기 자리에 가서 마주 보고 섰고, 그 주위로 구경꾼들이 에워쌌다. 도정종실은 조총을 들었고, 허삼수는 장창을 꼬나잡았다. 단검을 들려고 했었지만, 종실의 무기가 워낙 긴 것을 감안해 장창을 잡은 것이다. 맨손으로 멧돼지를 때려잡은 허삼수다. 결과는 보나마나 뻔한 노릇이다.

그러나 이 어찌된 일인가? 허삼수가 꼬나잡은 장창을 허공중에 한 바퀴 휘휘 내두르며 기를 모으고 있는 동안 도정종실은 총구만 앞으로 내민 채 꼼짝도 않고 서 있었다.

본시 대결이 이루어지자면 상대를 탐색하고 서로의 힘을 겨루어본 다음 한 판 승부를 내는 것이 순서일진대, 한 사람은 몸을 풀며 기를 모으고 있는 반면 한 사람은 미동도 않고 서 있었다.

싸움을 포기했단 말인가? 새로운 검법이 생겼단 말인가? 싸움은 본인들은 물론 보는 사람들이 조마조마해야 하는 법인데, 이 싸움은 도무지 그렇지가 못했다. 그런데 더욱 놀라운 것은 그 다음의 일이었다.

에잇! 기합을 지르며 앞찌르기를 해 들어가는 허삼수의 장창 앞에 쾅! 하고 불이 번쩍하고 튀었던 것이다. 이와 동시에 죽었어야 할 도

정종실은 미동도 않고 그 자리에 서 있고 공격을 해 들어가던 허삼수
가 공중배기로 치솟았다가는 땅바닥에 떨어져 내렸다.

순식간의 일이었다. 한 번의 겨룸도 없이 허삼수는 떨어졌고 도정
종실은 모락모락 피어오르는 화통 속의 연기를 입으로 후욱 하고 불
었을 뿐이다.

모여들었던 사람들은 모두 자기 눈을 의심하였다. 그리고는 이제라
도 허삼수가 다시 일어나 장창을 휘두를 것 같은 기대감을 갖고 서
있었다.

그러나 허삼수는 일어날 줄을 몰랐다.

그가 마지막 남긴 말은,

"조총!"

이었다. 조총을 조심하라는 말이었을 게다.

이 이야기는 이내 조정에까지 퍼져나갔다. 조정에서는 이들 문제로
의견이 분분했다. 아무 일도 없었다 해도 저들을 불러들일까 말까한
판국에 그게 아무리 여러 사람들 앞에서 한 결투라 할지라도 사람을
죽인 자들을 어찌 신성한 조정에 불러들일 수 있을까 하는 것이 문제
였다.

"그런 도당들을 조정으로 불러들여서는 안 될 것이옵니다."

"그래도 명색이 왜국의 왕사라하지 않소?"

"그들이 왕사인지 아닌지 어떻게 알 수 있소?"

그러잖아도 한창 파당이 나뉘어져 동인은 동인대로 서인은 서인대
로 놀아나던 조정인지라 할 일 없던 차에 무슨 큰일이나 생긴 것처럼

어수선했다.

"왜국과는 신라 때부터 서로 사신들이 오가던 사이인데, 하루아침에 무참히 저들의 사신을 저버릴 수 있소? 저들이 무슨 용건을 가지고 찾아왔는지도 아직 우리는 모르잖소"

한쪽에서 이렇게 말하면, 또 한쪽에서는,

"그 들어보나마나 뻔한 일이지요? 왜구가 우리에게 바라는 일이 뭐 있겠소? 배고픈 백성들을 불쌍히 여겨 대마도민에게 구휼미나 좀 주십시오. 그런 거 아니겠어요?"

하고 비비꼰다.

"본국에서 온 사신이라면 어쩔 것이요?"

"이미 저들과 수신사가 끊어진 지 얼마인데 이제 와서 본국의 사신이요? 보나마나 대마도주의 구걸임이 뻔하오."

동래부사의 장계를 받은 조정 대신들이 이렇게 왈가왈부 입씨름으로 세월을 보내고 있는 동안 부산에서는 무서운 속도로 허삼수의 주검에 대한 소문이 급속히 퍼져나가고 있었다.

멧돼지를 맨손으로 때려잡은 장사 허삼수가 왜놈의 조총 한 발에 손도 한 번 못써 보고 벌러덩 나가 자빠졌다는 이야기였지만, 소문은 꼬리에 꼬리를 달아 눈덩이처럼 불어났다.

왜구들은 모두 길다란 쇠통을 갖고 있는데 이 속에서 무서운 불이 뿜어져 나와 사람을 간단없이 넘어뜨린다는 것이었다. 이러한 소문이 어느 듯 꼬리를 한 개 더 달면서부터는 이들 왜구가 밤거리를 휘젓고 다니며 처녀를 잡아간다는 것이었다.

이윽고 어리석은 백성들은 밤외출을 삼가할 정도로 왜구에 대해 떨었다. 송상현도 정발도 이미 조총의 위력을 실감한 터라 저자거리의 소문에 대해서는 할 말이 없었다. 그렇지만 이대로 소문을 던져둘 수 없는 일이라 상의를 한다.

"정말로 저들이 밤거리를 쏘다니며 민심을 괴롭히고 있는 지 알아 보아야 하지 않겠습니까?"

"한 사람씩 뒤를 밟게 합시다."

미행을 붙여서 저들의 행동을 감시하자는 것이었다.

이날 밤 현소를 미행한 김이주라는 자의 보고로는 현소가 어떤 여자를 만났다는 것이었고, 그 여자는 자성대 부근의 큰 기와집에 살고 있는데, 현소와는 전부터 잘 아는 사이인 듯 만나자마자 불을 끄고 잠자리에 들었다는 것이다.

"현소라면 능히 그럴만하지요. 두고 간 여자가 있었을 겝니다."

"그 여자를 잡아들일까요?"

"여자는 잡아 뭘 하게요? 저들이 무슨 말을 주고받았는지 그걸 알 아내야지."

그러나 김이주는 문구멍으로 몰래 들여다 본 정사 장면만 기억해내었지, 그 이상의 말에 대해서는 알아오지 못했다.

"더 이상은 아무 말이 없었사옵니다."

"말이 없었던 게 아니라 네가 왜말을 못 알아들었겠지?"

"그 여자를 잡아다 족쳐봅시다?"

"그렇다고 알아질까? 그냥 좀 더 관망해 보는 수밖에요."

현소 같은 자라면 동래 부산에 여자 하나쯤 있는 게 당연하다. 그게 문제가 될 거란 없다. 또 그러한 현소의 행동을 막을 까닭도 없는 일이었다.

삼포의 난이 일어나 양쪽 관계가 악화되기 이전의 일이라면 대마도 사람들에게 있어 동래 부산은 자신들의 생활과 삶에 있어서 젖줄 같은 곳이요, 고향이나 다름없었다. 더군다나 양쪽을 제집 드나들 듯하던 현소같은 자들에게 있어선 이곳이 제2의 고향이나 마찬가지가 아니던가?

그러한 그가 옛날 여자를 찾았다고 해서 이상할 것은 없다. 게다가 명색이 왜의 왕사라고 자칭한 자가 제발로 여자의 집을 찾아가는 것을 막을 필요는 없을 터였다.

"좀 더 두고 살펴봅시다."

그러나 문제는 젊은 종의지에게서 일어났다. 집을 떠나 객지에서 보낸 며칠이 그에게 있어선 참을 수 없는 따분함을 안겨주었고 집에 홀로 남겨둔 마리아에 관한 생각으로 잠을 이룰 수가 없었다. 아직 신혼 초나 다름없는 그로서는 참기 어려운 외로움이었다.

비록 정략적인 결혼이었지만 소서행장의 딸을 아내로 맞아들여 처음에 서먹했던 것과는 달리 시간이 흐를수록 정이 더 깊어지는 아내 마리아였다. 이제 막 여체의 신비를 알았다고나 할까. 그러한 그에게 독수공방은 견디기 힘든 고통이 아닐 수 없었다.

종의지에게는 본시 사랑하는 대마도 섬여자인 본처가 있었지만 본토에서 온 소서행장의 딸과 결혼을 했다. 이에는 여러 가지 설이 있다.

그 중에서 가장 신빙성 있는 소식은 소서행장이란 자가 워낙 영민하
고 발이 빠른 자라 대륙의 교두보같은 대마도에다가 이미 자신의 딸을
출가시킴으로써 그 거점을 확보했다는 설이다.

대마도 도주를 사돈으로 삼았으니 이미 대마도를 손에 넣은 거나
다름없지 않은가? 한마디로 그 결혼은 정략결혼이라는 이야기였다.

이러한 사실에 불만을 품은 젊은 종의지는 처음에는 마리아를 냉대
했다.

그러나 착실한 천주교 신자인 소서행장의 딸 마리아는 종의지를 위
하여 기도했다.

'천주님의 가호가 있기를…'

천주교는 하늘에 있는 하느님을 믿으면서도 모든 걸 성모 마리아를
통해 기도한다. 자신의 세례명을 마리아라고 한 것도 하느님과 인간
사이의 중간자 역할을 뜻하는 것이라고 생각하는 그녀였다. 마리아는
갖은 냉대에도 아랑곳 않고 늘 그를 위해 기도했다.

'당신이 사랑하는 여자가 있으면 얼마든지 만나세요. 그렇지만 언
젠가는 반드시 나쁜 줄 알고 하느님 품으로 돌아올 거예요. 그게
천주님의 뜻이라면요.'

종의지는 그러한 마리아의 말을 귀담아 듣지 않았다. 대마도에서
는, 그것도 장차 도주가 될 자신의 위치로서는 여자라면 얼마든지 거
느릴 수 있는 존재였다. 그런데 이상하게도 차마 아내 마리아가 있는
앞에서는 다른 여자를 넘보기가 미안해지는 그였다. 그렇지만 조선에
와 있는 지금, 여기서까지 아내의 그늘에 묻혀 지낼 필요가 없다고

생각하는 종의지다. 게다가 벌써 며칠째 여자의 살냄새를 맡아본 일이 없는 왕성한 젊음이 그를 자극시키고 있었다.

"여자 생각이 간절해."

종의지의 말에,

"내가 여자 있는 집을 아는데…"

하고 부추기는 도정종실이다.

이런 일에 대해서는 이미 너보다 한 수 위라는 말투다. 그도 그럴 것이 도정종실은 이미 일본 열도를 통일하려는 풍신수길의 야망에 불을 지피는 소서행장을 따라 수많은 전투를 수행했던 인물이고, 조선 땅에 건너오자마자 벌써 자신의 힘을 과시하지 않았던가?

그는 그 나름대로의 작은 전투를 치르었던 것이다. 그리고 싸움에서 이겼다.

전투란 게 뭔가? 닥치는 대로 부수고 약탈하고 마음에 드는 것이 있으면 빼앗아 가지면 되는 것 아닌가? 그는 여자도 그렇게 하는 전리품이라고 믿고 있었다. 게다가 유천조신마저 현소를 수행해 나가고 없는 시간이니 만큼 마침 잘 됐다 싶은 것이다.

"가자구, 까짓 사나이 대장부가 여자 문제를 가지고 고민을 해서야 쓰겠는가?"

도정종실의 이 말에 어깨가 펴지는 종의지다. 종의지 역시 싸움이라면 아직 칼밖에 모르는데, 도정종실의 총 솜씨는 희한한 것이 아닐 수 없었다. 그러한 솜씨꾼과 함께라면 지금 당장이라도 이 세상 어디라도 활개를 치고 다닐 것 같은 기분이다. 여기가 아무리 낯선 땅 조선의 동래 부산이라 할지라도 두려울 것이 없었다.

"오랫만에 객고를 한 번 풀어볼꺼나?"

그들은 몰래 객사를 빠져나와 저자거리를 향하였다.

"우선 어디 가서 술이나 한 잔 하고…"

도정종실의 말이었다.

"술?"

종의지는 술이라는 말에 귀가 번쩍 뜨인다. 술이라면 두주불사하는 그였다. 대마도는 술 마시기에 얼마나 좋은 곳이냐?

"이구치 해변의 돌판구이가 생각나는구나."

돌을 달궈 그 위에다가 조갯살이며 고기를 놓으면 지글지글 익는다. 사방 바닷가에 지천으로 깔려 있는 것이 안주감이고 술만 들고 나가면 어디서든지 포식을 할 수 있다. 거기서 배운 술이니 얼마나 술배가 컸겠는가?

술과 여자는 서로 불가분의 관계가 있는 것. 이제 바야흐로 조선의 여자를 찾아 나서는 판국에 술 한 잔 안마시고 되겠는가?

"조선에는 탁배기라는 술이 있어."

도정종실의 말이다.

"그걸 마셔야 배가 찬다, 이거야."

도정종실은 객관에서 주는 음식으로는 도저히 배가 차지 않는다고 투덜거린다. 그러면서 언제 맛을 봤는 지 조선의 탁배기에 대한 설명을 한다.

"저자에서 파는 막걸리는 쌀과 누룩을 빚어 만든 술이라 술맛이 그저 그만이야.”

두 사람은 의기양양하게 주막으로 들어선다. 술청에 앉았던 사람들이 두 사람의 행색을 보고 눈꼬리를 치켜떴다. 한 사람은 허리춤에다 칼을 꽂고 있고 또 한 사람은 조총을 들었다.

게다짝에다 맨머리에 가까운 짧은 두발이 우선 이상하기도 했지만, 그들의 말이 더 우스웠다. ‘여기 술 한 잔 주소.’ 하면 될 것을 저들은 ‘탁걸리 여기 한 잔 주소’ 하는 식으로 어순도 틀리게 하였고, 발음 자체도 이상스러웠다.

이미 도정종실과 허삼수의 싸움 이야기가 저잣거리에 퍼져 왜놈에 대한 미움이 깔려 있는데 저들 일당이 술집에 나타났으니 주모로서는 이 일을 어찌해야 좋을지 종잡을 수가 없었다. 저들을 받아들여야 할지 모르는 척 하고 지나쳐 버려야 할지 대책이 서지 않는 것이다.

“주모, 저 사람들이 술 한 잔 달라지 않소?”

저쪽 한구석에 앉아 말없이 혼자 술잔을 기울이던 사람이다. 보아하니 단골손님도 아니다. 그러나 주모에게 있어선 구원병 같은 존재였다. 사람 모인 데는 누구나 앞에 나서기를 좋아하는 사람이 있기 마련이다. 지금 이 사람도 아마 사람들 앞에 나서기를 좋아하는 성격인 모양이다.

“예, 예…”

주모가 술상을 봐 오는데, 그가 술상을 덥썩 빼앗아 들고는 저들 앞으로 들고 간다. 가면서 그가 하는 말이 사람들을 더욱 흥미롭게 하였다.

"좋은 술이란 술친구가 있어야 하는 법. 나하고 같이 한 잔 하지 않겠소?"

자못 억압적이다. 그렇다고 이에 겁먹을 저들이 아니다.

"그럽시다. 거기 앉소."

세 사람의 술자리가 펼쳐지자, 다른 사람들은 잔을 놓고 저들의 술 마시는 양을 지켜보고 앉았을 뿐이다. 벌컥벌컥 마시는 술이 수챗구 멍에 물들어가듯 한다. 이윽고 술이 몇 순배 도는 듯하자, 사나이가 다른 제의를 하나 했다.

"이거 어디 술잔이 이래 가지고서야 쓰겠소? 술잔을 바꿉시다."

그는 주모를 불러 술을 독으로 가지고 오게 하고 큰 바가지로 술잔 을 삼았다. 그것도 모자랐는지 그는 술독을 통째로 비웠다. 종의지와 도정종실 두 사람도 약간 놀란 듯 그를 바라보고 있었다. 술 실력으 로서는 그를 따를 수 없다는 표정이다. 그는 의기양양하게 불룩 튀어 나온 배를 쓰다듬으며 마당으로 내려섰다. 그리고는 두 사람을 향해 말한다.

"어때, 우리 씨름 한 판 안해 볼래? 지는 사람이 술값을 청산하기 로 하고…"

씨름이라면 일본 씨름인 밀어내기와 조선 씨름인 잡아넘기기가 서 로 다르다.

"어떤 씨름이라도 좋아. 너희들이 하는 밀어내기도 좋고…"

그가 왜의 씨름인 '스모'라도 좋다고 하자, 도정종실이 그렇다면 나 하고 한 판 붙어보자고 나섰다. 그러한 도정종실에게 그가 한 마디 덧붙인다.

"니가 조총은 잘 쏘는지 모르지만 씨름은 나한테 안될 거다. 허삼
수의 원한을 톡톡히 갚아주마."

그러나 술에 취한 도정종실은 그 말이 무엇을 뜻하는지를 잘 알아
듣지 못했다.

사람들이 마당에 놓여 있던 평상을 들어내고 씨름판 아닌 씨름장을
만들었다. 그리고는 빙 둘러서서 구경들을 한다. 몸집으로 봐서는 도
정종실이나 사나이가 비등했다. 술이 벌겋게 달아오른 도정종실이 싸
움을 건 사나이보다 오히려 다부져 보였고 힘을 더 쓸 것 같은 느낌
이다.

그러나 막상 밀어내기가 시작되자마자, 도정종실은 일방적으로 밀
렸고 사나이의 완력 앞에 꼼짝없이 참패를 당했다. 사나이는 신사적
으로 물었다.

"졌지?"

"……"

도정종실은 말없이 그 말을 받아들여 인정했다.

"너도 해볼 테냐?"

종의지에게 묻는 사나이의 말이다.

종의지는 덩치로 보나 생긴 꼴로 보나 씨름을 할 꼴은 아니다. 그
런데도 두 팔을 걷고 나서는 용기를 보였다. 죽어도 같이 죽고 살아
도 같이 살겠다는 의지로 보였다. 여러 합 겨룰 필요도 없이 종의지
를 번쩍 안아든 사나이는 마당 한쪽 귀퉁이에 있는 거름자리 위에다

가 냅다 처박아 넣었다. 순식간에 일어난 일이라 사람들의 입에서 탄
성이 새어나올 틈도 없었다.

"그놈들 그거 꼬시다."

"누가 아니래? 임자 만났지."

두 왜인이 비실비실 피하듯 술값을 내고 도망을 치자, 그때서야 사
람들은 이 사나이의 존재에 대한 궁금증을 나타내기 시작하였다.

그러나 사나이 역시 어느 틈엔가 행장을 꾸려 자취를 감추고 난 다
음이었다. 이름 두 자 성 한 자도 남겨놓지 않고 말이다.

"야! 그거 오랫만에 통쾌한 꼴 한 번 보누나."

사람들은 이제 그만 마시고 돌아가려 하다가 술 한 잔씩을 더 시켜
마신다. 이름도 성도 모르는 그 사나이가 자신들의 억눌렸던 기분을
풀어주었던 것이다.

"그 사람 힘이 항우장사야."

"덩치가 황소만 했다구."

"황소? 큰 산 같았어."

입에서 입으로 꼬리를 무는 소문은 금세에 황소가 큰 산만하게 변
하였다. 사실인즉 사람들의 입에 오르내리는 그는 황소만 하지도 큰
산만 하지도 않은 덩치를 가지고 있었다.

그는 그 술자리를 떠나와 으슥한 솔밭에 이르러 마셨던 술을 으악
으악 토해 내고 다시 길을 걷기 시작하였는데, 마치 그 걸음걸이가
구름에 달 가듯 했다. 술이란 마실 땐 좋지만 뱃 속에 저장해 두고
안고 다닐 만한 것은 못 된다. 하여, 그는 남보는 앞에서는 일단 말

술을 마시지만 되돌아서면 금방 속에 넣었던 술을 토해 내는 비술을 갖고 있어 한 번도 술에 취해 곤드레가 되는 일은 없었다.

술을 토해 내는 방법으로는 손구락을 목구멍 깊숙이 찔러넣어도 되지만 가벼운 깃털을 목구멍에 넣어 간지럽히면 속에 것을 쉽게 게울 수 있다.

그는 이렇게 속에 것을 토해 내고 가벼운 걸음걸이로 물 건너 산을 넘는다. 도대체 이 인물은 누구인가? 무엇 때문에 슬그머니 나타났다가는 소리없이 사라지는 것일까? 무엇 때문에? 아무도 그에 대해서 궁금하게 생각지 않았고 깊이 알려고 하지도 않았다. 소문이란 그저 떠돌다가 없어지는 법이고 다시 살아나지 않는다.

그는 그렇게 나타났다가는 사라져갔다.

그러나 두 사람에게서 오늘 있었던 일을 전해 들은 승 현소는 깊은 생각에 잠겨 이렇게 말한다.

"그대들이 실수를 한 거야."

"실수를요?"

"실수를 해도 큰 실수를 했지."

그 이상은 말하지 않았다. 현소는 서슴없이 이러한 일을 할 만한 인물로 일월선사를 꼽고 있었다. 이야기를 듣자마자 직감적으로 일월을 떠올린 데에는 그만한 이유가 있어서다.

언젠가 한 번 그도 똑같은 꼴로 당한 적이 있었던 때문이다. 그는 말술을 마셨고 그러고도 끄덕 않고 씨름을 청해서 이겼다. 왜 그 생각이 불현듯 떠올랐을까?

일월선사…

다 같은 중이었지만, 그에게 만은 독특한 냄새가 풍겼다. 수행을 하는가 하면 그것도 아니고 막무가내로 떠도는가 하면 또한 그것도 아니었다. 일정한 거처가 있는 것도 아니고 정처가 없는 것도 아니었다. 정말 알 수 없는 인물이었던 것이다. 잊을 만한 이때 그가 나타났다는 것은 뭘 의미하는 것일까? 단순히 술을 마시러 내려왔다고 보기에는 너무나 거리가 멀다. 그렇다고 현소 자신이 온 걸 알고 나타났다면, 그건 더욱 영악스러운 일이다.

"스님께선 그 자를 잘 아십니까?"

"안다고도 할 수 있고 모른다고도 할 수 있지."

"그건 또 무슨 말씀이시온지요?"

"그 자가 그 자라면 잘 아는 사람일테고, 그 자가 아니라면 모르는 사람일 수도 있겠지."

그 자가 왜 나타났을까? 그렇다면, 이미 이쪽의 속내를 훤히 알고 나타난 것이 아닐까? 현소는 갑자기 심기가 불편해지기 시작했다. 역시 조선 땅에는 걸출한 인물들이 많다는 생각이다.

"왜 그리 심각하십니까? 우리가 뭐 잘못하기라도 했습니까?"

"첨부터 실수 투성이 아닌가? 괜한 말썽들 부리지 말라고 일렀을 터인데도."

현소는 염력으로 그의 존재에 대해서 알아내려고 하였다. 그러나 좀체로 정신이 집중되지 않았다. 이 또한 일월의 어지럽힘이라 생각했다. 어느 정도 도의 깊이를 알면 시공을 초월한 환영을 갖게 된다.

또한 그 환영을 깨뜨려버리는 힘도 갖는다. 하여 거리나 시간을 초월하여 보고 듣고 생각할 수 있는 힘을 갖게 되는 것이다.

현소는 이제 막 그러한 도의 경지에 도달하려 하고 있다. 그것도 조선에서 배워간 수행이었지만, 아직 완숙하다고 할 수는 없고 걸음마 단계다. 그러한 그에게 일월선사의 존재란 보였다가도 안 보이고 안 보였다가도 보이는 알듯 모를 듯한 존재였다.

그러한 그가 나타났다는 것은 분명히 무슨 까닭이 있어서였을 텐데, 무엇 때문에 부하들과 한 판 씨름만을 벌이고 사라졌단 말인가? 그것도 현소 자신이 아닌 부하들 앞에 나타나서 말이다.

"그 자가 남긴 말 같은 게 없던가?"

"없습니다."

"아니, 있습니다."

"있어? 뭐랬는데?"

그가 그랬다. 도정종실을 넘어뜨리고 난 다음 종의지의 허리춤을 잡으며, 그는 나직이 이렇게 말했던 것이다.

"길이 아니면 가지를 마라."

'길이 아니면 가지를 마라?' 이게 무슨 뜻인가?

현소는 화두처럼 던져진 이 한 마디를 풀기 위해 꼬박 밤을 세운다. 아무래도 풀기 어려운 말뜻이다. 길이 아니면 가지를 말라는 말은 그대로 해석하면 정도가 아니면 행하지 말라는 뜻이다. 그러나 일월선사같은 사람이 그런 교과서적인 말을 했을 리는 만무했다. 그 속에는 무슨 깊은 뜻이 숨겨져 있을 것이다.

현소는 그 깊은 뜻을 지금 당장 눈앞에 나타난 일에 대한 것이 아닌 근원적인 차원에서 풀어보고 싶었다.

그렇다면 '명정가도'의 뜻을 이미 알고 있는 것이 아닌가?

풍신수길의 속셈은 그것이었다. 명을 치러갈 테니까 조선에서는 길만 비켜주면 된다는 핑계다. 아주 그럴 듯한 이유였다. 그렇지만 아직 거기까진 말도 하지 않았거니와 내색도 하지 않았는데, 어떻게 그걸 알 수 있단 말인가?

풍신수길의 마음 속에 품고 있는 저 명정가도의 비밀스런 속셈은 왜의 장수들도 모르고 있는 비밀 사항이다. 사실은 현소 자신도 알아서는 안 될 극비 사항인 것이다. 명을 칠테니까 길을 비켜 달라는 것은 조선쯤이야 거저 먹자는 속셈인 것이다. 그런데 어떻게 그러한 속셈을 벌써 알아챌 수 있었을까 말이다.

이율곡 같은 이야 조정에 있으니까 십만양병설을 주장할 수도 있겠지만, 일월 그는 초야에 묻혀 있는 사람이 아닌가?

현소는 이미 율곡이 십만양병설을 주장하고 나섰다는 이야기를 들은 적이 있었다. 그렇지만 율곡은 이미 공직을 떠나 날개를 잃었다. 현소는 조선에 인재가 많음에 탄복한 적이 한두 번 아니었다.

그렇지만 일월선사 같은 재야 인사까지 이번 일의 깊은 내막을 이미 꿰뚫어 보고 이렇게 선수를 칠 줄은 차마 생각해 내지 못했던 일이었다. 그렇다면 조선 침탈은 어림도 없는 일이다. 어째서 조선에는 이런 신기에 가깝도록 앞날을 점칠 수 있는 인물들이 많다는 말인가?

여기서 승 현소는 이번 임무는 실패로 돌아가고말 것이라는 것을 절실히 깨닫고 몸서리쳤다.

“내가 왜 이런 일에 말려들었던고…”

# 제2부 성장의 비밀

## 7. 산승은 다 나와라

때는 임진년 여름.

베적삼 속으로 땀을 타고 내리는 더위였지만, 금강산 유점사는 아직 더위가 찾아들지 않았다. 워낙이 골이 깊은 때문이기도 했지만, 덕이 높은 대승들의 수도 도량이라 날씨도 함부로 폭염을 퍼붓지 못하는 듯하다.

큰스님이 가부좌를 틀고 앉은 토굴 안은 더욱 더 시원하다 못해 서늘한 기운이 감돌았다.

"스님 큰일 났습니다."

헐레벌떡 달려온 동자승이 숨 넘어가는 소리를 하는데도 큰스님은 아무 말없이 묵상 중이다.

"큰스님…"

다급한 나머지 동자승이 스님의 귀에다 대고 큰소리를 친다. 평상시 같으면 어림도 없는 짓이다. 감히 묵상 중인 큰스님에게 큰소리를 치다니…

"큰일 났대두요?"

동자승은 연신 발을 동동 구르며 행여나 저들이 뒤쫓아올까 봐 뒤를 자꾸만 돌아보는 경계도 늦추지 않는다.

"대중들과 스님들이 다 죽는데두요."

동자승은 답답한 나머지 이번에는 큰스님의 손을 잡아 끈다. 그러나 큰스님은 끄덕도 않고 가부좌를 틀고 앉은 그대로다.

"웬 호들갑이냐?"

보다 못한 낯선 스님이 동자승을 불러 묻는다. 가끔씩 큰스님을 뵈러오는 도반이라는 건 알고 있었지만, 동자승에게는 아직 낯선 스님이다.

"큰스님은 이제 막 정진에 들어가셨다. 무슨 일인지 나한테 말할 수 있겠니?"

"예… 저 아래 큰절에 묵고 있는 대중과 스님들이 모두 도적들에게 포박을 당하고 곧 죽게 생겼습니다."

"도적들이라니? 대체 어디서 온 도적들이란 게냐?"

본시 금강산에는 도적들이 없다. 이미 도적떼들을 교화시켜 절식구로 삼은 판이라 따로 도적이 있을 리 없다.

"도적들이 왜 스님들을 포박했다더냐?"

"보물을 내놓으라 그랬습니다."

동자승은 본대로 들은 대로 한 마디도 놓치지 않고 또박또박 대답을 한다.

"허어, 절간에 와서 보물을 내놓으라는 도적들도 있단 말이지?"

"도적도 그냥 보통 도적이 아닙니다. 감발을 친 병정 도적들이라구
요."

"감발을 친 병정 도적이라?"

"왜구라고 들었습니다."

"왜구라? 왜구들이 여기까지?"

며칠째 큰스님과 함께 토굴에만 들어앉아 주야 묵상을 하던 일원선
사는 드디어 올 것이 왔구나 하는 생각에 놀라움을 금치 못한다.

"음…"

그는 나직이 신음소리를 내며 자리를 일어선다. 이제 막 정진에 들
어간 큰스님에게 방해가 되지 않게 굴 바깥으로 나와서는 동자승에게
다시 묻는다.

"그래 그 왜구들이 몇 명이나 되어보이더냐?"

"수도 없이 많습니다."

"그러면 전쟁이 난 거로구나. 드디어 전쟁이…"

"전쟁이 뭡니까, 스님?"

"전쟁은 나라간의 싸움이란다."

"나라 끼리 왜 싸웁니까? 서로 사랑으로 감싸안아야 하지 않습니
까?"

"그래, 그건 부처님이 염원하는 불국정토에서나 있을 수 있는 일이
고, 인간 세계에서는 끊임없이 서로를 미워하고 죽이는 전쟁이 벌

어진단다."

일월선사는 시커먼 연기가 치솟아 오르는 아랫쪽 산을 바라보며 한숨을 짓는다. 일이 이렇게 될 줄 예견은 했었지만, 그날이 빨리 올 줄은 생각지도 못했던 것이다.

"그날을 대비해야 되네."

갑자기 십만양병설을 주장하던 이율곡이 생각났다. 그렇지만 친구는 환영조차 받지 못하고 먼저 떠났다.

"역시 자네의 선견지명이 옳았어. 모두들 그때의 자네 말을 들었어야 하는 건데."

일월선사는 나라의 아까운 인물들이 하나씩 사라져가고 허세에 가득 찬 탐관오리들이 당쟁을 일삼는 어제 오늘의 현실을 탓했다. 그래봐야 아무 소용없는 일임을 알지만, 이 난국을 타개하는 데는 그래도 선견지명을 갖춘 선인들이 남긴 방책을 찾아 쫓아야 한다는 것이 그의 생각이었다.

선견지명을 갖춘 사람들의 방책에는 두 가지가 있다.

첫째는, 전쟁이 나기 전에 안전한 곳으로 대피를 해야 한다.

이들은 병화가 미치지 않을 깊은 산골을 물색해 두었다가 그곳으로 가솔들을 데리고 대피해야 한다는 생각이다. 그래서 생겨난 곳이 승지다. 깊숙한 산골에 가려 외부의 눈이 미치지 않는 피난처다. 그 피난처 중에서 가려 뽑은 열군 데를 일컬어 십승지라 한다.

이들은 도선국사가 주장한 '풍수도참설'을 믿는 사람들로 주로 자기 가족들과 일가친척을 비롯한 자기 일신만을 생각하는 부류의 사람들이다. 이들은 주로 도교를 믿고 신선사상을 따른다. 남들이야 어찌 되건 자기만 안전하면 되는 것이다.

때문에 전쟁의 조짐이 보이기 시작하자, 이미 보따리를 싸들고 산골짜기 깊숙한 곳으로 세상을 등져 버렸다.

이들 중에는 전쟁이 끝나고 세상 밖으로 다시 나오는 기회주의자가 있는가 하면 영영 일신상을 자연에 맡겨 버리는 사람들도 있었다.

지금 동자승이 말하는 대중들 중에는 이렇게 십승지를 찾아온 사람들도 섞여 있다. 저들은 절을 들락거리며 부처님 전에 공양을 드리는 듯했지만, 실상은 혼자 외로움을 감추려고 나들이 삼아 절을 찾거나 정보를 수집하러 나온 화전민들이다.

일부 화전민들 중에는 학덕이 높고 글을 많이 읽은 사람들도 있다. 일부러 글을 모르는 척하고 지내지만 알고 보면 난세를 피하려고 산속으로 숨어든 자들이다.

그런가 하면 전쟁을 맞는 또다른 부류가 있다. 난세를 향하여 고함을 지르며 달려 나가는 사람들인 것이다. 난세에 숨어 목숨을 연명하느니 차라리 그들과 맞서 싸우다 죽겠다는 의혈아들이다.

나라에 난리가 나면 언제나 이 두 부류들이 생겨나기 마련이다. 하나는 소극적인 자세요, 다른 쪽은 너무나 적극적이라 말릴 수 없는 사람들이다.

"스님, 이러고만 계실 겁니까?"

동자승의 재촉에도 일원선사는 그저 치솟아 오르는 연기를 바라볼 뿐이었다. 그러면서 난세를 맞은 인간들이 앞으로 어떠한 행태로 살

아갈 것인가를 상상해 본다. 전쟁 그 자체보다도 이 갈등에서 오는
고통이 더 크기 때문이다.

"스님들이 다 죽게 생겼다구요."

"알았다. 큰스님이 대책을 강구하고 계실 거다."

큰스님은 이미 이런 날이 올 줄 예견하고 뭔가를 준비하고 있었다.
일월이 이곳에 온 것도 실은 그 때문이었다. 단지 바깥 세상과의 연
을 너무 철저히 끊고 토굴 속에만 칩거해 있는 동안에 일이 터져버렸
지만…

"큰스님이요? 눈도 뜨지 않았는데요?"

"그래도 다 생각이 있을 것이다. 이미 모든 걸 알고 계시는 분이니까."

"이미 다 알고 있다구요? 그러면 왜 미리 막지 않으셨을까요?"

"글쎄다. 그것도 무슨 생각이 계셔서 그리하셨을 거다."

동자승은 아무래도 알 수가 없다는 표정이다. 도대체가 무엇 때문
에 이렇게 여유작작한 것일까? 스님들이 다 죽게 생겼다는데도 한 발
짝 움직일 생각도 않고…

"이 전쟁은 하루 아침에 끝날 일이 아니란다."

"그걸 어떻게 알아요?"

"이 전쟁은 오래오래 끌 거다. 하루 아침에 끝날 일이 아닌게야.
그래서 큰스님은 생각할 게 많으신 거다."

한참 후에 큰스님 유정이 토굴 밖으로 나왔다.

"가 보십시다."

큰스님은 이미 저 아래 본사에서 무슨 일이 벌어지고 있는지를 다

아는 것처럼 석장을 짚고는 빠른 걸음으로 앞장을 서서 걸었다.

숲은 자지러지게 울어대는 매미 울음소리에 귀가 따가울 지경이었다. 그런데도 큰스님이 지나가는 걸음 앞에서는 매미들도 잠시 울음을 중단하고 적요를 띤다. 산죽이 우거진 비탈길을 내려가는 세 사람의 그림자가 소나무 가지가 얽어내는 엷은 그림자와 어울려 기묘한 그림을 연상시킨다. 그것도 잠시 큰스님은 바람소리를 내며 혼자서 휘익 날아가버린다.

축지법이라도 하는 것일까? 일행을 버려둔 채 저만큼 앞서서 가버렸다. 일월선사 역시 바람처럼 내달렸다.

동자승 저 혼자서 고개를 갸우뚱하며 팔소매를 걷어붙이고 날아보려 애쓰지만 허사였다. 아무나 하는 축지법이 아니다.

"여기는 들어가면 안 되는 곳입니다."

가볍게 착지를 해 땅에 발을 딛고 일주문을 들어서려는 큰스님을 저들이 막는다.

그러나 큰스님은 저들을 거들떠보지도 않은 체 안으로 성큼성큼 들어간다. 뒤따라 온 일월선사 역시 저들의 제지에는 아랑곳없이 큰스님을 따라 안으로 사라져 버렸다. 그 걸음걸이가 너무나 빨라 문을 지키고 섰던 왜군들은 이게 인간의 실체인지 아닌지 분간할 사이조차 느끼지 못했다.

큰스님은 탑 아래 포박돼 있는 스님들이랑 대중들에게는 눈길 한 번 주지 않고 법당으로 올라섰다. 거기 조금 계급이 높아 보이는 왜군들이 모여 있는 것이 눈에 띄었기 때문이다. 무슨 대책회의라도 여는 것 같아 보였다.

"오호라, 이 늙은이는 또 뭐야? 이 늙은이를 누가 들여보내라 그랬나?"

젊은 장수가 호통을 쳤다.

"나가랏! 여기는 우리가 회의를 하고 있다."

장수의 소리에도 아랑곳 않고 큰스님은 가장 높은 사람으로 보이는 자에게로 다가가 이렇게 말했다.

"여기는 부처님전이오. 사람을 죽이는 회의같은 건 저 산문 밖에서나 할 일이오."

이 뜻밖의 말에 젊은 장수는 칼을 빼들었지만, 높은 자가 그를 제지하고 나섰다.

"당신은 누구인가?"

"나는 부처님의 가르침에 따라 사는 이 절의 중이다."

"중이라. 중이라면 목숨을 아끼지 않아도 되는가?"

"중이라고 어디 목숨이 안 아까울 사람이 있겠는가?"

"목숨을 아끼지 않고 들어왔다면 무슨 할 말이 있을 터…"

"저 무고한 사람들을 저렇게 묶어서 무얼 하겠다는 건가?"

"입을 함부로 놀리면 죽는 수가 있어."

칼을 거두려던 장수가 다시 나섰다.

"도대체 당신들이 원하는 게 뭐요? 뭘 원해서 사람들을 죽이려드는 거요?"

"우리는 이 절에 있는 보물들을 원하오. 보물이 숨겨져 있는 곳을 대지 않으면 다 죽일 거요."

"하하하… 보물이라? 절간에 와서 보물이라?"

큰스님은 가소롭다는 듯이 큰 소리로 웃어넘겼다. 그 소리가 어찌나 크고 막힘이 없었던지, 이제 막 일주문을 들어서려던 동자승의 귀에까지 들렸다.

"어어? 큰스님이 오히려 큰소릴 치고 있네?"

동자승은 사태가 어떻게 돌아가는 지 궁금해 견딜 수가 없어 싸리 울타리 밑으로 난 개구멍을 통해 절 마당으로 들어섰다. 아직도 탑 아래 꿇어앉아 있는 스님들이 보이는데, 큰스님은 어찌 큰소리를 치고 있는 것일까?

"지금 당장 보물을 내놓지 않으면 모두 죽여버리겠소. 당신도 마찬가지요."

염천 더위에도 가죽옷을 입은 구렛수염이 사람을 곧 잡아먹을 듯 두 눈알을 부라리며 보물이 있는 곳을 대지 않으면 모두를 죽여버리겠다고 으르렁거리고 나선다.

"대체 절간에 무슨 보물이 있다는 게요? 유점사 중들은 겨우 바리공양을 해서 목숨을 부지하는 수행승들이오. 초근목피 풀뿌리로 끼니를 때울 때가 많은데 보물을 숨겨둘 곳이 어디 있다고 보물을 내놓으라는 게요? 본시 조선의 중들은 재산이 없소. 무소유를 미덕으로 삼고 수행정진하는 것을 자랑으로 여기는 사람들이거늘 그들에게서 무얼 빼앗아가겠다는 거요? 부처님은 살생을 싫어하오. 그러니 조용히 왔던 길로 되돌아들 가시오. 그게 부처님 전에 죄짓지 않고 그대들이 사는 길이 될 것이요. 그게 그대들이 무간지옥에 떨어지지 않는 길이오."

두려움을 모르고 거침없이 말하는 큰스님의 말에 몇몇은 감동을 받았는 지 슬그머니 자리를 뜨고 나머지는 이 자리를 어떻게 벗어날 것인지를 궁리하는 눈치다.

그 중에 높은 자가 물었다.

"흐응! 제법 도가 높으신 분 같은데, 칠조를 아시오?"

"육조가 있지 칠조가 있다는 말은 들어보지 못했소."

그러면서 큰스님은 그 자에게 육조가 무엇인가를 자세히 설명을 한다. 육조란 중국의 남종선의 근본이 되는 선서를 말함이다.

"달마에 의해 시작된 중국 선의 흐름은 그의 수제자 혜가 홍인에 이어 6대 혜능에 이르게 되는데, 이들은 좌선을 통하여 깨우침을 얻는다고 믿었소. 금강경의 반야사상에 근거한 새로운 수행법을 창안해 낸 것을 말함이오."

육조단경은 불교경전이 아니라 선사들이 여러 세대에 걸쳐 가필에 가필을 한 여러 사본들이 있는 책이다. 일찍이 이 책은 목판 판각으로 20여 종류나 출판이 되어 있지만, 일본 같은 섬나라에선 실제로 보기 힘들었을 것이다. 그러니 이 장수는 어디서 책이름만 잘못 들었지 실제로 육조단경을 읽어본 일은 없는 모양이다.

심신을 수련하는 데는 이 육조단경만한 교과서가 없다. 좌선이라고 해서 앉아서 묵상만 하는 건 아니다.

실제로 소림검법이나 소림무술같은 것들도 이 책에서 나온 비법이다. 이 장수는 이러한 이야기를 어디서 귀동냥한 정도로 알고 있는 모양이었다.

"그러면 스님께서는 육조단경을 읽어보셨소?"

"읽다 뿐이오? 여기 있는 스님들은 전부 육조에 의한 수련을 쌓고 있소."

이쯤에서 왜구는 기가 수그러드는 눈치였다. 그러면서도 그 높은 자는 끈질기게 수작을 부린다.

"그 책을 보여줄 수 있겠소?"

"책은 없소. 이미 머리 속에 넣어두고 있기 때문에 책같은 건 필요가 없소."

"그러면 그 수련법을 볼 수는 있소?"

"보여줄 수는 있지만 무고한 사람들을 묶어놓고 괴롭히는 악한들 앞에서는 곤란하오. 본시 선은 남에게 보이려고 하는 게 아니라, 자기 완성을 위해 하는 거요."

"무엇을 완성한다는 말이오?"

"무욕이오. 욕심을 버리는 일…"

큰스님은 중들이란 지팡이 하나 의지하고 천산을 다니며 탁발을 해서 사는 사람들인데, 저들을 묶어놓고 금은보화를 내놓으라면 어디 가서 구해 오겠느냐며 저들을 풀어줄 것을 강력히 요구하였다.

"중들은 아무것도 없는 빈 손으로 부처님의 자비만을 구하고 있는 사람들이오. 부처님은 살생을 제일 싫어함으로 당신네들이 저들을 만약 죽이기라도 한다면 천벌을 면치 못할 것이오. 보아하니 당신들은 무장들 같은데 군인이라면 마땅히 군인들 하고 싸울 일이지, 아무런 죄 없는 중들은 잡아서 어쩌겠다는 거요?”

큰스님은 무장 군인들 앞에서 일장 연설을 하였고, 저들은 오히려 큰스님의 설법을 듣고 있는 형편이다. 왜장은 아무런 거리낌없이 큰 소리 치는 큰스님 앞에 더 이상 아무 말도 못하고 두 손을 들었다.

“저들을 풀어줘라.”

풀려난 대중과 스님들은 갑자기 나타난 큰스님 덕분에 목숨을 구하게 된 것을 감사하였다.

“고맙습니다. 정말 고맙습니다.”

큰스님 덕분에 왜구들 손아귀에서 풀려난 사람 중의 하나가 옆에 있던 스님에게 묻는다.

“큰스님이 도대체 누구요?”

“이런 불손한 양반이 있나? 기껏 위험을 무릅쓰고 목숨을 건져준 분에게 고맙단 소린 못해도 ‘도대체 누구요?’라니, 그게 무슨 말버릇이오?”

무안을 당한 사내가 뒷통수를 긁적거리며 말한다.

“내 본시 장사나 해먹던 놈이라 말주변이 없어 그런거니 너무 탓하지 마소. 그런데 그분이 대체 어떤 분이오? 내 아무리 봐도 정여립의 역옥사건에 휩쓸려 옥고를 치르던 그 작자와 닮아서 하는 말입니다.”

“또 그 입버릇… 작자라니?”

하며 그 자의 입을 쥐어박는 시늉을 한다. 그러면서 묻는다.

"옥고요? 그건 또 무슨 말이오?"

자칭 장사치라는 사람이 신바람이 나서 말한다. 남들이 모르는 비밀을 자기 혼자만 알고 있다는 자랑스러움이다.

"내 본시 떠돌아다니며 장사를 하다 보니 팔도 천지 발길 닿지 않는 곳이 없다 이 말씀입니다. 그러다 강릉부에 장사하러 들렸다가 억울한 누명을 쓰고 옥살이를 며칠 한 적이 있습죠. 그때 내가 본 사람이 꼭 아까 그 스님 같더라 이 말씀이지요. 내가 생긴 건 이래 뵈도 눈 하나는 매운 사람이라구요. 한 번 본 사람은 절대 안 잊어버려요."

그러고 보니 스님도 큰스님이 어디서 온 누구인지 잘 알지 못하는 것 같다. 유수같이 떠도는 승려이고 보면 그럴 수도 있을 것이다.

그런데 정여립의 역옥사건이란 무언가? 왜 큰스님이 거기 연루되어 옥고를 치르었단 말인가?

"정여립이란 작자가 정감록을 빙자해 임금이 되려고 했었지. 불평불만 많은 자들을 모아 새 세상을 만들어 보자는 일종의 역모사건이야. 그렇지만 대명천지 밝은 하늘 아래 역모라니? 당치도 않은 수작들이었지."

옆에 있던 스님이 말을 계속했다.

"내가 저 큰스님 법력을 잘 아는데, 우리 큰스님은 정치나 하는 그럴 분이 아니시지. 오로지 참선에만 몰두하시는 분이시니까."

"그런 분이 어떻게 옥고를 치르었어요?"

"간단한 이치잖아? 모함에 걸려든 게지. 그렇찮으면 지금 저렇게 우리 앞에 서 있겠나?”

“듣고보니 그럴싸하네요? 정말 역모사건에 가담했었다면, 지금 여기 있을 수가 없겠지요? 그런데 어쩌다가 그런 일에 휘말렸을까요?”

죽었다 살아난 사람들답잖게 나무 그늘에 앉아 한가로운 잡담이나 펼치고 있는 이들 중에는 상노도 끼어 있었다. 일월선사를 모시고 유점사에 들렸다가 이 꼴을 당한 것이다.

그가 입을 열었다.

“내가 큰스님의 역모 연루 사건에 대해서 잘 아는데…”

좌중의 눈이 상노의 입으로 쏠린다.

“저 분들은 오히려 그들을 막으려다가 그렇게 된 거야.”

“그들을 막다니? 누구를요?”

“정여립이 전국 각지의 불평불만이 많은 유생들을 규합해 대동계라는 걸 만들어 그 힘으로 나랏님을 해치고 자기가 왕위에 오르겠다고 설치는 것을 그러면 안 된다고 나무라고 말렸지. 그러자니까 자연히 저들을 만나게 되고 남들 눈에 한 패거리처럼 오인을 받게 되었던 게지.”

큰스님. 그의 속명은 임응규. 밀양 땅. 나리에서 태어나 15세 때 어머니를 여의고 16세에는 아버지 임수성마저도 세상을 뜨자, 천지간 오갈 데가 없어진 그는 황악산 직지사로 들어가 머리를 깎고 중이 되었다. 나이 일곱에 이미 사략을 읽고 깨우친 영민함이 돋보인 그는 열여덟에 석유정이라는 이름으로 승과에 응시하여 합격하였고, 서른을 전후해서 직지사 주지가 되었다. 서른둘에는 선종의 수사찰인 봉은사 주지로 천거되었지만, 이에 만족하지 않고 입산수도자로서 전국을 떠돌다가 묘향산으로 들어가 청허당 휴정의 제자가 되었다. 이때 일월선사와 동문수학을 하였다.

청허당 휴정은 어릴 때부터 돌을 세워 부처라 하고 모래를 쌓아 탑이라 하며 놀았을 정도로 불교에 많은 관심을 보였고, 한편 성균관에서 공부를 하고 과거에 응시하기도 했으나 불교를 연구하다가 출가한 인물이다.

1552년 명종 7년에 실시한 승과에 급제하여 대선이 된 이래 불교 부흥을 위해 여러 가지 일을 했다. 그해 8월에 시경승을 실시해 4백여 명에게 도첩을 발급한 일은 맥없이 쓰러져 있던 전국의 승려들에게 날개를 달아준 일대 부흥운동인 셈이었다. 그러한 청허당 역시 정여립의 모반사건에 유정과 마찬가지로 투옥되었지만, 전국의 승려와 유생들의 탄원에 의해서 풀려났다. 그 동안 쌓아놓은 성덕의 덕을 본 것이다.

그간의 사정은 상노가 잘 안다.

상노가 그날 아침 천보산에서 만난 낯선 남정네들은 누굴 해치러 나타난 게 아니었다. 아기를 낳을 산월이 닥치고 해산날이 가까워 오자, 일월선사는 어디 적당한 집에 천기를 맡겨 해복 구완을 하려고 했던 것인데, 일이 그렇게 되느라고 그날 상노는 주막거리에서 쌍가매를 만나 술을 마시고 늦게서야 집으로 돌아왔던 것이었다.

그날을 생각하면 상노는 지금도 식은땀이 돋는다. 천기를 잃어버리

고 사방으로 헤매었지만 찾지 못했다. 이제 일원선사의 낯을 어찌 뵈
나? 스스로 목숨을 끊어 자진이라도 해버리고 싶은 심정이었다.

"일을 어찌 그리 하나?"

일월선사는 성미가 파락파락한 사람이었다. 그런데도 그날은 상노
를 꾸짖지 않았다. 미리 이야기를 했어야 했는데, 미처 말을 하지 않
은 것은 자기 잘못이라고만 하였다. 그러니 만큼 그 일은 신중에 신
중을 기한 일이었던 모양이다. 어쩌면 상노 자신도 모르게 그 일을
처리하려 했었는지도 모른다.

"어쨌거나 천기는 여식아를 낳았고 그 부모님한테 보내졌느니라."

그가 그랬었다.

"어찌하여 그리 되었습니까?"

하고 묻고 싶었지만 물을 수 없었던 의문이다.

"이제부터 천기라는 여자는 이 세상에 없는 인물이니라. 그간에 있
   었던 일은 다 잊어버리도록 해라."

상노는 일월선사가 천기에 대한 일과 아이에 대한 일도 잊어버리라
는 그 말뜻을 잘 알아듣지 못했다.

그러나 막상 정여립의 모반이 밝혀지고 거기 연루되어 많은 유생들
이 얽혀들어가는 것을 보고는 그 말뜻이 무엇을 의미했는지 알 것 같
다는 생각을 하였다. 평소 일월선사가 스승으로 모시든 휴정과 스승
의 도반으로 삼은 유정같은 큰스님들이 줄줄이 묶여 옥으로 끌려가던
것으로 보아 그 말이 품고 있는 깊은 뜻을 알 것 같기도 하였다. 그
렇지만 그저 그런 느낌을 받았을 뿐 상노로서는 더 이상 깊은 내막을

알 수 없는 일이었다.

그러던 어느 날 평양성 안의 어떤 집에 일월선사를 뒤따라 탁발을 하러 들어서다가 천기 비슷한 여인네를 본 일이 있었다. 여인은 일월선사에게 공손히 절을 하였고, 무언가 값진 것을 공양을 하는 것 같았다. 선사는 그걸 사양하는 것 같았지만 끝내는 못 이기는 척하고 받았다. 그때 조그만 아이가 아장아장 걸어나와 제 어미의 치마폭을 잡아당기는 것을 봤는데, 상노는 이 아이가 그때 낳은 천기의 아이임이 분명하다고 생각하게 되었다. 그렇지만 천기는 상노를 향하여 눈길 한 번 주지 않고 황급히 안으로 자취를 감추고 말았다. 그때가 막 청허스님이 옥에서 풀려났다는 기별을 듣고 묘향산으로 들어가려던 무렵이었다.

"저 아이의 운명이 참으로 기박해…"

일월선사는 뜻모를 말을 혼자 중얼거렸다.

'저 아이를 가지고 뭘 하려 했을까?'

상노는 아직도 그 의문을 풀 길이 없지만, 그보다 더 큰 의혹의 눈뭉치는 일월선사나 큰스님 유정, 그리고 청허스님 같은 분이 어떻게 역모자 정여립과 교우를 가졌을까? 하는 점이다. 항간에 떠도는 소문으로는 정여립이 그간의 모든 책임을 혼자 지고 자진했다는 이야기도 들려왔다.

"역모는 내가 꾸민 일이오. 나 혼자서 생각하고 나 혼자서 꾸민 일이란 말이오."

그가 시종일관 주장했던 말이라고 한다.

일월선사는 비록 중이라고는 했지만, 전국의 유림들과 더 많은 교분을 갖고 있다. 유정도 마찬가지였다. 비록 승복을 입고 있었으나 중앙 부처에 아는 사람들이 많았고 지방 유생들과도 친분이 두터웠다. 억불숭유정책이 한창이던 때이니 만큼 사찰도 나라에서 관리하는 사찰만 남고 다른 절들은 힘을 잃었다.

휴정과 유정이 역모사건에 연루되었다가 풀려난 것도 다 이같은 연줄이 있었고, 평시에 쌓아둔 유생들과의 교분 덕이었다. 유생들이 들고 일어나 저들을 풀어줄 것을 간곡히 탄원하지 않았던들, 지금 이들이 여기 있을 리 없다. 이들이 없었더라면 지금 우리들 목숨도 보장받지 못했을 것이다. 상노는 이 이야기를 해야 되는데, 어디서부터 어떻게 간추려 해야 할지를 모르겠다.

"앗따, 이 양반 좀 보게. 이야기한다 해놓고 아까부터 뜸은 되게 오래 드리네?"

장사치가 상노를 재촉한다.

"그게 말이지. 그러니까… 저분들은 이미 도를 통했다 이 말씀이지요. 도통한 고승들이니까 앞일을 훤히 내다보고 있다 이 말씀입니다."

"에끼 이 사람아, 그 소리 들으려고 여태 기다린 줄 아나? 우린 저렇게 덕이 높으시고 고명하신 큰스님이 뭣땜시 옥살이를 하게 되었었는지 그 답을 기다렸던 거라구."

"그야, 그러니까 누명이라잖소? 억울하게 누명을 썼다 이 말씀이지 뭐…"

"누명이라면?"

"처음엔 정여립 같은 사람들과 대동계를 하다가 차츰 정여립이 딴 뜻을 품고 있다는 사실을 알고는 일찌감치 결별을 선언한 게지."

"그러니 나라에서도 그걸 조사해 보고… 이 사람들은 죄가 없다 하고 내보냈다?"

"암, 그러면 말이 되지. 이제야 이해가 되네. 그러면 그렇지. 저런 분들이 나랏님을 배신하고 역모에 가담했을 리 있겠나?"

"처음엔 모두 다 한 패였다 하질 않소?"

"한 패라니? 저분들이 처음 정여립을 만났을 때는 정여립도 왜구를 물리치고, 이 나라 이 백성들을 위하여 목숨을 바치던 젊은이였다 이 말씀입니다. 그 정감록인가, 뭔가에 빠져들기 전에는…"

다른 사람이 묻는다.

"댁은 누군데 큰스님에 대해 그렇게 잘 알고 있소?"

상노는 좌중에 오해와 궁금증이 풀린 걸 느끼며 으쓱해 한다.

"나로 말할 것 같으면 저 큰스님과 도반인 일월선사의 그림자라고나 할까?"

"그러면 일월선사라는 분도 큰스님 같은 신통력이 있단 말이오?"

"큰스님의 도반이라면 어련하시려구? 도반이라면 한 스승 밑에서 함께 동문수학한 사이라는 말이 아닌가?"

상노는 살다가 이런 날도 있구나 싶을 정도로 어깨가 으쓱하다. 마치 자기 스스로가 왜장을 몰아내고 대중들을 구한 큰스님과 같은 덕을 갖춘 사람이 된 듯한 느낌이다.

상노는 그 말을 증명이라도 해보이려는 듯 대중들을 떠나 일월선사가 있는 법당 안으로 들어섰다. 큰스님과 선사는 아무 말없이 좌선에 들어가 있었다.

언제 이 자리에서 살생을 눈앞에 그리는 작전회의가 있었더냐 싶을 정도로 조용하고 평온한 분위기다.

"부처님 전에서 살생을 모의하다니…"

상노는 혼자 중얼거리고는 합장을 하며 부처님 전에 절을 올리고는 다시 법당 밖으로 나온다. 갑자기 눈이 부시다. 이 눈부심이 오히려 어둠을 몰고 왔다. 눈앞이 캄캄한 것이다. 잠시 빛을 안 보고 있다가 나와도 이렇듯 눈부신 사태가 일어나다니. 놀라운 일이다.

상노는 이러한 현상에서 무언가를 깨우칠 것 같은 예시를 받는다. 어둠과 빛. 빛과 어둠. 어둠 속에 있다가 나오면 빛이 어둠이 된다. 빛에 있다가 어둠 속에 들어가면? 그 역시 서서히 어둠으로 변해 간다. 그러면 빛의 근원은 어둠이란 말인가?

그는 이 이상한 착시 속에서 잠시 헤매다가 다시 법당 안으로 들어간다. 두런두런 이야기 소리가 들렸기 때문이다. 그런데 다시 들어간 법당 안은 고요와 정적이 흐를 뿐 아무도 이야기를 하는 사람은 없었다.

"서당개 삼년이면 풍월을 읊는다더니…"

내가 이거 이러다가 갑자기 도통하는 게 아닌가? 하는 생각을 해보는 상노였다. 그러한 그를 일월선사가 불러세운다.

"밖에 사람들은 어찌하고 있느냐? 다들 갔느냐?"

"갈 데가 있어야 가지요. 이 난리통에 갈 곳이 어디 있겠습니까?"

"그러면 쌀 한 톨 없는 이 절간에 빌붙어 살겠단 말이더냐?"

유점사는 그래도 큰절에 속했지만 먹을거리가 걱정될 만큼 가뭄에 기근이다. 아무리 승려라 할지라도 먹고는 살아야 한다. 비록 초근목피를 벗겨 먹더라도 배는 채워야 산다. 그런데 이렇게 많은 대중들이 절을 떠나지 않고 있으려면 무슨 방도를 세우지 않으면 안 된다.

"사람들을 불러모아라."

일월선사는 큰스님을 대신하여 절살림을 도모하려는 모양이다.

상노는 밖으로 나가 여기저기 삼삼오오 짝지어 잡담들이나 하고 있는 대중들을 불러 모았다.

"우리 일월선사님께서 여러분들을 모으라 하셨소."

"무엇 때문인가요?"

"그건 나도 모르겠소. 하여튼 이리로들 모여 보십시오."

사람들이 슬금슬금 눈치를 봐가며 한곳으로 모여들었다.

"무슨 일이지?"

"글쎄다. 기다려보면 알겠지, 뭐…"

이윽고 일월선사의 모습이 법당 안으로부터 불쑥 나왔다. 머리통이 보통 사람 두 배나 됨직 한데다가 울퉁불퉁한 게 마치 커다란 고구마를 씻어놓은 것 같다. 살결이 어찌나 붉어틱틱한 지 황토흙에서 갓 캐어낸 붉은 고구마 그대로였다.

"여러분 나를 주목하시오. 나는 여러분들이 돌아갈 곳이 없다는 사실을 잘 알고 있소. 그렇다고 이 절에서 여러분들을 먹여 살릴 수도 없소. 불행스럽게도 이 절에도 이미 먹을 게 바닥이 났소. 그나마 조금 남아있던 양식들은 왜구들이 다 퍼내간 모양이니 이에 대한 조처를 취하지 않으면 모두 굶어 죽을 수밖에 없소. 다행히 우리 중들은 선식이라 하여 산중의 나무나 풀만으로도 연명을 하는 방법을 알고 있으니 그 방법을 알려드리겠소.”

사람들은 일월선사의 이 뜻밖의 말에 귀를 기울이지 않을 수 없었다. 굶주림보다 더한 고통은 있을 수 없기 때문이다. 그 굶주림을 이기는 방법을 가르쳐 준다는데, 누가 이의를 제기할 것인가?

“이 세상의 모든 풀과 나무들은 사람이 먹을 수 있도록 지어졌소. 그렇지만, 그 먹는 시기와 방법을 잘못 택하면 목숨을 잃는 독약으로 변하고 맙니다. 선식이라 함은 그 먹는 방법과 양을 적당히 조절하는 지혜가 중요하오. 그 방법이라는 것은 그냥 날 걸로 먹어야 함을 불에 익히면 독이 되는 것도 있고, 익혀서 먹어야 될 것들을 그냥 날 걸로 먹어 독이 되는 것도 있소.”

일월선사는 요즘 이 골짜기에서 찾아 먹을 수 있는 것으로 우선 여러 가지 산나물을 꼽았다. 가장 손쉽게 찾을 수 있는 것은 취나물 곰취 고사리 등이지만, 이것들 나물만 가지고서는 제대로 힘을 쓸 수가 없다.

“아직 철이 일러 과일이 열릴 때도 아닙니다. 산도라지 잔대 더덕 같은 뿌리들이 있긴 하지만 찾기가 쉽지 않을 거구요. 그래서 내 하는 말인데, 도랑에 가면 가재나 개구리 물고기들이 있을 겁니다. 뱀도 있구요. 이것들 육류를 섭취해야만 힘을 쓸 수 있습니다. 이렇게라도 해서 기운을 차리지 않으면 싸움에서 이길 수 없습니다.

마침 요즘은 소나무에 물이 오른 때라 송기를 벗길 수 있습니다. 송기를 벗겨 송기떡을 해서 양식을 삼아야 합니다."

사람들이 서로의 얼굴을 번갈아 본다. 스님이라는 분이 겨우 한다는 소리가 개구리나 뱀을 잡아먹고 기운을 얻고 송기떡으로 양식을 삼아라? 이게 무슨 뚱딴지같은 소리인가. 거기다가 싸움이라니? 이건 또 무슨 소리인가.

"웬 중이 나서서 살생을 하라고 하느냐 이 말씀이지요? 부처님께서 살생을 금한 것은 쓸데 없는 목숨을 죽이지 말라는 것이었지, 산 사람 목숨 부지하기 위해서 먹는 음식을 금한 게 아니라 생각하오. 지금 우리는 어떻게 해서든지 굶어 죽어서는 안 되오. 살아야 하오. 왜냐면 왜구들의 손아귀에 들어간 나라가 풍전등화 앞에 놓여 있고, 우리가 아니면 이 나라 이 백성들을 구할 사람이 없기 때문이오. 그래도 여기 있는 여러분들은 힘깨나 쓸 수 있는 이 나라의 동량들이오."

"스님께서 우리를 데리고 전쟁을 하시겠다는 그 말씀이오?"

누군가가 어색하게 물었다.

"못할 것도 없지 않소?"

"그러면 살생이라도 서슴지 않겠다는 이야기요?"

이번에는 유점사 중이 물었다.

"나라가 없으면 나도 없는 법, 한 나라의 존속을 위해서는 전쟁도 불가피한 것이오. 나라를 위해 피를 흘리는 것은 살생이 아니라 중생구제요. 옛 열조들께서도 전쟁에 나아가 적군을 죽이는 것은 살생이 아니라 했소."

여기서 잠시 의견들이 분분하다.

"불교를 국교로 숭상하던 신라 고려시대에도 수많은 불교 신자들이 나라를 위해 전쟁터에 나아가 목숨을 바쳤소. 그러한 행동을 두고 아무도 살생이라 하지 않았소."

이런 이야기를 하고 있을 때 큰스님이 나와 대중들 앞에 섰다. 그는 석장을 땅에 쾅 내리꽂으며,

"산승은 다 나와라!"

하고 사자후를 내지른다.

'산승'이라니? 살아 있는 중이라는 말인가? 산에 있는 중이라는 말인가? 그 뜻에 갈피를 못잡아 멍하니 서 있는 동안 큰스님은 다시 한 번 석장을 내리꽂고는,

"자, 이제부터 살고저 하는 자는 죽을 것이오, 죽기를 맹서하는 자는 살 것이니라."

다시 한 번 사자후를 토해 냈다.

왜구가 불전을 털고 부처님 면전에서 스님들을 묶어놓고 보물을 내놓으라 윽박지르는 전쟁판에 승려라는 사람들이 목탁을 감추고 숨어버린다면 이게 어찌 불자라 말할 수 있으리오.

"우리가 지금까지 소림권법을 배워온 것도 다 이럴 때를 대비해서요. 지금은 달마대사의 후계자들답게 의연히 일어날 때라 생각하오."

'소림사 권법.'

달마가 인도에서 들여온 수행의 일종으로 선승의 수행법이다. 특수하게

발전시킨 수양법으로서 건강 증진·정신 수양·호신 연담의 세 가지 덕을 가진다.

519년 인도에서 중국으로 초빙된 인도의 승려 달마가 중국의 허난 성 숭산 소림사에 전하였다 하여 '천축나라지각'이라 불렀다. 인도의 의성 기파가 연구한 경맥비공[인체의 급소]의 원리에 따라 발생한 이 격기를 불교에서 받아들여 발달시켰는데, 불교도들의 심신단련과 호신에 크게 도움이 되었다.

달마가 죽은 뒤, 여러 대를 지나 선이 남북 두 파로 갈라지자, 이 단계적 육체 수련을 필요로 하는 소림사의 나한지권은 점차 수학을 기본으로 하는 북방선을 지향하는 사람들에게 계승되었는데, 잇단 병화와 북주 무제의 폐불정책 등으로 인해 소림사는 쇠멸하고, 수업승들은 산문 밖으로 흩어지게 되었다.

따라서 문외불출을 지켜오던 소림사의 권법도 자연스럽게 민간 속으로 스며들었는데, 무기를 갖지 않은 서민들의 호신술로 보급되어 여러 유파가 파생하였다.

이 소림사 권법을 그대로 받아들여 수행의 한 방편으로 삼은 스님이 바로 청허선사다. 그는 이미 나라에 병란이 있을 것임을 미리 알고 이 소림권법을 수행하도록 하여 여러 제자들을 길렀다. 그 수제자가 바로 유정과 일월선사 같은 이였다.

이들은 이러한 날을 위하여 그 힘든 수련을 쌓았다고 생각하는 것이다.

"나라를 위하여 일어서야 할 때는 힘을 모아 분연히 일어서야 합니다. 이게 바로 우리들이 할 일입니다."

대중들은 큰스님의 말이 옳다고 믿었다.

그러나 어찌할 것인가? 무엇을 어찌해야 일어서는 것이란 말인가? 그러한 대중들에게 큰스님은 자신에 찬 목소리로 말한다.

"나라가 위기에 처했을 때 일어나지 않는 백성은 금수나 다를 바 없는 인물들이요. 우리 중에 누가 금수이기를 바란단 말이오? 우리 힘을 뭉쳐 나아갑시다. 지금 여기서부터 힘을 모아야 나라 전체가 바로 나아가게 될 것이요."

때를 같이 하여 일월선사가 두 주먹을 불끈 쥐고 하늘을 향하여 큰 소리로 외쳤다.

"자, 여러분 나아갑시다."

"나아갑시다."

모든 사람들이 두 주먹을 하늘로 내뻗으며 하나가 될 것을 맹서하였다.

어느 새 소문이 퍼졌는지 유점사로 몰려오는 사람들이 수가 늘기 시작하였다.

"왜구에 대항할 군사를 모은다면서요?"

찾아오는 사람들은 한결같이 왜구들에게 재물을 빼앗겼거나 처자들을 잃은 사람들이었다. 이들은 이미 제 정신들이 아니다.

"군사를 모으는 것은 아니오."

군사라면 군사에 대한 책임을 져야 한다. 먹고 입힐 것은 물론이고 부상을 당하면 치료를 해줘야 하고 죽으면 그에 대한 보상도 해야 한다.

“우리는 군사를 모을 만한 돈을 가지고 시작하는 게 아니오.”

“그러면 뭐요? 왜구와 싸울 사람들을 모집한다고 들었는데 거짓말이요?”

“거짓말은 아니오. 단지 그에 대한 보상을 해줄 능력이 없다는 이야기요.”

“우리가 보상을 바라고 여기까지 찾아온 줄 아시오? 그런 건 필요 없소. 우리는 단지 왜구들에게 복수를 하고 싶은 거요.”

“복수도 좋지만 여러분들은 저들을 물리칠 아무런 무기도 없고 힘도 없소. 그러니 우리 승려들로 족하오.”

승려들은 이미 선수행의 일환으로 소림무술을 익혀 왔던 터라 그래도 자기 상대는 막을 수 있는 능력이 있다고 보지만, 농사짓던 이들이야말로 뭘 가지고 저들을 대적할 것인가? 그 결과는 불을 보듯 뻔하다.

“그렇다면 우리에게도 무술을 가르쳐 주시오.”

“우리도 나아가 싸우게 해주시오.”

일찍이 어디서 이런 광경을 볼 수 있었을 것인가? 죽음이 바로 눈앞에 있는 전쟁터로 가겠다고 싸움을 가르쳐 달라는 사람들… 저들을 어찌 물리칠 것인가?

“그렇다면 좋소. 여러분들의 의기가 정히 그렇다면, 어디 한 번 해봅시다.”

이날부터 금강산 유점사는 기합 소리로 가득 찼다. 인근 고을에서 몰려든 장정들의 무술 연마장이 생긴 것이다.

"눈은 상대방을 똑바로 볼 것! 그래야 기가 꺾이지 않는다. 싸움에 서 제일 중요한 건 상대의 기를 제압하는 것이 관건이다."

기를 제압하는 요령은 눈싸움에서 이기는 길이다. 눈싸움은 상대방의 눈을 똑바로 쳐다봄으로써 상대의 기를 빼앗는 것이다. 싸움은 그다음의 일이다. 싸움에서 이기는 요령은 상대방의 허를 찌르는 것이다. 상대방의 허를 찌르자면 이쪽의 허점을 보여서는 안 된다.

그러나 누가 알았으랴? 이러한 고전적인 싸움은 이제 아무 소용이 없는 일이라는 것을…

왜구는 조총을 들고 상대방이 앞에 오기도 전에 쏘아버린다는 사실을 이들은 미처 모르고 있었으니 싸움의 승패가 가려지겠는가? 결국은 백전백패 이들의 패전으로 끝나 버릴 일이었다.

일찍이 '손자병법'을 쓴 손자는 '지피지기면 백전백승이라' 하여 나를 알고 상대를 알면 백 번 싸워도 승리할 수 있지만, 상대를 모르고 나를 모르면 백 번 싸워도 모두 진다는 이야기를 했다. 그렇다면 이들은 상대에 대해서 무얼 안단 말인가?

아무것도 모른다. 또 자기에 대해선 뭘 아는가? 자기 자신에 대해서도 아는 게 아무것도 없다. 자기 자신이 뭘 모르고 있다는 자체도 모르고 있는 무지랭이들이다.

이날 밤, 이러한 병법의 기초 상식도 모르는 몇몇 성급한 젊은이들이 산문 밖에 진을 치고 있는 왜구들의 양식을 빼앗으러 몰래 절을 빠져나갔다가 싸움을 시작도 하기 전에 저들의 조총에 맞아 다 죽고 말았다.

"불을 뿜는 무기가 있었습니다."

"불이 퍽 하는 순간 천지를 울리는 우뢰소리가 나고 사람이 쓰러졌습니다."

아직 조총이란 게 뭔지 그 위력을 듣도 보도 못한 저들은 꼼짝없이 당하고 말았다. 아무리 시키지 않은 일이었지만, 그 문책성 보복이 따를 것은 분명한 일이었다.

"무슨 대책을 세워야 합니다. 이대로 두었다간 산식구들이 모두 죽습니다."

얼마 전에 용케도 필담 몇 마디로 왜장의 환심을 사 스스로 물러가게 만들었지만, 이제는 경우가 다르다. 가만히 있는 부대를 습격하여 보급창고를 털려고 하였으니 가만 있을 리가 만무하다.

"최상의 방어는 공격이라고 들었습니다."

일월선사의 말이다.

"뭘로, 뭘 공격한다는 말씀이오?"

큰스님 역시 아무런 계책이 서지 않는 모양이다.

"이미 벌집을 쑤셔놓은 격이니…"

일이 이 정도 되었으면 시키지도 않은 일을 저지른 주모자들을 불러 문책이라도 하련만, 두 스님은 머리를 맞대고 궁리를 댈뿐 이미 지나간 잘못을 탓하진 않았다. 지나간 것은 지나간 것이다. 이미 지나간 일에 매달리는 것보다는 눈앞에 가로놓인 장벽을 넘어야 할 일이 우선이다.

"내가 가보겠소."

“큰스님께서요?”

“그럼 여기 그대와 나 외에 또 누가 있소? 나 아니면, 그대 아니오?”

“안 됩니다. 해결책이 그 길밖에 없다면 소승이 가야지요.”

일월이 말렸지만, 큰스님은 이미 마음을 굳힌 뒤였다.

“도반! 그대는 무술에는 나보다 한 수 위지만, 말재주는 나를 못 당하오. 그러니 내가 가는 게 당연하오.”

그렇다. 청허스님도 늘 그랬다. 한 사람은 무술이 뛰어나고, 한 사람은 말재간이 뛰어나니 두 사람이 힘을 합하면 못할 일이 없을 거라고…

“두 사람이 다 반쪽이라는 걸 명심하라.”

서로가 제 잘난 척하면 아무런 일도 이루어내지 못한다. 합심해서 이루도록 해라. 청허 스님이 미리 한 말이었다. 그 말이 아마 이럴 때를 염두에 두고 한 말인지 모르겠다. 그 말을 상기시키기 위하여 큰스님은 일부러 ‘도반!’이라는 말을 썼는지 모르겠다. 이것도 일종의 환기술일 수 있다. 두 사람은 동문수학할 때부터 서로의 장단점을 잘 알고 있는 터였다.

“대개의 인간들은 서로 알고 있는 장단점을 나쁘게 사용한다. 그게 인간의 악성이다. 그러나 너희 둘은 그 악성을 버리고 선성을 따르도록 하라. 그게 두 사람이 서로 사는 길이다.”

서로가 서로의 모자라는 점을 보완함으로써 보다 완성된 세계를 이룬다. 그 세계가 어떤 세계이건 간에 공멸을 면하는 방법이다. 서로의 허를 찌르는 것보다는 서로의 허를 보하는 방법, 이것이 공존의 세계다.

"부처님의 세계는 공존의 세계니라."

천상천하의 유아독존이란 잘못된 말이다. 말이 잘못된 게 아니라 잘못 해석하면 안 될 말이다.

부처님은 천상천하에 하나밖에 없는 존재가 아니라, 하나밖에 없는 존재가 되어서 안 된다는 말의 역설이다.

부처님은 대중과 함께 살기 위해 궁성을 버리고 대중 속으로 뛰어들었다. 그리하여 고행을 통하여 깨달음을 얻었다. 누구를 위하여? 보다 많은 대중들을 위하여 한 일이었다.

큰스님은 이제 더 이상 말이 필요 없다 싶었는지 석장을 집고 일어섰다. 일월도 굳이 그를 말리지 않았다. 이미 대중들을 위하여 살기로 한 이상 각기 맡은 일을 나누어야 할 것은 분명한 사실임으로 어느 게 자기 길임을 능히 알고 있는 두 분이었다.

"큰스님… 어디로 가십니까?"

홀몸으로 나서는 큰스님이 걱정된 사람들이 길을 막고 선다.

"이대로 가시면 위험합니다."

이미 조총의 위력을 본 사람들은 큰스님이 아무리 법력이 높고 왜구들의 간담을 서늘하게 하는 말재주가 있다 하더라도 조총 앞에서는 어쩔 수 없다는 것을 잘 알고 있다. 이야말로 화약을 지고 불 속으로 뛰어드는 격이 아닌가?

그러나 큰스님은 이렇게 말했다.

"부처님이 세상에 오신 것은 원래가 중생을 구제하기 위해서이다. 이번 왜구들은 기세가 매우 강하고 몹시 사나와서 백성들을 많이 해칠 것이다. 그러니 내가 가서 저들을 타일러 백성들을 구하고자 한다. 그렇게 하는 길만이 부처님의 대자대비하신 가르침을 저버리지 않는 일이 될 것이다."

큰스님은 그 길로 왜구가 진을 치고 있는 고성으로 향하였다. 아직 날이 채 밝기도 전이었다.

"위험한 곳이니까, 내가 가야 한다."

큰스님은 선걸음으로 왜구들의 진중을 찾아갔다. 보초를 서고 있는 왜병들도 이미 금강산에 유명한 도승이 있다는 소문을 들어서인지 그를 저지하지는 않았다.

"그대들은 어찌하여 남의 나라에까지 쳐들어 와서 죄 없는 백성을 함부로 죽이는고? 우리 부처님은 풀 한 포기 벌레 한 마리의 목숨도 소중하다고 했는데, 어찌 이토록 목숨을 가벼이 여기는가?"

큰스님은 그들 가운데 가장 높은 사람인 듯한 장수에게 큰소리를 쳤다.

"무슨 말씀이온지?"

장수는 큰스님이 뭣 때문에 이렇게 노발대발하는지 말뜻을 알아듣지 못하는 것 같았다.

"그대들은 아무런 죄 없는 우리 식구들에게 함부로 총질을 해서 무고한 목숨을 앗아갔소. 그게 어찌 천벌을 받을 일이 아니겠소? 살상을 한 자는 반드시 불타는 지옥에 떨어져 그 죄값을 받게 될 것이요. 그게 두렵지 않소?"

뒤늦게 도착한 조선말 아는 병졸이 높은 장수에게 그 말뜻을 전한다. 잠시 두 눈이 휘둥그레졌지만, 이렇게 한 마디했다.

"간밤의 그 사건은 참으로 유감스럽다. 먼저 유점사 중들이 우리 보급창고를 습격하였다. 그러니 도적을 잡은 일에 지나지 않는다. 무고한 살생이 아니다."

"어찌 저들을 도적으로 몰아붙이려 드느냐? 본시 그 식량은 절 식구들이 먹어야 할 양식이고 빼앗아간 것은 그대들이다. 그것을 되찾아오려 했을 뿐이다. 저들은 배고픔을 견디다 못해 굶어 죽느니 차라리 빼앗겼던 것을 되찾으려 했을 뿐이었거늘, 그대들은 무엇이냐? 남의 나라 것을 훔치고서도 어찌 쌀 한 톨도 나눠 먹을 줄은 모르느냐?"

큰스님의 고압적인 자세에 왜장은 일단 기가 질렸다.

"인생의 날은 짧다. 죽어 영원토록 화염지옥에 떨어져 고통 당하고 싶지 않거던 부처님 자비를 배워라."

이 틈을 타서 큰스님의 불호령이 떨어진다.

잠시 군영이 술렁거리기 시작한다.

어떤 장수들은 당장 목을 쳐 없애야 한다고 하고, 또 어떤 장수들은 그에게서 가르침을 얻고자 하였다.

그들 중에 우두머리가 앞으로 나서며,

"지금 당장 당신을 죽일 수도 있소. 그렇지만 당신 말대로 자비를 베풀테니 그 방법을 말해 보오."

라고 한다.

"절양식을 돌려주시오."

"그건 어렵겠소?"

"왜요?"

"이미 먹어치운 걸로 알고 있기 때문이오."

"그러면 그 똥이라도 내놓으시오."

잠시 장내가 숙연해졌다. 무슨 이런 내용의 대화가 다 있는가? 똥을 내놓아 어쩌겠다는 겐가? 왜장은 이 기상천외한 발언에 일단 기가 질렸다.

"……?"

"우리 옛말에 왜놈의 똥이라는 말이 있소. 왜놈의 똥은 더러워서 개도 안 먹는다는 뜻이오. 그렇지만 우리 유점사 식구들은 그 더러운 똥이라도 먹어야 살 지경이요. 그래서 창고를 털기 위해 갔던 게요. 그게 뭐가 잘못이오? 굶어죽는 것보다 차라리 총맞아 죽는 쪽을 택했던 저들의 배고픔을 아시오? 당신네들이 여기서 저지른 만행은 반드시 부처님께서 갚아주실 거요. 이 세상은 길어야 백 년이지만, 저 세상에서는 끝이 없는 무간지옥이 기다릴 뿐이오. 당신네들은 똥통지옥에 떨어져 오백 년만에야 한 번 모가지를 밖으로 내밀고 숨쉬러 나오는 휴식을 취하게 될 것이오. 그 갑갑함을 한 번 생각해 봤소?"

큰스님의 똥통지옥이 효력을 발휘했는지 일단 빼앗은 양식은 되돌려 줄 것이니, 어쩌면 그런 일을 방지할 수 있는 지 그 비방을 알려

달라고 사정을 한다.

"당신이 믿고 있는 그 부처님에 대해서 이야기해 보오."

이제 큰스님은 저들이 권하는 의자에 앉았다. 우두머리도 그 앞에 앉았다.

"색즉시공 공즉시색이라 하였소."

"색즉시공 공즉시색? 그게 무슨 뜻이오?"

"있는 것도 없는 것이요, 없는 것도 있는 것이니, 모든 삼라만상은 있다고 보면 있고 없다고 보면 없는 것이란 뜻이오. 하물며 마음속에 품고 있는 생각은 그 있고 없고의 차이가 없소. 있다고 보면 있고 없다고 보면 없는 것이요."

"있고 없고의 차이가 없다? 있고 없고의 차이가 없다…"

아무래도 알 수 없는 알쏭달쏭한 이야기다.

"그대들의 마음 속에는 자비심과 측은지심이 살아 있소. 단지 그걸 덮어 누르고 있는 또다른 자기의 성품이 그걸 가리고 있을 뿐이오. 그 거친 성품이 악이요. 이 두 가지 성품은 언제나 마음속에 함께 자리하고 있소. 그러니 이제 어떤 눈을 떠서 세상을 바라보고 행동을 할 것인가는 그대들 결정에 달려 있는 것이오. 자비심의 눈으로 세상을 바라보면 그게 곧 부처님의 세계인 극락정토요. 악의 눈으로 세상을 바라보면 밑도 끝도 없는 괴로움과 고통뿐인 무간지옥이요."

막사 안은 숙연한 분위기가 감돌았다. 어떤 장수는 잡았던 칼을 내려놓고 두 눈을 감는가 하면, 또 어떤 이는 눈물을 흘리고 있었다.

지나온 세월들이 원망스럽다. 무엇 때문에 악의 눈으로 세상을 바라보고 살아왔더란 말인가? 후회하는 사람도 있다.

"비록 그대들과 나는 서로 적국의 사람들이오. 그렇지만 우리는 서로 죽여야 할 이유가 없는 사람들이오. 서로 친구가 될 수는 없을지 모르지만 쓸데없는 살생은 삼가하길 바라오. 그리고 굶주린 사람들을 눈앞에 두고 혼자서만 먹는다는 것도 부끄러운 일임을 생각하기 바라오."

큰스님은 자기가 할 말을 서슴없이 해치웠다. 왜장들도 간담이 서늘했는 지 가슴 저 밑바닥에 숨어있던 자비심이 눈을 떴는 지 진영 밖에까지 따라 나와 전송하는 모습을 보여주었다.

큰스님이 살아서 무사히 돌아오자 유점사에서는 큰 환호 소리가 일어났다.

"내 이 담부터는 이곳을 침탈하지 않겠다는 약속을 받아냈소."

큰스님의 말이다.

"큰 일했소이다."

일월선사는 미리 준비했던 선식을 내밀었지만, 큰스님은 배불리 먹고 왔다면서 그 음식물을 동자승에게 내밀었다.

"네나 먹고 많이 크거라."

이런 일이 있고난 후부터는 금강산엔 왜구들이 들어오지 않았다. 오히려 산문에 커다랗게 '이곳에는 덕이 높은 스님이 수행 중이니 들어가지 말지니라' 하는 방문까지 써붙여 놓았다.

# 8. 밤에는 들쥐도 자는데

달밤이다. 둥그러니 둥근 달이 대지를 비추고 있다.

"오마니! 오마니…"

이제 막 잇몸을 뚫고 몇 개의 이빨이 돋아난 아이가 제 엄마를 부른다.

"왜 그러네?"

아이가 오마니라고 부른 여인은 아이의 말투를 그대로 따라 받는다. 이제 막 말을 배워 무슨 말이건 해보고 싶은 아이에게 해줄 수 있는 것이란 아이와 놀아주는 일이다.

"오마니! 오마니는 왜 부르기요?"

"저거이 뭔인가 하고 물어보려고 불렀디요."

아이는 하늘 한가운데 둥실 떠오른 달을 가리켰다.

"저거이 달님이지비 뭐예요?"

"달님이?"

"달님이는 온 세상에 두루두루 밝은 빛을 비춰주는 고마운 분이시
지요."

"그러면 달님이도 사람이라는 말인가요?"

"으응…!"

엄마는 여기서 잠시 말을 멈춘다. 이렇게 영특한 아이에게 아무 말
이나 함부로 했다가는 안 될 일이었기 때문이다. 달님이 사람과 같은
존재인가, 아닌가? 아이는 고마운 분이라는 '분'이라는 말 때문에 달
님이 사람인지 아닌지 헷갈린 모양이다.

"달님이는 사람은 아니지만, 우리 기천이를 향하여 방긋 웃고 있으
니까 고마운 분이라고 할 수 있디요."

무엇이거나 사람을 이롭게 해주는 자연에 대해서는 사람과 같은 존
칭을 쓸 수 있다고 설명해 주는 어머니였다. 보통 어머니는 아닌 듯
하다.

그렇다면 이 여인은 누구인가? 이 여인이 바로 천보산 상노의 움
막에 은신하고 있던 천기였다. 이 아이는? 이 아이가 바로 모반의 제
물로 바쳐질 뻔했던 바로 그 아이다.

일월선가가 아이 어머니의 신변을 보호하고 있었던 것은 이수익에
대한 단순한 정리 때문만은 아니었다. 여기서 이수익이란 인물에 대
해서 잠깐 언급하지 않을 수 없다.

이수익은 본시 평양 사람이었으나 벼슬자리에 나가는 것을 좋아하
지 않은 위인이었지만, 생원 진사시에 모두 합격한 양시로 그 학문이

깊고 인품이 고졸한 자였다. 일월선사가 그를 안 것은 이미 오래 전의 일이다. 워낙 방방곡곡을 바람처럼 누비고 다니던 떠돌이 걸승같은 일월선사였지만, 평양에만 가면 그에게서 후한 대접을 받곤 하였는데, 서로 뜻이 통하는 바가 있었다. 비록 유생과 스님 사이였지만, 두 사람은 오랜 지기처럼 지냈다. 둘 다 하는 짓에 흐트러짐이 없었기 때문이다.

이수익이 크게 잘못한 짓도 없이 갑자기 모함을 받아 산수갑산으로 유배를 가게 되자, 그는 유배길에 오르면서 일월선사에게 딸을 부탁했다. 그러면서 알 듯 모를 듯한 말을 남겼는데, 그 내용인 즉 슨 이렇다.

어느날 선조 임금께서 평양 순시를 했다. 말이 순시이지 사냥이 그 목적이었다. 사냥이란 핑계일 뿐 답답한 왕성을 벗어나 바람을 쐬러 온 것인데, 어쩌다가 자기 딸이 그 침소를 봐주게 되었다는 것이다.

"그런데 불행인지 다행인지, 결국은 그 아이가 회임을 한 것 같으니…"

이 일을 당신만 알고, 나만 알자며 여식을 부탁했다. 그 증표로 두 마리 용이 그려져 있는 보검 한 자루를 남몰래 쥐어주었던 것이다. 이제 집안의 앞날이 어떻게 될 지도 모르는 불안한 가운데 쥐어준 용이 새겨진 칼 한 자루와 그의 딸, 일월선사는 몰래 이 여식을 데리고 천보산 상노의 움막을 찾아 딸의 이름을 천기라 부르게 하고 거기에 의탁을 시켰던 것이다.

그러던 것이 잘못돼 모반을 계획하던 대동계원들 손에 여식이 넘어가게 되고, 딸을 낳는 바람에 요행스럽게 저들의 손아귀에서 풀려나올 수 있었던 것이다.

"그러면 저들이 어떻게 천기의 정체를 알았을까요?"

언젠가 유정이 일월선사에게 물었던 말이다. 일월선사는 그날 금강산에 있었는데 천기의 산일이 가까워진 것을 깨닫고 정치수라는 자를 불러 그의 해복을 부탁하였다. 정치수는 천기의 유모되는 해주댁의 남편으로서 그때 마침 무슨 볼일이 있었던지 유점사에 와 있었던 것이다.

그러나 정치수는 약삭빠른 자로 이 아이를 장차 역모에 이용할 계획을 따로 세웠다. 그리고는 정여립 일파인 의연을 획책하였던 것인데, 결국 딸을 낳음으로 해서 포기했다.

"그 정치수라는 자가 어떻게 그 사연을 알아채고는 아들만 낳으면 그를 옹립해 무언가 모사를 꾸밀 수 있다고 생각했었던 모양입니다."

"고양이한테 생선가게를 맡긴 격이 되고 말았었구먼?"

유정 또한 저들 대동계원들의 얼토당토 않은 모사를 못마땅하게 생각하고 있던 중이었다. 대동계는 처음에는 순수한 유생들 모임이었다. 그러던 사람들이 남해안 일대에 출몰한 왜구를 몇 번 소탕한 전과를 올린 이후부터는 눈에 보이는 게 없는 포악한 무리들로 돌변해 버렸다. 뿐만이 아니라 장차 일어날 전쟁에 대비해야 한다면서 사사로이 군대를 조직하기도 했다.

이 사군대의 조직이야말로 일찍이 이율곡이 주장한 십만양병설의 실행이었던 셈이다. 당시에 정여립은 이율곡의 총애를 받던 사람으로 그의 유지를 받드는 길만이 스승에 대한 자기 할 일이라고 생각한 것이다.

결국에는 그게 도가 지나쳐 조정대신들 눈밖에 나게 되었고 그 안하무인격인 성격이 역성혁명을 주도한다는 풍문을 일으켜 죄값으로 자진까지 하게 되지만, 애초의 뜻은 괜찮았던 사람이다.

유정이나 일월은 대동계의 실질적인 우두머리 정여립이 정감록을 들고나와 혹세무민하기 이전까지는 저들과 어울렸던 사이였다.

이러한 유생들 모임에 왜 스님들이 동참했었는가? 유정이나 일월선사들은 본시부터 승려생활을 했던 것은 아니다. 유정은 성균관에 다녔을 만큼 정통적인 유학의 길을 걸어오던 인재였고, 일월선사 또한 공맹의 덕을 숭상하던 서생 출신이다. 그러니 승려의 신분이었지만, 전국의 유생들과 교분이 있었던 것이다. 이 승려의 신분이 역모 연루에서 풀려나게 한 중요한 바탕이 되기도 하였다.

어찌되었거나 이러저러한 사연을 안고 태어난 아이가 기천이다. 지금 달을 보고 달에 인품이 있느냐 없느냐를 가르치고 있는 이 아이의 어머니는 천기였다.

천기는 인선이라는 이름을 가진 이수익의 딸이다. 천보산으로 피신을 하면서 일월선사가 임시로 붙여준 천기라는 이름을 썼었지만, 이제는 아니다. 인선이란 본래 이름을 되찾았다. 아버지 이수익도 억울한 누명을 벗어 배소에서 풀려났고, 인선이 역시 집으로 돌아와 있는 중이다.

"아가야, 네 이름은 사임당 신씨의 이름에서 빌려온 것이니 사임당처럼 훌륭한 인물이 되어야 한다."

이수익은 딸의 이름을 이렇게 붙여 주었다. 그러한 그의 딸은 또 자기 딸에게,

"아가야 네 이름은 기천이란다. 이 에미에게 임시로 붙여졌던 이름을 뒤집어 쓴 이름이란다. 천기는 하늘의 기운일 수도 있고 천한 기생일 수도 있지만, 기천은 기운이 하늘로 뻗는다는 뜻이란다. 너는 커서 반드시 그 기운을 하늘까지 뻗어 올리게 될 거다."

라고 그 이름자의 뜻을 풀이했다.

물론 이 역시 일월선사가 지어준 이름이었다. 천기가 갑자기 행방불명이 되었다는 기별을 상노로부터 전해 들은 일월선사는 그 길로 대동계 집합소로 달려갔는데, 마침 천기를 어딘가로 내치려던 참이었다.

"거기 |상노의 집|가니까, 아무도 없고 해복을 할 만한 집이 아니었으므로 이리로 데려온 겁니다."

정치수는 애써 변명을 하려 했지만, 이미 사건의 전말을 알 수 있었다. 성미가 괄괄한 정여립이 정치수의 얄팍한 속내를 서슴없이 공포하였기 때문이다.

"저저… 못난 인간이 저 애를 길러서 왕으로 삼자고 기집을 이리로 데려왔다는 거요. 저런 기집의 뱃 속에서 나온 아이들은 천지에 줄줄이 깔려 있을 터… 그게 다 왕이 된다면 왕이 무슨 권위가 있겠소?"

그러면서 그는 '이번에 왕이 될 사람은 오얏나무 밑에 선 이가가 아

니라 정가여야' 하며, 그 도읍지는 한양이 아니라 계룡산 밑이라고 큰 소리 쳤다. 소위 말하는 '망이흥정설'을 그는 열심히 주장하였다.

"이씨는 망하고 정씨가 일어섭니다. 우리 언제 하루 날 잡아 계룡산 신도읍지를 한 번 가보십시다."

정여립은 서슴없이 신도읍지를 둘러보자는 제안까지 하였다.

"한 나라의 새 도읍지를 정하는 데는 선사같은 도력 높은 분의 안목이 필요합니다. 그렇지 않소이까?"

정여립을 만난 건 그게 마지막이다. 그의 눈에서 살기가 내비쳐서 싫었다.

"애기를 데려가야 되겠소."

"그러시오. 그런 애를 뭣에다 쓰겠소?"

저들은 순순히 애기와 산모를 내주었다. 아직 역모의 계획이 구체성을 띄기 전이라 후일 이 일로 인하여 자기들의 거사 계획이 들통이 나리란 예측은 하지 못했던 모양이다.

안악 군수 이축이 이들의 무모한 거사 계획을 변고하지 않았더라면 무슨 일이 어떻게 벌어졌을지 모를 사건이었다. 안악 군수 이축은 볼모 아닌 볼모로 애기까지 밴 인선이 억류돼 있는 것을 보고는 대동계의 흉포함에 이질감을 느꼈다. 인선이 이수익의 딸이라는 사실을 알고부터는 더욱 더 결심을 굳혀 변고를 결행하였던 것이다.

인선은 참으로 사연 많은 아이의 장래가 걱정스러웠다. 아이는 점점 자라면서 그 영민함을 보이는데 애비없는 자식이라는 게 원만한 성장을 할 수 있을 지 걱정스러웠다. 엄격한 유교 사회에서 애비 없는 자식을 기른다는 것은 모멸과 불안 그 자체가 아니던가?

"그래도 불쌍한 생명이니 소승에게 맡기시지요."

일월선사는 아이를 자기에게 맡기라고 하였다. 그러는 편이 앞으로 이 아이를 위하여 좋을 것이란 이야기였다.

"처녀가 아이를 낳아 기른다는 것이 말이나 될 법한 이야기이냐? 장차 이 아이가 당할 수모를 생각해 봐라."

아버지 이수익도 차라리 일월선사에게 아이를 맡겨 출가를 시키라고 하였다. 이게 딸의 장래를 생각하는 일이라고 하였다.

그러나 그 누구도 선뜻 결정을 내릴 수 없는 나날이다. 이러한 운명을 아는 지 모르는 지 순진하기만 한 아이는 궁금한 것 투성이다. 질문을 할 뿐더러 예상치도 못한 말도 해댄다.

"으응? 달님이가 내 몸을 빙글빙글 돌리네?"

아이가 몸을 움직일 때마다 그림자가 따라 움직이는 것을 보고 하는 말이다.

"우리 기천이는 그 기운이 하늘까지 닿는다는 이름 뜻을 가지고 있으니까, 저 달님도 기천이와 함께 놀고 싶어 이 땅에까지 내려온 모양이지?"

"정말? 저 달님이 나를 보러 내려와?"

"그렇잖으면 왜 네 몸을 빙글빙글 돌리고 있겠니?"

"그러면 나 달님이하고 친구해도 돼?"

"그것도 좋겠네? 달님 같은 친구를 두면 항상 어둔 곳을 환하게 비출 것 아니냐?"

"그런데 난 친구가 없잖아?"

인선은 가슴이 뜨끔하다.

아이를 늘 가두어 놓고 키우고 있지 않은가?

"왜 친구가 없어? 달님 같은 좋은 친구가 있는데."

"달님이는 사람이 아니잖아?"

그래, 그렇긴 하다. 달님은 어디까지나 달님이다. 아이에겐 함께 놀아줄 제 또래의 친구가 필요한 것이다. 밖에 나가 놀림 받을 것이 두려워서 집안에만 가두어 놓고 키우니, 아이가 이런 생각을 하게 되는 거다.

이수익은 두 모녀가 달빛 아래서 주고받는 이야기를 듣자 애간장이 녹아내리는 한숨을 내리쉰다. 그날만 없었더라면… 그날 그런 일만 없었더라면… 수없이 되뇌이고 되뇌이던 그날이 아직도 뇌리를 떠나지 않고 있다.

그날, 선조가 사냥을 나와 민가에서 밤을 보내던 날, 누군가 이부자리를 펴드릴 아이가 필요하다 했고, 평양감사가 이수익에게 이쁜 여식이 있다는 이야길 꺼집어내는 바람에 아무 생각없이 딸아이를 침소로 내보냈다. 아직 어린 것이라 설마하니 그런 일이 생길 줄은 몰랐던 것이다. 이수익은 딸만 보면 큰죄를 지은 것 같아 그 눈을 똑바로 바라볼 수가 없다.

이수익은 짐짓 헛기침을 하면서 두 모녀 앞으로 다가갔다.

"아직 잠자리에 들지 않았더냐?"

"예, 할아버지."

아이는 할아버지 바짓가랑이에 찰싹 붙는다. 할아버지는 아이의 눈높이에 맞추려고 무릎을 쪼그리고 앉는다. 그리고는 그 이마에 입맞춤을 한다.

"아이고, 우리 기천이 말도 많이 늘었구나. 이제 머잖아 이 할애비하고 공부를 해도 되겠구나?"

"응, 나 공부 잘 할 거야."

"공부해서 뭘 하려고?"

"응, 나 공부해서 훌륭한 사람이 되면 할아버지가 맛있는 거 많이 갖다 줄거야?"

"훌륭한 사람? 어떤 훌륭한 사람?"

"응, 신사임당 같은 사람."

신사임당. 당대 여인네들 가운데에 가장 흠모를 받는 인물의 한 사람이었다. 그림과 시문에 능통하다는 소문은 이미 모르는 사람이 없을 정도였고, 이율곡같은 훌륭한 자식을 길러낸 현모양처로 손꼽혀 가히 자라나는 어린애들에게는 숭모의 대상이다. 더욱이 여식애들의 입장에서는 신사임당 같은 인물이 되는 게 꿈이 아닐 수 없다.

"할아버지, 할아버지. 난 이담에 커서 시인이 될 거야."

"시인이 뭔데?"

"사임당 신씨도 시인이었잖아? 그리고 황진이도…"

"얘가 어떻게 된 거냐?"

어제는 도가 깊은 스님이 되겠다더니 갑자기 시인이 뭐란 말인가? 며칠 전 일월선사가 다녀갔다. 아무래도 세상 돌아가는 꼴이 어수선

하니 평양성도 머잖았다며 아이를 자기한테 맡기는 편이 안전할 것이
란 이야기를 또다시 하고 갔다. 그 얘길 들었던 때문이었는지, 어제
는 큰스님이 되는 게 꿈이라고 말한 아이였다. 그러던 아이가 갑자기
시인과 화가가 되겠다니고 한다.

"제가 신사임당에 대한 이야기를 해줬어요. 그랬더니 아마…"

아이들은 듣는 대로 보는 대로 다 하고 싶은 법이다. 금새 들은 이
야기의 주인공을 닮고 싶은 게 아이들의 마음이다.

"그래, 생각은 해봤느냐?"

이수익은 딸의 심중을 헤아려 조심스럽게 말을 꺼낸다.

"지금은 난중이라 언제 무슨 일이 닥칠지 모른다. 오늘은 이렇게
그럭저럭 지낸다만, 내일 또 무슨 일이 닥칠지 모르잖니?"

이수익은 이미 마음을 굳힌 게 틀림없다.

그러한 아버지의 마음을 헤아리지 못하는 인선이도 아니다. 양반은
체면이 중하고 그 체통 하나로 죽을 수도 살 수도 있다. 그러한 아버
지 앞에서 늘 이렇게 살 수는 없다고 생각하는 인선이다. 어른들의
마음을 편하게 해주는 것이 자식된 도리다.

이미 여기까지는 마음을 정리한 인선이다. 그러나 차마 아이를 혼
자 있게 버릴 수는 없다는 것이 어미된 마음이다.

"아버지…"

"오냐, 말해 보거라."

"차라리 저, 기천이와 함께 절로 들어가겠어요."

"머리를 깎겠다는 게냐? 출가를?"

"아녜요. 굳이 중이 되지 않아도 거기 뒷설거지라도 해주는 보살님들이 계시잖아요? 그러면 아이와 함께 살 수 있잖아요."

"네가 보살이?"

그러나 이수익은 그건 안 된다 하고 잘라 말할 수가 없다. 우선은 살아야 한다. 무슨 방법을 강구하던지 살고 봐야 한다. 지금은 전시이고 난리통이다. 난리통에는 살아남는 것이 무엇보다 중요하다.

"저 그거라면 할 수 있어요. 이미 천보산 사냥꾼 집에서도 살았는 걸요."

그렇다. 그렇게 생각하면 어디서 무슨 일인들 못하랴. 지금은 난리 판국이고 젊은 여자가 혼자 있을 수 있는 세상이 아니다. 어떤 일을 하고 살아가던 목숨을 부지하는 일이 급선무다.

평양성도 이미 풍전등화의 신세라 임금님조차 서천을 했다. 서천이란 의주로 피신을 했다는 뜻이다. 의주는 평양에서 서쪽에 있기 때문에 서쪽으로 피난을 간 것을 서천이라 한다.

임금이 머리에 먼지를 쓴다는 말을 몽진이라 하는데, 난을 만나 안전한 곳으로 피신을 한다는 뜻이다. 파천이란 말과 같다. 서쪽으로 파천을 갔으니 서천이다. 나랏님조차도 머리에 먼지를 뒤집어 쓰고 머나 먼 서쪽 땅으로 피난을 가는데 살아남기 위한 변신은 누구에게나 필요한 일이다.

그러나 생각해 보면 가슴에 맺히는 것이 한두 가지가 아니다.

그 임금이, 비록 하룻밤 정을 통한 남자에 불과한 사람이었지만 아이에게 있어선 제 아버지가 분명한 그 사람이, 같은 하늘을 머리에

인 이 평양까지 와서는 찾지도 않고 가버렸다. 아무리 몽진 중이라 할지라도 어쩌다가 한 번쯤은 잊지 않고 찾아줄 줄로 생각한 것이 잘못이었을까? 인선은 그래도 실낱같은 기대를 가지고 있었던 것이다.

하룻밤 통정에 지나지 않는 불장난같은 일이었지만, 그래도 한 나라에서는 하늘이신 그분이 그랬었다.

"내 비록 너를 한양으로 불러들일 수는 없으나 평양 오는 길이 있으면 꼭 다시 찾으마."

그 말을 곧이곧대로 믿을 말이 아니란 생각은 했었지만, 그래도 헛되이 저버리지 못하고 가슴 속 한 켠에 품고 있던 인선이었다. 인선보다는 딸을 그 방에다 데려다 준 아버지로서 더없이 애타게 기다리고 기다리던 부름이었다.

그러나 아무도 이들을 불러줄 사람이 없었다. 하기사 난리통 아닌가? 바람이나 쐬러 나온 사냥길 같으면 또 모를까. 언감생심 생각지를 말았어야 될 일이다. 그런데도 두 부녀는 어렴풋이나마 그런 꿈을 꾸고 있었다.

그보다는 일원선사가 그 일을 더 궁금해 하였다. 아무리 하룻밤 희롱이라고 하지만, 그래도 살을 섞은 여인을 그렇게 까마득하게 잊을 수 있을까?

비록 며칠간의 운우지정이라도 정은 정인데 행여라도 그런 일이 있었던 곳에 다시 와 옛일이 생각날 수도 있지 않을까? 그 옛정을 잊지 못하여 불러주시지나 않을까? 은근히 기대를 해본 일월선사이기도 했다.

"까마득히 잊고 계신 게 분명해."

그럼에도 불구하고 인선은 아이를 데리고 서천길에 오른 임금님의 어가가 지나가는 것을 먼 빛으로나마 지켜보았다. 아이에게 아버지의 모습을 한 번만이라도 보여주고 싶었던 것이다. 그렇지만 연도에 나와 섰던 백성들이 어가를 향하여 야유를 퍼붓고 실정의 책임을 묻자, 인선은 저도 모르게 아이의 눈을 치마폭으로 가렸다.

사람들은 서슴없이 어가를 향하여,

"백성들을 내버려두고 혼자만 살려고 피난 가는 임금이 무슨 임금이냐."

고 힐책을 하였다.

이에 임금은 아무 말도 못하고 굶주린 이리떼들처럼 울부짖고 소리치는 군중들 사이를 겨우 빠져 몸을 피했다. 호위하는 의전관들도 성난 군중들의 야유를 막을 길이 없었다.

인선은 이제 모든 게 끝났다고 생각했다. 애당초 기대를 걸었던 것은 아니었지만, 그래도 아이에게 만은 제 아버지의 모습을 보여주고자 했던 생각도 접어야 했다.

"저기 수레에 앉아 가는 사람 보이지?"

인선은 아이에게 차마 '저 사람을 잘 기억해 둬라. 저 분이 네 아버지시다.'라는 말은 하지 못했다. 새삼 절망을 확인하는 순간이었다.

어가의 뒤를 따라 벼슬아치들이 떠나가 버렸다.

임금도 버리고 떠난 도성의 백성들을 누가 지켜줄 것인가? 뒤이어 방화와 약탈이 자행되었다. 아직은 굶주린 폭도들의 만행이었지만 머잖아 왜구들이 밀어닥칠 것이고 무차별 살상이 이루어질 날만 남았다. 여자들에 대한 겁간이 길거리에서도 자행된다는 소문이었고, 어제의 유부녀가 오늘의 노리개로 전락하는 예는 상상만 해도 끔직한 일이 아닐 수 없는 현실이다.

이 판국에 더운밥 찬밥 가릴 겨를이 뭐 있겠는가? 딸이 그렇게 하기로 마음의 결정을 내려준 것만 해도 고마운 이수익이다. 차마 어버이로서 딸이 곤욕을 치르는 것을 제 눈으로 지켜볼 수 없는 노릇 아닌가.

"잘 생각했다. 일월선사가 오면 그렇게 말 전해 보마."

일월선사는 잠시 묘향산에 들렸다가 온다고 하였다.

"묘향산에 들러 청허 대사님을 뵙고 승군에 대한 의논을 할까 합니다."

"승군이라니요?"

"나라가 이 꼴인데 중들이라고 가만 앉아 있을 수 있겠습니까? 일어서 싸워야지요."

이럴 때 나라를 위해 일어서지 않는다면 불교는 영원히 나라에서 버림 받은 찬밥이 될 거라는 게 일월선사의 주장이었다. 이제 겨우 억불숭유 정책에서 벗어나 불교를 두둔해 주려는 분위기를 타고 있는데, 이때 중들이 못 본 척 숨어 있으면, 누가 그 기운을 북돋아 줄 것이냐는 지론이었다.

"지금까지 너무 소극적인 자세를 취하였기 때문에 불교가 쇠퇴일로를 걸어온 겁니다. 그러니 이런 난국을 통해서 불승의 힘을 보여줘야 한다 이겁니다.”

세상 인연과는 욕심을 끊은 듯한 일월선사가 이렇게 적극적으로 난에 개입하려는 의도는 무슨 까닭인가? 그는 정치에는 관심이 없는 듯하면서도 사실은 그와 정반대인 사람인가? 세속적인 욕심도 약간은 있는 사람인가? 알 수 없는 인물이었다.

“현실을 외면한 종교란 있을 수 없지요. 종교란 모름지기 나라를 통솔하는 수단으로 쓰여지기도 하는 겁니다.”

일월선사는 이렇게 말하며 임해군과 순화군 두 왕자들이 모병을 하는 자리에도 나타나 일장 연설을 하기도 했다.

‘두 왕자들의 모병운동.’

한양이 온통 왜구들의 말발굽 아래 들어가자, 왕은 몽진길에 올라 5월 7일 평양성에 입성하였다. 그것도 잠시 6월 8일에는 소서행장이 이끄는 부대가 이미 대동강 남쪽까지 뒤쫓아와 엉덩이에 바짝 붙어 불을 지져댔다. 불안을 느낀 왕은 6월 11일 다시 서천길에 올랐고, 영변에 이르러서는 왕자들과 각기 다른 길을 택하기로 했다.

“분묘를 하셔야 합니다.”

“그러셔야 종묘사직을 온전히 보전할 수 있습니다.”

만약의 경우 어느 한쪽이 변을 당한다 해도 다른 한쪽은 살아남아 종묘사직을 잇는다는 계획이었다. 이렇게 해서 서로 분산한 왕의 일가들 중 왕자 임해군은 황해도로, 순화군은 강원도로 근왕병을 모병하러 보내졌다.

그러나 가는 곳마다 처참한 상황만 벌어져 모병운동은 순조롭지 않았다. 그러잖아도 한평생 노역에 시달리던 사람들인데, 이미 왕이 서천을 해버린 이 상황에서 누가 선뜻 왕을 위해 목숨을 내놓겠다고 나서겠는가? 이미 나라의 근간이 뿌리째 뽑힌 뒤가 아니더냐? 모병운동은 실패였다.

"왕이 백성들을 버리고 도망을 하는 판국에 누가 나서 나라를 위해 싸우겠소?"

근왕병을 모집한다는 소문을 듣고 찾아온 어떤 청년이 불만 섞인 소리를 내뱉었다. 그는 지금 모병을 하고 있는 모병관이 왕자라는 사실을 모르고 자기 생각을 말하였다. 순간 근위병의 칼날이 칼집에서 뽑혀져 나왔다.

"이런 무례한 놈이 있나? 이 자리가 어느 안전이라고 함부로 주둥아릴 놀려 나랏님의 말을 훼척하려 드느냐?"

성미 급한 근위병은 단숨에 청년의 목을 쳐버릴 기세다. 그러나 그 칼날을 막은 것은 일월선사였다. 일월은 군중 속에서 나와 이렇게 말했다.

"나라가 없는 백성은 있을 수가 없는 법이요. 나라가 위기에 처하면, 그 백성들은 당연히 전쟁에 나아가 싸워야 하는 게 도리입니다."

그러면서 그는 모병관들을 위해서는 이렇게 말했다.

"손자병법에는 이렇게 씌여 있소. 아무리 적군이라 하여도 그를 포로로 잡았을 땐 마음을 돌려 우리 편으로 삼으라 했소. 그게 군비 증강의 지름길이라 했소. 말 한번 가벼이했다고 해서 다 쳐죽인다면 누가 왕의 군사가 되겠소?"

순화군은 이 말을 듣고 성미 급한 근위병을 나무랐다.

"그 칼을 거두지 못하겠느냐? 스님은 과연 도량이 넓습니다. 스님께서는…"

"소승은 그저 떠돌아다니는 걸승으로 일월이라 하옵니다. 청허 대사님의 문하입니다. 유점사 사명당과 동문수학입지요."

"오, 그래요? 두 분 대사님께서는 무고하시고요? 지금은 어디 계시나요?"

"청허 대사님은 묘향산에 계시고 사명당은 고성에 가 계신 줄 압니다만…"

"고성이라면 왜구들의 진중 아니오?"

"네…"

"대체 거기서 뭘 한단 말이오?"

"왜장들에게 설법을 하고 있다고 들었습니다."

"왜장들에게 설법을?"

도대체 알 수 없다는 표정이다.

일월선사는 그간의 일들을 대략 설명한다.

"그 덕분에 고성 사람들은 큰 피해를 입지 않고 지내고 있답니다. 소승들은 피해를 줄일 수 있다는 것만으로도 다행이라 생각하고 있습니다."

"임시방편이겠지요. 왜구들의 포악성이 설법으로 설득이 되겠습니까?"

"물론이지요."

"나아가 싸울 병사들을 모집해야 합니다. 가서 제 뜻을 좀 전해 주시오. 이 난국을 타개할 묘책도 좀 얻어 오시구요.”

이렇게 해서 묘향산을 향하던 일월선사였다.

“그러잖아도 그 일로 청허 대사님을 찾아가던 중이었습니다.”

“그래요? 그 듣던 중 반가운 일이오. 서둘러 주시오.”

그러나 일월선사는 평양을 지나쳐 그냥 묘향산으로 갈 수가 없었다. 인선이 궁금해서 견딜 수 없었던 것이다. 이 난리 통에 그대로 던져둘 수가 없었다. 일월선사가 왜 인선에 대해 이렇게 집착하는가? 스스로에게 물어봐도 알 수 없는 일이다.

그는 스스로 ‘전생에 무슨 인연이 있었거늘…’ 하고 혼잣말로 그 이유를 대고 말지만, 인선을 잊을 수가 없다.

여자로서의 인선이가 아니었다. 그는 그 이유를 굳이 대라면 ‘어머니로서의 인선이’ 라고 혼자 말할 때가 있다. 어쩌면 그렇게 자기 어머니를 쏙 빼닮았을까? 인선이를 보면 어머니를 보는 듯한 느낌이 든다. 비록 자기보다 나이가 훨씬 아래 여자인데도 그의 머릿속에 남아 있는 어머니의 잔영은, 그가 마지막 본 어머니의 모습은 바로 인선이 그 자체였다.

비록 출가를 한 몸이지만 육신을 낳아 길러준 어머니에 대한 연은 끊을 수가 없다. 이미 이 세상 사람이 아니기 때문에 더욱 더 그러하다. 처음 인선이를 보았을 때, 그는 자기 어머니가 어딘가에 살아있다가 다시 나타났다는 느낌을 받았다.

어머니는 그를 열두 살에 낳았고 세 살 때 돌아가셨다. 그러니 기억 속에 남아 있는 어머니의 얼굴이 인선이 나이로 남아 있을 수 밖에 없는 일이 아닐까.

"어머니의 환생이야…"

그는 이 혼미한 미망의 세계를 떨쳐버릴 수가 없었다. 분명히 사후의 세계가 있고 환생도 있다. 그렇다면 다시 태어난 어머니를 잘 모셔야 하는 것은 물론이다. 무슨 질긴 인연으로 다시 태어나서까지 곁에 있으려 하는지 모르겠지만 떨어지려 하지 않는 어머니를 굳이 멀리 할 이유도 없는 일.

이제 기천이 나이가 일월이 어머니를 잃던 때와 비슷했다. 그러한 나이에 아이를 어미품에서 떼어낸다는 것은 아이의 가슴에 대못을 박는 일이라 생각되었지만, 아이의 관상에 나타난 사주팔자를 보면 어차피 이 어미와 함께 살 수 있는 상은 아니다. 부모와 서로 떨어져 살아야 될 팔자가 따로 있다. 이 아이의 상이 바로 그 팔자를 타고난 상이다. 운명의 장난을 거스를 수 없다면 될 수 있는 대로 빨리 서로를 떼어놓는 게 아픔이 덜할 것이다.

"며칠 내로 다시 돌아와 아이를 데려가도록 하겠습니다."

일월선사의 말이었다.

인선이 아이를 데리고 달구경을 하고 있었던 것은 혹시라도 지금쯤 일월선사가 돌아오지 않나 해서였다. 이제나 저제나 기다렸던 한 달여… 아무리 난중이라 할지라도 한 달을 머물면서 찾지 않는 것은 이미 잊어버린 증거이리라. 그렇다고 이쪽에서 먼저 보고 싶다 찾아 나설 수도 없는 일. 이제는 단념하는 길밖에는 별 도리가 없다.

"오르지 못할 나무는 아예 쳐다보지도 말라는 말이 있다."

이수익은 밤잠을 못 자고 있는 딸에게 차마 이렇게 말할 수는 없었다.

밤에는 들쥐들도 자는데 잠 못 이루고 있는 것은 사람들이다. 한 치 앞을 몰라 불안에 떨고 있는 인간들이다. 전장에 나가 있는 사람들이나 이들을 떠나보낸 자들이 다 잠을 못 이루기는 마찬가지다.

"선사님 떠난 지 얼마나 되었지?"

"이제 겨우 이틀인가요…"

그래도 선사님은 축지법을 쓰니까 거리같은 건 별 문제가 아니라는 두 사람의 생각이다. 다만 청허 대사님과 무슨 이야기를 어떻게 하느냐에 따라 시간이 걸릴 수도 있고 안 걸릴 수도 있을 것이다.

"인선아…"

"네, 아버님."

"너 보기에 면목이 없구나."

"또. 왜 그런 말씀을 하세요?"

"일을 이렇게 만든 게 모두가 내 탓인 것 같구나."

이수익은 드디어 눈물을 내비친다. 아무리 딸의 감정을 건드리지 않으려 했지만 복받쳐 오르는 미안함은 어쩔 수 없었다.

"아니예요. 아버님…"

인선의 눈에서도 눈물이 비친다. 기천이 이렇게 울고 있는 두 사람을 물끄러미 바라보다가 말했다.

"왜 울어?"

기천은 어떤 일이 있어도 울면 안 된다는 교육을 단단히 받아온 터라 어른들이 우는 모습이 이해가 되지 않았다.

"응, 그래 기천아. 지금 엄마와 할아버지가 우는 게 아니라…"

말끝을 다 잇지 못한다.

"우는 게 아니라면 뭐야? 웃는 건 아니잖아."

이렇게 맹랑한 아이를 어디로 떼어보낸단 말인가? 이수익은 가슴을 도려내는 아픔을 맛본다.

"할아버지하고 기천이는 잠시 떨어져 있어야 한단다. 지금은 전쟁 중이거든? 그래서 기천이는 보다 안전한 곳으로 피난을 가는 거야. 알아듣겠니?"

"응, 할아버지… 그 이야긴 엄마한테 벌써 들었어."

"그래? 그랬었구나."

"그러니까 기천이 걱정은 안 해도 돼. 알았지? 할아버지도 피난 잘 해야 돼."

"그래, 머잖아 우린 다시 만나게 될 거다."

멀지 않은 곳에서 개짖는 소리가 들린다. 이미 산 짐승이라고는 다 잡아먹고 없는 형편인데, 그래도 살아남은 개가 있었던지 목이 터져라고 짖어댄다. 그 뒤로 함성소리가 들리는 듯하다. 그 소리는 점점 더 크게 가까이 들려오고 있었다.

이미 도성은 빈 상태이니까, 왜구들의 입성은 땅집고 헤엄치기와 같을 것이다. 그런데도 왜구들은 입성을 보류하고 있었다.

"드디어 올 것이 오고야 마는구나."

이수익은 기천을 끌어안았다.

"더 이상 기다릴 수 없겠다. 지금 이 길로 떠나는 수밖에…"

"선사님은 어쩌고요?"

"저 소리를 들어봐라. 벌써 보통문까지 쳐들어온 게 분명해."

"조금만 더 기다려 봐요. 아버지…"

이미 달은 지고 희뿌연 새벽이 눈을 뜨기 시작한다. 성문 밖인지 안인지 타오르는 불빛이 하늘을 붉게 물들였고 간간히 포성이 울렸다. 그 사이로 콩 볶는 듯한 조총소리가 울렸는데 생전 처음 들어보는 요란한 소리다.

1592년 4월 23일. 경상도 가덕도 응봉 봉수대에 잡힌 정보로는 왜군 7백여 병선이 쓰시마를 출발해 부산포에 이르고 있다는 보고가 들어왔다.

보고의 진상을 채 파악하기도 전인 14일, 이미 소서행장이 이끄는 1만 8천의 대군이 부산성을 공격하였고, 그 이튿날은 동래까지 쳐들어갔다. 옳게 한 번 싸워보지도 못한 체 부산성을 지키던 부산진 첨사 정발이 전사했고, 동래 부사 송상현 역시 조총 앞에서 무참히 쓰러졌다.

18일에는 가등청정이 이끄는 제2군 2만 2천여 명이 부산에, 흑전장정이 이끄는 제3군 1만 1천여 명이 다대포를 거쳐 김해를 침공했다. 이와 함께 구키 요시다카와 도토 다카토라 등이 이끄는 수군 9천여 명이 해상에서 이들을 지원하였다.

일본 내에 남아 있는 지원군과 쓰시마에 배치돼 있는 군사들을 합하면 일본 침략군 수는 총 20만 대군이었다.

　이들은 진을 셋으로 나누어 제1군은 중로로 동래-양산-청도-대구-안동-선산-상주-조령-충주-여주-양근-용진나루를 거쳐 한양으로, 제2군은 좌로로 동래-언양-경주-영천-신녕-군위-용궁-조령-충주-죽산-용인-한강을 건너 한양으로, 제3군은 우로로 진해-성주-무계-지례-등산-추풍령-영동-청주-경기도-한양으로 각기 그 진로를 잡았다.

　전쟁이 난 지 불과 열흘만에 왜구는 한강까지 진격해 들어왔다. 약간의 희망을 보였던 신립의 탄금대 방어작전도 실패로 돌아가고, 북병사 김명원을 불러 수비케했던 한강 최후의 방어선도 뚫릴 위기에 처하자 왕은 도성을 버렸던 것이다.

　왕이 도성을 비우자 성난 백성들이 일어나 공사노비의 문적이 있는 장례원과 형조 건물을 불태우고 경복궁 창덕궁 등지의 궁궐에 들어가 약탈을 자행했다. 걷잡을 수 없는 무정부 상태가 일어난 것이다.

　한양에 입성한 왜군은 대오를 다시 정비하여 소서행장 부대는 평안도로, 가등청정 부대는 함경도로, 흑전장정 부대는 황해도를 목표로 진격하기 시작하였다. 말 그대로 파죽지세였다.

　이날 평양성 공격을 감행한 소서행장 부대는 벌써 성 밖에서 며칠 밤을 세웠다. 먼 길을 달려오느라 지쳐 있기도 했겠지만, 혹시라도 모를 저항에서 희생을 줄이자는 계획이었다.

　저들은 아직 왕이 서천길에 오른 줄은 모르고 조선의 군사들이 여기서 마지막 결전을 기다리고 있는 줄로 알고 있었던가? 아니면 전열을 다시 가다듬은 후방의 해전에서 이순신에게 크게 패하고 있다는 패전 소식을 접하고 있었기 때문에 약간은 사기가 떨어져 있었는지 모른다.

해상 보급로가 끊어질 만약의 경우 자기 부대만 너무 깊숙이 적진 속으로 들어가버리면 나중에 퇴로가 걱정스러웠기 때문이다.

평양성은 고구려 후기의 도성이다. 평지성의 장점과 산성의 장점을 종합하여 축성하였다. 내성·외성·북성·중성으로 이루어졌으며, 성벽의 길이만 해도 50리가 넘는다. 일본에서도 이런 큰 성은 찾아 볼 수 없는 거대한 성이다.

내성은 대동문 아래에서 서북쪽으로 남산고개를 지나 만수대까지 이어지고, 외성은 대동강과 보통강을 둘러싼 평지성이며, 북성은 만수대 북쪽으로 모란봉을 둘러싼 부분이고, 내성 남쪽으로 대동교에서 안산까지 연장된 성의 중성이다.

성벽은 돌로 쌓거나 돌과 흙을 섞어 쌓기도 하였는데, 능선에서는 외면 축조방법을, 평지에서는 양면 축조방법을 사용하였다. 성문은 내성과 중성 및 외성에서는 각 4개의 문을 냈으며, 북성에는 남쪽과 북쪽에만 냈고, 외부와 통하는 중요한 성문에는 옹성을 쌓았다.

성 안에는 7개의 장대가 있는데, 그 중에 대표적인 것은 내성의 을밀대와 북성의 최승대이다.

소서행장은 이미 열 번도 더 들여다 본 성도를 놓고 고심 중이다.

이 가운데 평지성인 나성 부분에 시가지가 형성되어 있다. 화포를 쏘아대면 나성이고 뭐고 가릴 것 없이 무차별 파괴가 될 것이다.

"전쟁이란 무엇인가?"

그는 늘 해오던 입버릇처럼 이렇게 되뇌어보며 아무런 죄없이 죽어

갈 민간인을 생각해 본다. 전쟁은 나라를 위해 하지만 민간인을 죽이는 건 죄악이다. 그는 왜장답잖게 이러한 생각을 품고 있는 사람이었다.

'천주님, 왜 이런 일을 저한테 맡기시는 겁니까?'

그는 죄 없는 사람들의 주검을 볼 때마다 군인이 된 것을 후회하곤 했다. 이번엔 또 얼마나 많은 희생자가 나올까?

대포를 쏘지 않고 하는 전쟁은 없을까? 칼로 하는 전쟁은 무사답다. 서로 상대방을 바라보면서 힘을 겨루는 것이다. 서로 죽일 의사가 없다면 물러나면 그만이다. 두 손 들고 항복하면 그만이다. 비록 포로생활의 고달픔이야 있겠지만 목숨만은 산다. 이게 힘의 대결이다. 싸움다운 싸움이다.

그런데 이건 뭐란 말인가? 눈에 보이지도 않는 적을 향하여 대포를 쏘아댄다. 죽을 놈 안 죽을 놈 가릴 것없이 죽어 나자빠진다. 개중에 제일 불쌍한 건 어린애들이다. 어린애들이 무슨 죄가 있단 말인가? 주님께서도 어린아이와 같지 않으면 아무도 천국에 갈 수 없다 할 만큼 순진무구한게 아이들이다.

소서행장은 독실한 기독교 신자라, 이날 밤도 번민에 휩싸여 대포 공격을 멈추라 명하였다. 대통이라고 불리우는 이 대포는 한꺼번에 수십 명의 인마를 살상할 수 있는 가공할 무기다. 성벽을 허물어뜨리고 인가를 삽시간에 불바다로 만든다.

"됐다. 그만큼 퍼부었으면 알아들었을 게다."

무수한 전투를 치르었지만, 이날처럼 머리가 무거운 적은 없었다.

그는 오늘 아내 쥬스타와 딸 마이라에게서 온 서찰을 받았다.

'천주님의 뜻에 어긋나는 일은 하지 마세요.'

이 말의 깊은 뜻이 무엇인가? 불필요한 살상은 피하라는 말 아닌가? 군인이 적을 죽이지 않고 어떻게 싸움에 임하라는 말인가? 그는 열두 번도 더 궁리도 해보고 짜증도 내보았지만 그게 아니었다. 그 속에는 사람을 죽이지 말라는 말이 아닌, 필요불가결한 일이 아닌 경우에는, 될 수 있는 대로 살상을 하지 말라는 완곡한 뜻이 들어 있는 것 같다는 생각이다.

'무차별 살상은 죄악이야. 무차별 살상은…'

정찰병의 보고에 의하면,

"적진은 온통 힘없는 아녀자들과 도망 갈 수 없는 노약자들뿐으로 이미 성은 비어 있는 것 같습니다."

라고 하였다. 그렇다면 무고한 시민들을 향하여 대포를 쏘아댈 필요가 없지 않은가. 그건 당연히 전술상으로도 필요한 조처가 될 것이다. 화약을 낭비할 필요는 없는 일이기 때문이다.

그러나 그의 머리를 짓누르고 있는 것은 그런 전술적인 문제가 아니었다. 아까 낮에 부교 설치 문제와 지형을 살피기 위해 대동강가를 한 바퀴 돌았는데, 거기서 무참히 죽어 물고기밥이 되고 있는 어린아이의 시체를 보았다. 아직 세상의 빛을 보기도 전인 그 아이는 머리가 짓이겨지고 창자가 배밖으로 나왔는데 물고기들이 그걸 뜯어먹고 있었다.

일본열도를 평정하고 그것도 모자라 대륙 진출을 꿈꾸고 대명가도를 열겠다고 남의 나라를 침공한 장수가 그 동안 못 볼 것을 너무 많이 봐 왔으랴만, 그에게는 이날 이 아이의 시신만큼은 씻을 수 없는 커다란 번민을 안겨 주었던 것이다.

왜? 무엇 때문에 인간이 인간을 이렇게 무참히 살해해야 하는가? 그것도 아무런 분별도 힘도 없는 어린아이를…

소서행장은 쓰시마를 떠나오면서 만난 딸애를 생각하였다. 딸아이 마리아는 이제 막 출정하려는 아버지 소서행장에게 이렇게 말했다.

"천주님의 가호가 있기를 빕니다."

의례적인 인사말 같았지만, 그 속에는 무한한 사랑과 숨어 있는 뜻이 있었다.

소서행장가는 그 아내 쥬스타를 비롯해 딸 마리아에 이르기까지 온 집안이 천주님을 믿고 사는 독실한 기독교 신자였다. 딸 마리아의 이름이나 아내 쥬스타의 이름만 해도 그게 다 이전의 나를 버리고 새 사람으로 거듭날 때 부르는 세례명이다. 더군다나 마리아라는 이름은 예수님의 어머니 성모 마리아에서 따 온 이름이 아닌가.

그러니 딸애가 '천주님의 가호'를 빌었다는 것은 천주님이 시키는 대로 행하라는 말뜻을 안고 있는 것이다. 아직까지 일본에서는 천주교 신자가 그리 많지 않았다. 신도들이 공공연하게 박해를 받는 일은 없었지만, 그렇다고 곱게 봐주는 사람도 없는, 아직은 숨어서 믿는 정도다.

일본의 전통 신은 천황이다. 그렇지만 그 밑으로 헤아릴 수 없이 많은 작고 큰 신을 놔두고 하필이면 서양 종교인 천주교를 믿는다는 것은 시기 상조였다. 게다가 군대를 이끄는 장수가 천주교 신자라면 자칫 심약한 사람으로 보이기 쉬운 일이라 노골적으로 드러내놓고 종교인임을 내색을 하지 못하는 소서행장이기도 하다.

각료들이나 장수들 중에는 상당수가 남몰래 이방인의 종교를 신봉하고는 있지만 저들 끼리 서로 통할 뿐 비신도들 앞에서는 결코 신자의 신분을 내세우지 않는다.

풍신수길은 점점 전쟁광이 되어가고 그 욕심은 끝날 날이 없을 것 같다는 생각이다. 조선 침공에 성공하면 대륙침략이 시작될 것이고, 대륙을 다 점령하고 나면… 어쩌면 저 유럽까지 진출하려 할지도 모른다는 생각이다.

'이제 나도 늙어가나 보다.'

소서행장은 전장이 무섭고 지겹다. 집 떠나온 지 벌써 한 달이 지나고 두 달이 가까워 온다. 한평생을 풍찬노숙이다. 늙어지면 집이 그립고 서러움 타는 법이다.

그는 군막에 어렴풋이 비쳐드는 달빛을 바라보며 지나온 세월을 더듬어본다. 그야말로 전선의 달밤이다. 이런 날은 장수나 병졸들이나 매한가지 집 생각에 잠기는 법인가. 어디선가 헤이쿄쿠 소리가 아련하다.

헤이쿄쿠는 불교음악이 계속 전승되어 만들어진 음악이다. 궁정 귀족이 몰락하고 분권적 봉건사회의 무사계급이 득세하면서 문벌에 대한 설화체의 음악이 새로운 장르를 형성하기 시작하였던 것인데, 그 대표적인 것이 곧 헤이쿄쿠이다.

사설이 섞인 긴 이야기 형식으로 혼자 중얼중얼할 수가 있어 전장에서의 외로움과 고독을 되씹기에 알맞아 병졸들이 간혹 일을 하면서 부르는 노래이기도 하다.

"저 헤이쿄쿠를 부르는 자를 데려오도록 하여라."

소서행장은 부관을 시켜 노래하는 자를 불러오도록 명하였다.

"네?"

"저 노래하는 자를 불러오라 하였다."

부관이 뛰쳐나가 노래하던 자를 불러왔다. 취사를 담당하던 군졸은 갑자기 무슨 일인가 하여 얼떨떨한 표정이다.

가끔 가다 야식을 준비하라는 명은 받았지만, 이렇게 지휘관 앞에 불려오기는 처음이다.

병사는 무슨 잘못을 저질러 불려왔나 싶어 몸을 사시나무 떨듯 하였다.

"이름을 무어라 하느냐?"

"야마모도 요오꼬라 하옵니다."

"요오꼬? 그건 여자 이름이 아니더냐?"

"네, 사실은 제 누이와 이름이 뒤바꿔서…"

그는 호적에 이름이 잘못 등재가 되어 군적에는 그렇게 올라 있지만, 집에서 부르는 이름으로 초신이라는 본명이 따로 있다는 이야기를 한다.

"내가 그대를 부른 건 이름 이야기를 듣자고 부른게 아니다. 아까 부른 그 노래를 어디서 배웠느냐?"

소서행장은 조금 전에 그가 부른 노랫말 중에 풍신수길의 구주 정벌에 관한 무용담이 사설 속에 섞여 있었던 것을 기억하고 묻는 말이었는데, 그는 그 말뜻을 몰랐다.

"혼자 어깨 너머로 배웠습니다."

"사설은 어디서 들어 익혔느냐? 그것도 혼자서 배웠느냐?"

그 노랫말 속에는 풍신수길이 바람처럼 일어나 일본열도를 통일하고 더 넓은 세상을 염원하기 위하여 대륙진출을 명하였다는 말이 있었다. 그리고는 그 명에 따라 움직이는 우리들은 죽으나 사나 목숨을 하늘에 맡기고 싸우는 수밖에… 승리는 우리의 것, 승리는 우리의 것, 이런 구절이 있었다.

헤이쿄쿠는 기본틀은 정해져 있었지만, 그 가락에 따라 얼마든지 가사를 만들어 부를 수 있는 그런 형식을 띄고 있다.

"거기 붙인 노랫말은 처음 들어본 소리인 것 같은데?"

지금 불려온 취사병은 자기가 잘못한 쪽으로만 생각하고 잔뜩 주눅이 들어 대답을 어떤 식으로 해야 할까 망서렸다.

그러나 소서행장의 다음 말을 듣고부터는 기가 살아났다.

"내가 그대를 부른 것은 벌하려고 부른 것이 아니다. 조금 전에 그대가 부른 노래를 진중에 퍼뜨려 군의 사기를 북돋으려고 묻는 말이다. 알겠는가?"

"물론입죠. 그 노랫말은 제가 스스로 지어 부른 노래입니다."

"그 노랫말을 다 기억하고 있느냐?"

"기억뿐 아니라, 더 좋은 노랫말도 지어 부를 수 있습니다."

취사병은 이제야 살았다 싶어 할 말 안 할 말을 하기 시작한다.

"저는 어렸을 때부터 노래를 잘 하였습죠. 규수정벌을 보고는 저절로 이 노래가 튀어나왔습니다."

"이놈아, 규수정벌 때는 우리 주군께서 천하통일에만 일념이셨지, 조선 정벌은 꿈에도 하지 않으셨다."

그러면서 소서행장은 물었다.

"네가 규수정벌을 보기가 했느냐?"

"물론입죠. 소인 그때는 가토오 부대에 배속돼 있었습니다만, 지금처럼 취사병을 담당했습죠."

"정말 굉장한 전투였었지."

소서행장은 잠시 지나 간 세월들을 더듬어본다.

"그 노래를 병사들 사이에 불리도록 퍼뜨려라. 더 강력한 전투 의지를 불러일으킬 수 있는 내용을 담아서…"

소서행장은 부관에게 이렇게 명하고 오늘부터는 이 취사병에게 밥 짓는 일을 그만두게 하고 새 노래 보급을 담당하도록 일렀다.

"군대는 전투도 중하지만 정신무장이 더 중요해. 정신무장을 위해선 노래만한 것도 없지."

이미 해상을 맡고 있는 조선의 수군장 이순신이 강강술래란 노래를 가지고 흩어져 있는 민심을 모으고 군사들의 정신력을 높이고 있다는 보고를 받은 바 있는 소서행장은 이거야말로 사기 진작을 높일 수 있는 좋은 무기라고 생각하였다. 군악대의 요란한 진군 나팔보다도 애잔한 노래가락 하나가 병사들의 가슴 속에 용기를 북돋아 넣는데 더

없이 좋은 힘이 될 것이다.

그렇게 생각한 그는 부관을 다시 불러 그 노랫말에다가 고향에서 기다리는 부모님을 생각해서라도 하루 속히 임무를 완수할 수 있도록 힘껏 싸우자는 구절을 넣도록 명하였고, 아울러 쓸데없는 살육은 하지 말도록 하는 구절도 넣으라고 당부하였다. 왜냐면 전쟁이 끝나면 이들도 내 편이라는 뜻을 담았다.

소서행장은 어디서 들은 이야기였지만, 알랙산더 대왕 이야기를 가슴 속에 새기고 있었다. 정확히는 알랙산드로스 3세, 그는 마케도니아의 왕으로 전 세계를 통일하기 위하여 서방으로부터 그 영토를 넓히기 시작하여 히말라야 산맥을 넘어 인더스강까지 동진을 한 역사적 인물이다.

이 지구상에서 가장 많은 땅을 차지했던 인물이라면 동진을 거듭했던 알랙산드로스 3세와 그와는 반대로 서방세계를 정복하러 나섰던 대몽골의 징기스칸이었을 것이다. 그런데 이 두 인물은 전혀 생각이 달랐다. 알랙산드로스가 점령지에 대해 유화정책을 편 반면에 징기스칸은 말살정책을 폈다.

그 결과로 알랙산드 대왕이 건설한 70개의 알랙산드리아에서는 헬레니즘 문화라는 독특한 문화가 발생하였고, 징기스칸의 점령지는 몽골의 것이라고는 마른 풀잎 하나 살아남지 못하였다.

"고니시 부대는 절대로 조선을 말살하는 전쟁을 하지는 않을 것이야…"

그는 절대로 징기스칸 같은 전쟁을 해선 안 된다고 믿고 있는 터였다. 징기스칸은 가는 곳마다 자기 일가 친척이나 부하를 점령지의 책임 자로, 나중에는 그의 하인까지 책임자로 앉혔지만 머리수가 모자랐다.

알렉산더 대왕은 비록 전쟁은 하였지만 점령지는 다시 그 점령당한 자에게 주었는데, 억지 굴복이 아니라 마음속으로부터 하나가 되는 동화정책을 폈다. 그러자면 싸움도 신사적이었을 것이다. 싸움에 진 자는 승복해야 한다. 그런데 실제로 그런 이상적인 전쟁이란 있을 수 없다.

이게 요즘 생긴 그의 고민거리였다. 이런 문제를 막료회의에까지 들고 나올 수는 없는 일이었지만, 어쨌거나 진정한 승리는 상대가 싸움에 진 것을 승복하고 따르도록 해야 한다는 것이다.

가등청정은 이와는 정반대다. 그가 지나가는 길에는 쑥대밭도 남지 않는다. 세상이 아는 바로 소서행장과 가등청정은 풍신수길의 양 팔과 같은 존재다. 다같이 일본 통일의 가장 핵심적인 주역을 맡았던 인물들이다.

부관은 어렴풋이 소서행장의 이러한 전쟁철학을 알고 있었다. 취사병을 불러 노랫말에다가 이런 뜻을 덧붙일 것을 권한다.

밤에는 들쥐들도 다 자는데 여기서 이게 뭐냐? 하루 속히 전쟁을 끝내고 고향으로 돌아가리라. 그러자면 젖먹던 힘까지 다 쏟아 적진을 향해 나 먼저 돌진하리라.

일본식 전투 가미가제의 시작이다.

# 9. 피난길에서

이윽고 희뿌연하니 날이 밝아오고 있었다. 어쩐 일인지 쏘아대던 대포소리는 그쳤지만 이상한 노랫소리가 흘러나와 사람들의 마음을 미혹시켰다. 사람들은 왜구들이 '일부러 사람들의 혼을 빼는 노래'를 지어 부른다고 하였다.

"매구들이 하는 짓이여…"

"매구?"

"왜구들은 어린애 간을 빼먹는다는구먼? 그러니 매구지…"

혼을 빼낸다는 매구들의 노랫소리는 대포소리나 화약 냄새보다 사람들을 더 공포에 떨게 하였다. 인선은 이제는 더 누구를 기다릴 처지가 아니란 것을 깨달았다.

"이러다가는 늦겠다."

아무래도 먼저 피난길에 올라야겠다는 아버지 이수익의 재촉이다.

“먼저 떠나거라. 내가 선사님을 기다렸다가 뒤따라가마.”

“그렇게 하려므나. 어린 것 데리고 가자면 아무래도 걸음이 뒤처질 게다.”

어머니도 그렇게 하라고 이르신다. 인선은 어찌해야 할 바를 모르겠다. 왜구들은 날이 밝기가 무섭게 쳐들어올 것이 뻔하고, 혼자서 기천을 데리고 집을 떠난다는 것은 두려움 그 자체였다.

“함께 가요.”

“아니다. 우리는 조금만 더 기다려보다가 뒤따라 갈게.”

정말 이러다간 피난길조차 끊어져 버리는 게 아닐지 모르겠다는 생각이 들었다.

“보현사 가는 길은 우리도 알고 있으니까, 그리로 먼저 가거라.”

“그래, 오늘은 봉학까지 가서 작은 고모네 집에 쉬고 있거라. 그러면 선사님 모시고 곧 뒤따라 가겠다.”

총소리가 점점 가까워지고 있는 듯한 느낌이다.

인선은 보퉁이를 머리에 이고 기천의 손을 잡았다.

“할아버지, 할머니는?”

할아버지 할머니를 두고 가는 게 이상했던지 기천은 자꾸만 뒤를 돌아본다. 이미 피난 행렬이 온 거리를 가득 메우고 있다.

그야말로 남부여대다. 이고 지고 끌어안은 보퉁이들, 손에 손을 잡은 어린아이들… 일부 부유층에서는 수레를 끌고 나와 짐을 잔뜩 싣고 가는 모습도 보였지만, 대개가 머리에 이고 등에 진 정도가 고작이다.

행렬의 피난짐으로 미루어보아 이 전쟁이 오래 걸리진 않을 성싶은 모양이다.

전쟁이란 본시 성을 빼앗고 뺏길 때 치열하지, 어느 누구이건 성을 점령하고 나면 그만인 것이다. 그때는 다시 성 안으로 들어와 살면 그만이다. 백성 없는 성주는 없다.

그러니 백성들이야 며칠 피난만 갔다 오면 그만일 터, 그렇게 생각하고 가벼운 짐보따리만 싸 들고 피난길에 오르는 것이 다반사다. 이미 이런 피난에 익숙해진 백성들이다.

인선은 저도 모르게 집을 나온 피난 행렬에 휩싸이기 시작한다. 일단 목표는 화공이 더 거세지기 전에 성을 빠져 나가는 일이다. 화포에는 눈이 없다. 성을 향하여 무차별 쏘아대는 화포는 어디에 가서 떨어질 지 예측 불허다.

한꺼번에 여러 수십 명의 인마가 살상 당할 수도 있다. 거기엔 어른 아이 할 것없이 죽어 나자빠질 수밖에 없다. 전에 못 보던 살상무기다. 웬만한 난리통엔 성 밖으로 피난을 가지 않던 평양 사람들이었건만, 이 무기에는 어쩔 수가 없다. 일단 몸을 피신하고 보자는 피난 행렬이다.

"엄마, 나 다리 아파…"

아직 성문 밖으로 채 빠져 나오지도 못했는데, 아이는 벌써 다리가 아프단다.

"으응, 그래 에미가 업어줄까?"

인선은 등을 돌려대고 아이를 업었다. 아이의 따뜻한 체온이 등줄

기를 타고 가슴속 깊은 곳까지 전해져 들어온다. 비록 애비가 누구인지 사랑이 무엇인지도 모르고 낳은 아이였지만, 아이만큼은 이 세상 그 무엇과도 바꿀 없는 소중한 존재였다.

인선은 다리가 아프다는 기천을 업고 피난 행렬을 따르다가 삼거리 길에 와서 잠시 발길을 멈추었다. 그리고는 길가로 나 앉아 아이의 이마를 타고 내린 땀을 닦는다. 흙먼지가 줄줄 타내려서는 땟국이 되었다.

이러고 있는 두 모녀의 행동을 아무도 눈여겨보는 사람이 없었다. 모두가 제 갈 길이 바쁘기 때문이다. 그렇지만 인선은 될 수 있는 대로 사람들의 이목을 받지 않도록 돌아앉아 있었다. 젊은 여자가 그것도 혼자서 아이를 데리고 피난길에 오른다는 것은 자칫 남의 눈에 띌 수도 있고, 남의 눈에 띄는 일은 결코 이로울 것이 없다는 사실을 잘 알기 때문이다.

"가자, 아가야. 걸을 수 있겠니?"

일어나 다시 걸었지만 머잖아 아이가 배고프다고 칭얼거리는 바람에 다시 길 옆에 주저앉을 수밖에 별 도리가 없었다.

"배고프면 이거라도 먹어라."

보퉁이에 싸 갖고 온 주먹밥이 있어 그걸 하나 꺼내어 아이에게 내민다. 아이가 주먹밥을 먹다가 목이 막혀 켁켁거린다.

어디 마실 물이라도 없나 하고 두리번거려 보았지만 먹을 물이 있을 만한 곳이 아니다. 인가라고는 눈에 보이지 않는 황량한 들판이다. 아이는 다시 마른 밥을 꿀꺽꿀꺽 넘기고는 입가에 발린 밥풀을 손등으로 문질러 그것까지 떼어먹는다. 어지간히 배가 고팠던 모양이다.

"평양에서 묘향산까지는 잘 걸으면 사나흘 길이다. 그렇지만 너무 큰 염려는 말아라. 그 사이에 우리가 부지런히 뒤따라 갈 테니까."

그런데 하루도 안 걸어 이렇게 지친다면 앞길을 어떻게 헤쳐나갈까? 걱정이 앞서는 인선이었다. 걷는 일이라면 이미 천보산으로 피신을 갈 때 원도 한도 없이 걸은 적이 있어 이력이 붙은 줄 알았는데 그게 아니었다.

그땐 일월선사가 같이 있어 걷기가 훨씬 수월했던 것이다. 그걸 모르고 길 떠난 인선이 아니었지만, 아이를 데리고 이렇게 혼자 나서는 게 아니었다고 벌써부터 후회가 된다.

"오늘은 해지기 전에 봉학까지 갈 수 있을 거다."

봉학이라면 청룡산이 빤히 올려다보이는 곳이고, 거기 작은 고모네 집이 있다. 어려서부터 거기까진 걸어서 가 본 길이기도 하다. 일차 만나기로 한 곳은 작은 고모네 집이다.

"만약 거기 가서 고모네도 피난을 가고 없거던 순천-개천-영변-신흥 가는 길을 물어라. 신흥이면 곧 묘향산 보현사다."

만약의 경우 길이 어긋날 때를 생각해서 종이에 지도까지 그려주며 설명을 하던 아버지였다. 가다가 중간에서 일원선사를 만날 지도 모를 일이라며 사람들이 많이 다니는 큰길을 버리지 말라는 당부도 하였다.

그러나 그러한 계산은 오산이었다. 왜구들은 평양성을 에워싸고 있는 군대를 제외하고는 이미 평양성보다 훨씬 북상해 있었다.

"어디를 가려고 이리로 올라오고 있는 게요?"

앞서 피난을 떠났던 사람들이 다시 평양으로 되돌아오면서 하는 말이다.

"이미 온 천지에 왜구들이 쫘악 깔렸어요."

"순천 쪽도요?"

"거긴 이미 불바다가 돼 버렸어요."

인선은 순간 눈앞이 깜깜해 오는 것을 느낀다. 이제 대체 어디로 간단 말인가? 순천이 불바다라면 봉학은 순천도 기기 전에 있는 마을이다. 이미 순천이 불바다라면 봉학 역시 점령을 당했다는 이야기가 아닌가?

그러나 인선은 가던 길을 재촉한다.

"묘향산만큼 안전한 곳은 없습니다."

일월선사는 묘향산이야말로 난을 피할 수 있는 모든 조건을 갖춘 곳이라 말하였다. 북쪽 오랑캐들이 쳐들어올 땐 지리산 청학동, 남쪽에서 왜구가 쳐들어왔을 땐 묘향산 청학동이라고 말하였다.

청학동은 청학이 사는 곳, 즉 신선들이나 사는 곳이다.

"그렇지만, 이번 묘향산행은 난을 피해 숨으러가는 게 아닙니다. 어차피 우리 승군들도 일전을 피할 수 없게 되었거던요."

그는 분명히 승군이라 말하였다. 어떻게 절에 승군이 있을 수 있겠는가? 중들이 피를 흘리며 살생을 할 수 있을 것인가? 그는 전쟁에 대해 많은 이야기를 남기고 갔다. 아무리 산중에 숨어 도를 닦고 있는 중이라 할지라도 나라가 위급에 처했을 때는 분연히 일어나 나라부터 먼저 구해야 한다고 말했다. 강원도로 근왕군을 모병하러 왔던 순흥군과 이미 그 이야기를 끝냈다고도 했다.

"나는 할 일이 있어 먼저 떠날 터이니 그 동안에 준비를…"

해 두라고 한 일월선사였다.

그렇다면 묘향산도 전장에 휩쓸릴 가능성이 있다.

인선은 잠시 갈 길을 잃고 만다. 어디로 가야 하지? 누구의 말을 믿어야 하지? 그야말로 진퇴양난이다. 어디로 가나 병화를 볼 것임은 뻔한 노릇이다. 불 속으로 아이를 데리고 들어갈 수는 없다.

"이럴 땐 어떻게 하면 좋을까요?"

어디다 대고 물어볼 수도 하소연 할 수도 없는 인선이었다.

그러나 마냥 이러고 있을 수만은 없다. 어디로든지 방향을 잡아야 산다. 갈림길이다. 생사의 갈림길이 될 수도 있는 중대 결정이다.

옆에서 함께 쉬고 있던 사람들도 어디로 가야 할지 막막하기는 마찬가지인 모양이다. 의견들이 분분하다.

"차라리 의주 쪽으로 가는 게 낫지 않을까요?"

"거긴 나랏님이 피신해 있는 곳이라는데요?"

"그러면 그쪽은 피해야겠군요."

왜구들이 저들을 따라 갈 것이 아니냔 것이었다. 그래도 나랏님이 있는 곳이 더 안전할 것이라는 사람도 있다. 안전하면 뭘해? 피난 가서까지 죽도록 부역만 할 거 아냐? 그러니 차라리 왕이 간 반대 방향인 남쪽으로 가는 편이 낫다는 사람도 있다.

"그러면 우리 침점을 쳐볼까?"

침을 손바닥에 뱉어서 손가락으로 친 다음 그 침이 많이 날아가는 쪽으로 피난을 가자는 장난스러운 사람들도 있다. 보아하니 이들은 성 안에 있었어도 어차피 부랑하는 부랑자들 같았다.

이들은 딱히 어디로 가겠다고 정해 놓고 길을 나선 사람들이 아니었기에 우왕좌왕해도 상관이 없겠지만, 인선은 다르다.

이미 갈 곳이 정해져 있었고 거길 가야 만날 사람들을 만나게 된다. 그렇다면 선택의 여지가 없다. 누가 뭐래도 애초에 정해진 길을 가야만 한다.

그러나 이미 불바다가 되었다는 순천 쪽으로 가겠다는 사람은 아무도 없었다.

"왜 굳이 그쪽으로 가려하오? 왜적들이 준동을 한다는데…"

젊은 여자 혼자서 아이를 데리고 아무도 안 가는 순천으로 가려고 일어서는 인선에게 관심을 보이는 사람이 있었다.

"만나기로 한 사람들이 거기 있어서요."

"그래요? 그렇다면 우리도 함께 갑시다."

나이가 지긋해 보이는 두 내외가 동행할 것을 자청한다.

"아무래도 전쟁은 산골짜기로 가서 피신하는 게 나을 것 같아. 봉학 순천을 지나면 이미 묘향 정맥이거든? 깊은 산 속으로 들어가면 왜구들 제 놈들이 아무리 찾아도 안 보일 걸?"

젊어 한때 묘향산 향로봉까지 올라가 봤다는 이 중년의 남정네는 신흥사 가는 길은 눈을 감고도 훤히 안다고 큰소리쳤다.

그러면서,

"새댁은 누굴 찾아가는 길이오? 우리도 거기 좀 의탁하면 안 될까
요? 귀찮게 하지는 않을게요."

벌써부터 나중 일을 부탁하는 용의주도함을 보이기까지 한다.

"순천이 불바다라면 은산으로 빠지는 길도 있으니까."

일단은 봉학까지 가 보자는 데로 의견이 모아졌다.

이렇게 해서 이들은 아무도 가지 않는 피난길을 택했다. 많은 사람
들이 행로를 바꾸어 의주나 성천이나 맹산으로 향했다. 의주에는 임
금님이 계시는 곳이니까 안전할 것이라는 주장이고, 성천-맹산은 낭
림정맥에 속해 있는 산악지대이니까 왜구들이 들어오지 못할 거란 주
장들이었다.

쉴만큼 쉰 이들이 자리를 털고 일어나기까지 아무 말없이 한쪽 켠
에 앉아있던 젊은 부부 한 쌍이 이들이 가는 길을 멀찌감치서 따라오
는 모습이 눈에 띄었다.

"저들도 묘향산으로 들어갈 생각인 모양이지요?"

"못 갈 거야 없지 않소? 우리가 전세 낸 길도 아닌데."

남의 일에 상관 말라는 남자의 말이다. 그 소리에 찍소리 못하고
기어드는 여자를 바라보며 인선은 여자들이 너무 남자들에 치여 산다
고 생각했다. 이 남자는 어쩌면 평생토록 여자의 입을 봉해 놓고 살
지도 모른다는 생각을 해본다.

그러나 그런 남자라 할지라도 곁에 있었으면 좋겠다는 생각도 해보
는 인선이다. 혼자서는 세상살이가 너무 벅차다. 집을 떠나보니 더욱

절실해 진다.

"남편은 군대에 간 모양이지요."

남자가 불쑥 이렇게 묻는다.

"예? 아니요."

"예면 예고, 아니면 아니지. 예, 아니요는 또 뭐요?"

남정네는 자못 시비조다. 아무도 없는 길이라 아무렇게 해도 태도가 변할 수 있으랴 싶도록 무례하다.

인선은 될 수 있는 대로 이 남자에게 신경을 쓰지 않으려고 애를 쓴다.

"아가야, 이 에미가 너만 했을 때…"

자고 있는 지 깨어 있는 지 알 수 없는 아이를 향하여 이렇게 말문을 열었다.

'아니야, 너보다 조금 더 컸을 때…'

고모네 집을 간다고 졸래졸래 아버지 뒤를 따라오던 길이 생각난다.

명절 끝이면 아버지는 의례 고모부네 집을 방문하곤 했다. 작은 고모부와는 동문수학한 친구 사이이기도 하였고 함께 시조창하기를 좋아하였다.

고모부는 '청산리 벽계수야' 하는 창을 좋아 하였고, 아버지는 '이화에 월백하고' 하는 시를 특히 즐겼다. 한편 고모부는 황진이에 홀딱 반해 있었다.

황진이의 기명은 명월이란다. 황진이가 왜 기생이 되었는 줄 아니? 이웃 총각이 황진이를 사모하다가 상사병이 들어 죽었거든? 왜 죽어,

상사병이 뭐야? 이야기 도중에 그렇게 물으면 아씨같은 어린애는 아직 몰라요. 이 담에 더 커봐야 알지… 하면서 꼭 아씨라는 존칭을 붙여주곤 하였다.

그러면서 고모부는 이웃집 총각의 갑작스런 죽음으로 회의를 느낀 황진이가 기생 명월이 되어 명성을 떨친 이야기를 한다. 이 대목에 가면 신이 나서 마치 자기가 명월이 된 것처럼 시조를 읊기도 하고 창을 하기도 하였다.

명기가 되자면 한시나 시조도 지을 줄 알아야 하고, 웬만한 선비님네 뺨치는 학식도 갖추어야 한다. 열다섯에 기생이된 황진이, 아니 명월은 십 년 동안 수도에 힘써 생불로 일컬어지던 지족선사를 유혹해 파계시킨 이야기로 유명하다며, 그 대목에 가면 지족선사를 유쾌히 야유하며 웃어 넘긴다.

'그러고도 무슨 생불이라고…' 그 정도 됐으면 '명월을 꼭 붙들고 살았어야지' 한다. 그리고 마지막에 가서는 '청산리 벽계수야'며 '동짓달 기나 긴 밤' 같은 시조는 백 년 가야 나올듯 말듯한 좋은 작품이라고 입에 침이 마른다.

"네 고모부는 천상의 시인이다."

아버지는 고모부를 시인이라고 하였고, 고모는 그러한 고모부를 무능한 한량이라고 핀잔을 주었다.

"일할 줄을 알아야지요. 제 손으로 밭고랑 한 줄 못 타요."

그러면 아버지는 '선비는 학문에만 전념하면 된다.' 하며 까짓 농사야 농군들이 다 지어주는데 무슨 걱정이냐고 하셨다. 그렇지만 막상 고모네 살림은 그렇지가 못했다. 그 때문에 아버지는 고모네를 자주 들르지 않을 수 없어 올 때마다 바리바리 무언가를 잔뜩 실어다 주었다. 그래도 모자라는 고모네 살림살이였다. 처음 시집 갈 때는 고모부네도 잘 사는 집안이었지만, 어른들 말대로라면 '그 집도 운이 다한 집'인지 자갈논에 물 새듯 살림이 다 새어 버린다는 것이었다.

"그러한 고모네 집을 오갈 때는 의례 집안의 하인이 말고삐를 잡았지."

그 하인 이름이 뭐더라? 나이가 인선이와 비슷한 어린 하인이 하나 있었는데, 한 번은 말구종을 잡고 가다가 꾸벅꾸벅 졸다 나자빠져 말이 놀라 앞다리를 번쩍드는 바람에 말에서 곤두박질친 일이 있었다.

"아가야, 그런 때가 있었다고 누가 믿겠니?"

이수익이 모함을 입고 배소를 가지 않았던들 아직까지 하인과 말 같은 것들이 그대로 다 있었을 것이다. 그러면 이런 어려운 걸음은 하지 않아도 되었을 것이다. 인선은 이런 이야기를 해봤자 아무 소용 없는 일이라는 걸 잘 알면서도 혼잣말인 듯 아이에게 지줄거리고 있었다.

그 눈에 남모르는 눈물이 흘러내린다.

참으로 얄궂은 운명이다. 기억도 없는 지아비에게서 난 아이를 업고 홀로 피난길을 걷는 여자… 이 여인의 곁을 따라가며 제멋대로 아무 말이나 서슴없이 내뱉는 이 남정네는 또 누구인가?

"새댁 혹시 나를 못 알아보겠소?"

“내가 댁을 어떻게 알아요?”

쏘아붙이고 싶은 심정이지만 인선은 참는다. 될 수 있는 대로 아무 일없이 가는 것이 상책이다. 서로에게 불편을 주는 일없이 가야 한다, 그러자면 상대가 아무리 짓궂게 나와도 참아야 한다.

“어디서 뵌 분이시던가요?”

“나는 처음 만날 때부터 거기를 알아보겠던데?”

이제는 아예 새댁에서 ‘거기’로 말도 반말이다. 아무래도 이대로 가다간 무슨 일을 당할지 모르겠다. 뒤따라 오는 일행은 저만큼 거리를 두고 있는 중이어서 보였다 안 보였다 했다. 이대로 무슨 일을 당한다 해도 알 것 같지가 않았다. 게다가 이 남정네의 여자는 무슨 짓을 하던지 끽 소리 한 번 못할 화상처럼 보였다.

“옛날 정자나무 거리 이 진사네 딸 아닌가?”

옛날 정자나무 거리란 아버지 이수익이 배소로 끌려가기 전에 살던 대동관 옆의 큰집을 말한다.

“그때는 참, 잘 살았었지… 안 그래 여보? 그집 알지?”

남정네는 천연덕스럽게 아주 노골적으로 회유를 하였고, 그 아내란 여자도 한 마디 거든다.

“아다마다요? 정월 대보름이면 그집 앞에 서서 보름밥 얻어먹겠다고 줄을 서곤 했지요.”

생각난다. 정월 대보름 아침이면 커다란 가마솥에 오곡밥을 한 솥 해놓고 지나가는 걸인은 물론 가난한 이웃들에게 나눠주곤 했었다. 이 날 만큼은 푸짐하게 선심을 베푸는 날이었다. 귀밝이술이라 해서 술도 한 잔씩 돌렸다.

"그렇게 잘 살던 집 아씨가 이게 무슨 꼴이람?"

손만 건드리지 않았을 뿐 이제 아주 까놓고 희롱을 한다.

"그 하속들은 다 어디 두고 혼자서 이 고생이야? 애까지 업고…"

여기까지는 그런대로 참을 수 있겠는데, 이제부터는 더 이상 참을 수가 없었다.

"결혼도 안 한 주제에 아이는 어디서 생겼을꼬?"

"뭐라구요?"

"처녀가 애를 배도 할 말은 있다더니 그 꼴이네? 이게 누가 있다고 큰 소리야? 여기서 큰 소리 쳐봐야 아무도 도와 줄 사람이 없을 걸."

겁을 먹은 기천이 울음보를 터뜨린다. 아까부터 오고가는 이야기를 다 듣고 있었던 모양이다. 인선은 이 자들이 일부러 아무도 안 가는 이 길을 택한 이유가 자신에게 해코지를 하기 위함이라고 믿었다.

그렇다면 더 이상 당하고만 있어서는 안 되겠다는 결연한 생각이 들었다.

인선은 일월선사로부터 장난 삼아 몇 가지 호신술을 익혔다.

"아무리 양가집 규수라도 말 타고 활 쏘는 건 못해도 자기 몸 하나는 지킬 줄 알아야죠."

앞으로 있을지도 모르는 어려움에 대처할 수 있다고 하였다.

"우리 아씨는 아무리 봐도 평범하게 살상은 타고 나지는 못했거던?"

말운이라 하였던가. 말운을 타고 난 여자는 어디 한군데 가만 있질 못한다. 여기저기 뛰어다니길 좋아해서 늘상 위험이 뒤따른다고 했다. 어차피 그런 팔자를 타고 났다면 위험을 무릅쓸 수 있는 계책을 배워야 한다. 그러면서 가르쳐 준 것이 자신을 방어할 수 있는 호신술이다.

아버지는 여자애에게 그런걸 가르쳐 준다고 핀잔을 주었지만, 일월 선사는 반드시 쓰일 날이 있으니 두고보라며 팔꺾기며 발차기 등을 가르쳐 주었다. 오빠들 하고 놀다가 그들이 너무 짓궂게 굴면 더러 이 방어술을 써먹어 놀라게 해준 일도 있었다.

인선은 문득 그 호신술을 떠올리며 최악의 경우에는 혼자 힘으로 이 남자를 물리쳐야 한다고 각오를 해본다. 그와 동시에 팔꺾기로 상대의 손목 관절을 깊숙이 눌러 꺾고 그 팔을 잽싸게 뒤로 돌려 팔꿈치를 비틀었다. 그리고는 뒷쪽에서 사타구니 사이를 힘껏 찼다.

한 번은 오빠와 장난을 치다가 너무 힘껏 그곳을 차서 오빠가 데굴데굴 구른 일이 있었다. 그러면서, '너 그만하면 아무리 힘센 장사라도 당해 내겠다. 이 무서운 계집애야' 하며 겁을 먹었다. 아버지는 계집애라는 말을 썼다고 오빠를 혼내 주었다.

갑자기 오빠들이 생각이 났다. 그러던 오빠들은 모두 징용되어 나갔다. 저들은 임금님을 위해 싸운다며 왕을 호송해 의주 쪽으로 갔다. 동생이 왕의 딸을 낳았다는 이야기를 처음 들었을 때는 도무지 그 일 자체를 용납할 수 없다고 고개를 내저었지만, 막상 전쟁이 나 왕이 서천을 한다니까 그 대열에 긴 두 형제였다.

최악의 경우가 생긴다면?

인선은 치마 속에 감춰둔 은장도를 만져본다. 두 마리 용이 새겨진 칼이다. '필요하다면 어디에서든 이 칼을 내어보이고 사정을 이야기 하면 도움을 받을 수 있을 것이다' 그 분은 그렇게 이 칼의 용도를 설명해 주었다.

그렇지만 이런 파렴치한에게는 그것도 소용없을 일. 무슨 수를 쓰 던지 혼자서 이 위기를 벗어나 살아야 했다. 아기를 위해서라면 그 어떤 잔혹한 일이라도 감당할 수 있어야 한다. 인선은 스스로에게 이 렇게 다짐하며 제발 이 남자가 더 이상 추근거리지 않았으면 좋겠다 는 기도까지 한다.

"부처님, 제발… 이 자에게 제 정신이 들도록 해주시옵소서."

그러나 기도도 헛되이 남자의 마수가 뒤따랐다.

"이봐, 그 보퉁이 속에 뭐가 들어있지?"

인선은 순간 '떡 하나 주면 안 잡아먹지'라는 이야기가 떠올랐다. 여기 어디쯤을 지나면서 들려주던 아버지의 이야기였다.

"떡 하나 주면 안 잡아먹지…"

자꾸 이러면서도 막상 떡을 다 빼앗아 먹고 나면 어흥! 하고 잡아 먹으려고 대드는 것이 짐승의 본성이란 거였다. 그러니 짐승을 만났 을 때는 처음부터 단호하게 대처해야지 허실미실 했다간 더 크게 당 한다고 가르쳐 왔다. 그게 남자일 경우 더욱 더 강하게 나와야 한다 고 일러주던 일월선사였다. 왜 이런 말이 한꺼번에 떠오르는 지 알 수가 없다.

"비록 불알을 친 놈이긴 해도, 혹시 사내라는 걸 내세우고 싶어할지 모르니…"

일격에 쓰러뜨려 버리라며 상노를 물리치기 위한 권법도 가르쳐 주던 일월선사였다.

'우리 어머닌 빨래터에 나갔다가 낯모르는 남정네한테 당해서 세상을 떠났어요.' '그런 억울한 일을 당하면 안 되지요.' '아무리 연약한 여자 주먹이라도 급소를 맞고 안 쓰러질 자는 없지.' 그러고 보니 그것들이 다 장난이 아니란 생각이 든다. 언젠가는 이런 위기가 닥칠 때 써먹으라고 가르쳐 준 호신술인지 모른다.

"인선은 두렵지 않습니다."

싸움에서 이기는 첫째 비결은 상대를 이길 수 있다는 자신감이 있어야 한다. 싸우기도 전에 겁부터 먹던지 기습을 당하면 질수밖에 없다. 먼저 기선을 제압해야 한다. 오빠들이 읽던 병서들을 어깨 너머로 오가며 외운 글구도 떠오른다.

"그 속에 뭐가 들었냐고 묻질 않았나?"

인선은 업었던 아이를 내려놓았다. 그리고는 보퉁이를 아이의 가슴에 안긴다.

"여기 뭐가 들었으면?"

속으로 떨렸지만 또박또박 말했다. 이럴 땐 강하게 보여야 한다. 기선을 제압하는 행동을 보여줘야 한다. 어느 책에서였는지 최선의 방어는 공격이라고 하였다. 책이 아니라 바둑에서 그랬다. 인선은 이제야말로 공격할 순간을 정해야겠다고 벼른다. 그렇지만 상대는 도무지 이러한 인선의 속내를 알길이 없다.

"이게 이제 눈에 뵈는 것이 없나보네?"

"눈에 뵈는 것이 없다니? 당신이야말로 눈에 뵈는 것이 없는 모양인데? 사람을 잘못 본 거야."

순간 남자의 몸뚱아리가 저만큼 나가 떨어졌다. 공격에는 선제 공격이 최선의 방어이자 최상의 공격이다.

"어때? 그래도 함부로 주둥일 놀릴테냐?"

인선은 놀라움을 금치 못하고 서 있는 여인네도 한 발로 차서 넘어뜨리고는 아무 일도 없었다는 듯 아이가 안고 있는 보퉁이를 다시 받아 챙겼다.

기천은 가끔씩 뒷마당에서 발차기 연습을 하는 엄마의 모습을 종종 봐온 터라, 지금도 그런 연습을 하고 있는 정도로 아는 모양이지 아무렇지도 않다는 표정이다.

"가자!"

쓰러져 있던 여편네는 뒤따라오던 젊은이들이 바로 앞에 올 때까지도 그렇게 엉덩이를 퍼뜨리고 땅바닥에 앉아 있다가 겨우 털며 일어났다. 남정네는 아직도 사타구니 사이를 붙잡고 홀홀 뛰고 있었다.

인선은 아무 일도 없었던 것처럼 저만큼 앞장 서 걷고 있었다.

인선은 뒤도 안 돌아보고 걸어갔다. 이젠 호랑이나 왜구의 무리가 무서운 게 아니라, 아는 사람들이 더 무섭다. 어쩌다가 방심한 틈을 타서 사내와 그의 여자를 때려눕히기는 했지만 힘으로야 어찌 남정네를 당할 수 있을 것인가? 그저 저들로부터 멀찌감치 떨어지는 것이 상책이라는 생각이 들었다.

그러나 뜻대로 마음먹은 대로 되는 게 아니다. 아이가 또 다리가 아프다고 칭얼대기 시작해 발걸음이 더딜 수밖에 없다.

"아까는 미안했수…"

길가에 앉아 있는데 남정네가 일부러 가까이 다가와 아이를 제 지게에 지고 가겠다고 자청한다. 그러면서 이렇게 물었다.

"서산대사님의 제자이시지요?"

무술을 보면 안다며 서산대사의 제자임이 틀림없다고 단언한다.

"틀림없어요. 대사님이 무술을 가르치신다고 들었소."

인선은 아무 말도 하지 않았다. 그러는 편이 사내의 간장을 더 서늘하게 해줄 것이란 계산이었다.

"아까의 일은 용서하시오."

"그러세요. 우리 남편이 가끔 남의 물건을 보면 탐내는 버릇은 있어도 근본은 나쁜 사람이 아니거든요?"

여자도 한 마디 거들었다.

지금까지 아무 말없이 뒤쳐져 오던 사내가 말을 걸어왔다.

"여러분들 이야기를 듣고 보니까, 모두 서산대사님을 찾아가는 길이시군요? 저도 대사님을 찾아가는 중이랍니다."

"대사님은 웬일로요? 그 분은 아무나 만나 주시는 분이 아닌 줄로 아는데."

아직도 조금 전에 채여 넘어졌을 때 묻은 신발자국이 그대로 묻어 있는 남자가 또 잘 난 체를 한다.

"여보…"

“이이는 이래서 탈이라니까?”

하면서 여편네가 남자의 입을 봉한다.

이렇게 해서 이들은 다시 한 패거리가 되어 길을 동행한다. 이번에는 입이 뚱하게 나온 남자가 여편네를 일행 곁에 남겨두고 저만큼 앞장 서서 걷기 시작하였다. 군대의 첨병이나 되는 것처럼 앞길의 장해물을 살피는 눈치였다.

인선은 남자의 지게짐 위에 걸터앉아 그래도 걷는 것보다는 행복해하고 있는 아이의 모습에서 눈을 떼지 못하고 있다.

여자가 다시 입을 열었다.

“아깐 정말 놀랐어요. 여자 몸에서 어떻게 그런 솜씨가 겉으로 보기엔 도무지 무술을 익힌 분이 아니신 것 같은데.”

“그건 놀랄 일이 아니지요. 기를 쌓으면 무서운 힘으로 변하는 겁니다.”

입에 열쇠를 채워둔 것처럼 조용히 뒤따라오던 남자가 말을 한 번 내놓으니 쉴 줄을 모른다.

“기라는 것은 우주 삼라만상에 흩어져 있는 것인데, 이것을 한군데 모으면 폭발적인 힘이 되는 겁니다. 그러니 아녀자라고 함부로 보면 안 되지요. 이 기를 모을 줄 알면 아무리 어린아이라 할지라도 장정보다 훨씬 큰 힘을 갖게 된다니까요? 그렇지요, 내 말이 맞지요? 아가씨께서는 그런 수련을 하신 분이시지요?”

인선은 갑자기 나타나 혼자 지껄여 대는 이 남자의 모습을 더 이상 참고 볼 수가 없었다.

“선도를 아세요?”

“아니오.”

“그러면서도 어떻게 그런 말을 함부로 해요?”

이럴 때는 대담하게 나와야 한다. 남자처럼, 아니면 그 이상으로 강력하게 고수나 되는 것처럼, 그렇지 않으면 또 무슨 일을 당할지 모른다.

“천기를 함부로 발설하는 자는 천벌을 받아요.”

알쏭달쏭한 말에 남자의 입이 다물어졌다.

잠시 이렇게 일행은 말없이 걸었다. 다시 세상이 조용하다. 얼마를 걸었을까? 구비길을 돌려는데 앞서서 가던 남정네가 걸음을 멈추고 뒤를 돌아보며 길 옆으로 숨으라는 신호를 보내왔다. 누군가 나타난 모양이다.

모두들 황급히 길가 바위 뒤로 몸을 숨겼다. 지게를 지고 앞 서 가던 사나이도 재빠르게 길 옆으로 숨어드는 모습이 보였다.

무슨 일일까? 생각할 겨를도 없이 일진광풍이 이는 듯하더니 비호처럼 달려오는 말 한 필이 눈앞을 지나친다. 뒤이어 또 한 마리의 갈색 말이 뒤따라 달린다. 어깨 위로 깃발이 펄럭거렸던 것으로 보아 급한 전갈을 가지고 가는 파발마같기도 하였고, 아니면 급보를 전하러 가는 군마같기도 하였다.

전장에 가까워 온 느낌이다.

한참을 바위 뒤에 은신하고 있던 이들을 향해 앞에 있는 남정네가 손을 흔들어 보인다. 이제 나와도 좋다는 신호였다.

"엄마…"

남자의 지게에서 내린 아이가 쪼르르 제 엄마 품으로 돌아오면서 묻는다.

"엄마, 아까 그게 뭐야?"

"말이란다."

아이는 말을 처음 본다. 예전 같았으면 저게 뭐냐고 묻지 않아도 될 만큼 마굿간에 말을 매어놓고 살았을 텐데…

"말은 사람들이 타고 다니는 짐승이란다."

"왜 타고 다녀?"

"빨리 달려 가려고 그러지."

말은 왜 빨리 달려? 사람은 왜 빨리 달려야 해? 아이의 물음은 끝이 없다. 온갖 것이 다 신기한 때라 질문이 끊임없이 쏟아져 나온다. 엄마는 하나하나 아이의 질문에 답을 해준다.

"아이구! 영특하기도 해라."

말없이 뒤따라오던 여인네가 이번에는 입을 열어 아이를 칭찬하였다. 생전 입을 열지 않을 것 같던 여인네였지만, 일단 남자가 입을 연 뒤로부터는 그도 말문이 열렸나 보다.

'너, 몇 살이니? 이름이 뭐니?' 부터 시작해 아이와 대화를 나누고 있다. 대화라기보다는 아이에게 일방적으로 질문을 퍼붓는 형식이었다. 아이는 묻는 대로 꼬박꼬박 말대답을 한다. 그게 재미가 나서 자꾸 묻는 여인네다.

그런데 가만히 들어보려니까 물었던 말을 묻고 물었던 말을 또 반복해서 묻곤 한다.

"오다가 아이를 잃었어요. 그래서 실성을 한 거예요."

남자가 묻지도 않은 말을 했다.

"아이만 보면 저래요."

이 사람들은 남쪽에서부터 올라오는 길이라 했다. 어딘가 목적지가 있어서 가는 게 아니라 무작정 길을 걷는다고 하였다. 가만히 있으면 좀이 쑤셔서 배기질 못해 지쳐 쓰러질 때까지 걷고 또 걷는다고 했다.

"잠시도 가만 있으면 안 되요. 걸어야 되요."

걷는 것만이 약이란다.

"송도 부근에서 허준이라는 사람을 만났는데, 왕자님의 병을 고쳐 준 천하 명의라는 그 사람도 그랬어요. 걷는 것은 손해 날 것 없다고 그럽디다. 걷고 또 걷고 지쳐 쓰러질 때가지 걸어도 걷는 것은 아무 손해 날 일이 없다고 말입니다."

인선은 어쩌다가 아이를 잃었냐고 묻기가 두려웠다.

"어찌된 일인지 아세요?"

남자가 묻지도 않은 말을 서슴없이 이야기한다.

"우리는 그때 아무것도 모르고 잠들어 있었지요. 전쟁이 난 줄도 모르고 말입니다. 그런데 난데없이 온 천지가 와르르 무너지는 소리가 들리는 겁니다. 그래서…"

그게 무슨 날벼락인가 싶어 밖으로 뛰쳐나왔는데 잠결에 급한 나머지 아이들을 방 안에 두고 나왔다는 것이다.

"밖으로 나와 사방을 살펴보고 있는데 아, 글쎄 그때 또 한 방 불덩어리가 날아와 우리 집에 팍 꽂히지 뭡니까?"

집은 금세 불바다로 변했고, 아이고 뭐고 생각할 겨를도 없이 냅다 도망쳤다가 돌아와보니 잿더미만 남았더란 것이다.

"잿더미 속에서 오징어처럼 오그라든 아이 둘을 건져냈지요. 그걸 보고 아내는 저렇게 실성을 한 거랍니다."

인선은 그러한 두 내외를 보고 아무 말도 할 수가 없었다.

"그 참, 기가 막힌 사연이구랴."

이번에는 인선에게 해코지를 하려다 되레 당한 남정네가 이야기를 받았다.

"그런데 우리는 아이를 산 채로 **빼앗겨** 버렸다오."

자식 둘이 있었는데, 하나는 여식이고 다른 한 명은 아들인데, 여자애는 왜구들이 밥을 시켜먹는다고 데려갔고, 아들은 왕을 호송한다는 근왕병으로 징집되어 갔는데, 그것들이 살았는 지 죽었는 지 모른다는 것이었다.

"이 담에 이것들이 서로 눈을 꼬누고 대적하고 있을지도 모를 일 아닙니까?"

두 자식이 하나는 왜군에, 하나는 근왕군에 속했다면 그럴 수도 있는 일이 벌어질 것이다.

"어제 그제 밤이었어요. 우리 집이 본시 성밖에 있었거든요. 삽시에 몰려든 왜구들이 집 앞마당에 진을 치고 들어앉았는데, 딸년을 보더니 금방 좋아라 히히덕거리며 밥을 시켜먹는단 말입니다. 그것들이 밥만 시켜먹겠습니까? 그 짐승만도 못한 놈들이…”

남자는 이런 기막힌 일을 당하고도 살아남겠다고 피신을 하는 이게 무슨 짓이냐며 울부짖었다. 그런 사람이 남의 보따리는 왜 탐을 냈을까?

인선은 성 밖 사람들의 생활상을 잘 알고 있었다. 저들은 주로 남의 품팔이를 하거나 궂은일을 하며 살아간다. 성 안에 초상이라도 날라치면 재빨리 찾아와 잔심부름을 하고 깃대라도 잡아주며 밥을 얻어먹는다. 개중에는 풍물패를 만들어 놀이를 해서 먹고 사는 패거리들도 있다.

왜 이런 사람들 하고 함께 피난길에 오르게 된 것일까?

“사람은 누구나 그 근본은 다 같은 법이다. 타고난 심성은 본시 착한 거니까.”

아버지는 늘 사람의 마음속 깊은 곳에는 선한 기운이 깔려 있다고 가르쳐 왔다. 다만 선악이 뒤섞여 있다가 경우에 따라 그 작동하는 범위가 달라진다는 것이었다. 그래서 환경에 따라 사람은 선한 일을 할 수도 있고 악한 일을 할 수도 있는 것이지 처음부터 악한은 없다는 것이다. 그러니까 아무리 악한이라 할지라도 선으로 대하면 선인이 될 수도 있다는 지론이었다.

“그런 것을 선성설이라고 한단다.”

본시 타고난 천성이 선할 진대 선하게 대해 주면 상대도 선을 베풀게 된다는 뜻이다. 그게 교화라고 했다.

인선은 왜 저 자가 난폭한 언행을 서슴지 않았는지 이해할 것 같다는 생각을 해본다. 지금껏 그런 환경 속에 살았으니 인성이 변해 버린 것이리라.

한 번은 아이들 하고 성 밖에서 놀다 개가 흘레붙는 모습을 본 일이 있었다. 아주 어렸을 때의 기억인데 개들이 왜 저러나 싶어 가까이 다가가면 놀라 도망치려고 발버둥을 쳤다. 그런데 이상하게도 두 마리 개가 서로 엉덩이를 붙이고 도망을 가는 것이었다. 그게 더욱 신기해 개 주인집까지 따라 들어가게 되었는데, 불호령이 떨어졌다.

"야!, 이놈의 기집애들아…"

강아지 값이 얼만데 남의 개 흘레하는 걸 방해하느냐는 것이었다. 그때는 그 말이 무슨 뜻인지 몰랐고 고함 소리에 놀라 도망을 쳤지만, 나중에 그 말뜻을 곰곰이 되씹어 볼 수 있게 되었을 때, 그 사람에게는 그게 얼마나 큰 벌이가 될 수 있었나 하는 것을 깨닫게 되었고, 세상사는 방법도 여러 가지라는 생각을 하였다.

어떤 사람에게는 수입원이 될 수 있는 것이, 다른 사람들에게는 구경거리밖에 안 될 수도 있다. 그래서 '사는 것도 여러 질'이라는 말이 있게 마련이다. 어떤 사람은 정당하게 살려고 노력하는 반면, 또 다른 사람은 남의 것을 빼앗아 살 수도 있는 일이다.

그렇다면 조금 전에 남정네가 한 행동도 이해가 갈 만하다는 생각이 들었다. 사람은 그가 처한 환경에 따라 행동거지를 달리 한다. 저 남정네는 여자 혼자 값진 물건이 들어 있을 듯 싶은 보퉁이를 들고 가니까 돌연 빼앗아 갖고 싶은 마음이 들었을 것이다.

그렇다면, 지금 이럴 때는 어떻게 처신을 해야 하나? 일시적이나마 어떤 환경을 만들어 나가야 하나? 이것이 위기를 돌파할 수 있는 슬기인 것 같다는 생각까지 해보는 인선이였다. 일단은 힘으로 기선을 제압해 놓긴 했지만, 언제 어느 때 또다시 불순한 마음을 품고 더러운 행동을 할지 모르는 게 저들 아닌가? 한 번 창피를 당한 복수심도 있고 해서 더 집요하게 덤벼들지 모른다는 생각을 해본다.

타박타박 걷고 있는 아이의 손에 땀이 배어있다. 이마에도 땀이 흘러내려 땟자국이 여실히 그려졌다.

"힘 들지? 엄마가 좀 업어줄까?"

"괜찮아. 지게 위에 있는 것보단 걷는 게 더 좋아."

"왜? 지게가 불편하던?"

"엉덩이가 아파…"

일행은 다시 말없이 걷기 시작했다. 뙤약볕이 머리 위를 따갑게 비추고 있다. 해가 정수리 위를 약간 빗겨간 때였지만 더위는 여전했다. 오뉴월 염천이라 했던가. 속곳까지 적신 땀이 걸음걸이를 옮기지 못하도록 휘감고 있어 거추장스럽기 짝이 없었다. 그런데다가 배도 고프고 목도 마른다.

"옳지, 바로 그거야…"

인선은 대단한 묘안이라도 떠올린 듯 개울가로 걸음을 옮겼다. 그러면서 일행을 불러세운다.

"더운 데 목욕이라도 좀 하고 갑시다."

목욕? 남녀가 유별한 세상에 벌건 대낮에 목욕이라니… 일행은 인선이 무슨 소리를 하는 지 알 수가 없었다.

그러나 그런 걸 길게 생각할 여유도 없이 인선은 옷을 입은 채로 물 속으로 풍덩 뛰어든다.

"아가야, 이리 들어온…"

아이는 물이 겁이 나는 지 머뭇거리기만 할뿐이다.

"어이, 시원해. 어푸어푸…"

인선은 온 몸을 찬물에 담궈 씻어내고는 물 속에 있는 바위에 걸터앉았다. 이렇듯 기상천외한 행동을 해보이는 것만이 저들을 이기는 방법이라고 생각하는 인선이였다. 이러한 돌출적인 행동을 보여줌으로 자기들과는 다른 색다른 인간이라는 걸 주지시켜 주고 싶었던 것이다.

안방에서만 곱게 자란 음지식물이란 걸 알면, 언제 또다시 저자의 거치른 행동이 나올지 모르기 때문에 미리 선수를 쳐서 기선을 완전히 제압하자는 의도적인 행동이었다. 그것만이 이 위기를 무사히 남기는 방법이다.

인선은 이를 꼭 다물고 다시 물 속으로 자맥질해 들어가 돌 밑에 있는 고기를 잡으려 애쓴다. 어릴 때 오빠들을 따라 해본 행동이긴 했지만 생각대로 쉽진 않았다.

고모네 집을 오가며 웃통을 벗어 젖히고 물이 빙빙 돌던 속으로 뛰어들던 오빠 생각이 간절하다. 이럴 때 오빠가 있었더라면 금새 물고기 한 마리쯤 잡아낼 수 있었을 것이다.

"아이를 위해서라도 꼭 해내야 돼."

인선은 다시 한 번 자맥질을 하며 물 속으로 들어가 눈을 떠본다.

온통 파란 세상인데 고기들이 왔다갔다 하는 것이 보인다.

'바로 이거야. 물 속에서도 눈을 뜨고 보아야 하는 거야.'

겨우 돌밑에 붙어 있는 쏘가리를 한 마리 잡아냈다. 쏘가리는 등에 가시가 있어 사람을 쏜다.

"우와아! 우리 엄마가 고기를 잡았다."

아이가 좋아라 하는 모습을 보고 다른 사람들도 뒤따라 물 속으로 들어간다. 더위에 지칠 대로 지친 탓도 있었지만 물고기를 잡아야 주린 배를 채울 수 있다는 현실적인 생각이 이제서야 들었던 모양이다.

물 속에 뛰어든 사람들이 물고기를 한 마리 두 마리 잡기 시작하였고, 그것들이 모닥불 위에 올려졌다.

인선은 때를 놓치지 않고 한 마디 한다.

"이런 난국을 만나면 이렇게 사는 겁니다."

이런 일을 많이 해본 경험이나 있는 것처럼 자신있게 말하는 이 여자는 도대체 누구인가? 사람들은 이제 인선을 믿고 따를 수밖에 없는 존재로 여겨졌다.

"우리도 사냥 나갔을 땐 이렇게 많이 해 먹었는데…"

남정네가 사냥 이야기를 했다.

"나는 포수는 아니었지만 말이야."

그는 몰이꾼이었다고 솔직히 고백했다. 아마도 조금 전 같았으면 그 자신이 총을 들고 짐승의 머리통을 겨냥하는 포수로 가장된 이야기가 나왔을지 모른다.

"곰 같은 맹수를 좇으려면 사나흘씩은 추적을 해야 한다 이 말씀이야. 그 동안에 먹을 것은 어떡 허느냐구? 짊어지고 다닐 수도 없구 해서 개울을 뒤져 가재나 개구리를 잡아먹든지, 눈밭 속을 헤쳐 더덕이나 잔대같은 걸 캐 먹고 지내야 할 때가 허다 하다구. 불을 피우냐구? 불도 못 피우지. 곰은 코가 발달해 냄새를 맡는 데는 귀신이란 말씀이야. 그러면 어떻게 하느냐 하면 개구리고 가재고 그것들을 바지춤에 쓰윽 문질러서는 날 걸로 그냥 먹어야 한다 이 말씀이야."

그러면서 그는 아직 죽지도 않은 물고기 배를 따 산 채로 버적버적 깨물어 먹는다. 물고기의 핏물이 잇새를 삐져나와 턱주가리로 넘쳐 흐르는 것이 보였다.

인선은 예상 밖의 엉뚱한 행동이 저들에게 동질감을 주었다는 생각에 안도의 한숨을 내쉰다.

"아가야, 너도 좀 먹어보렴…"

엄마가 기천에게 잘 익은 고기를 골라 뼈를 발라 먹인다. 조금 전까지만 해도 서로에 대한 불신과 불만에 가득 차 있던 사람들이다.

인선은 이것이 바로 인간이 가질 수 있는 동질성이 아닌가 생각해 본다. 한 번 저들과 같은 부류라고 생각되면 아무 거리낌 없는 사이가 되지만, 다른 종류의 사람이라 생각되면, 그때는 모든 일에 차별을 둔다.

그 차별이 반목을 낳고 반목이 질시를, 질시가 불화를 낳는다.

"불화는 죽음의 근원이라…"

불화는 사람을 지레 죽게 만드는 화근이라고 말하였다.

인선은 왜 학문이 필요한가를 깨닫는다. 학문은 단순한 지식에 불과한 게 아니라 실생활에 쓰이는, 살아가는 방법이라고 말하시던 아버지였다.

"사람이 공부를 해야 하는 까닭은 단순히 지식만 알고 익히는 것이 아니라, 그 알고 있는 지식을 실생활에 응용해 쓸 때 그 효용성이 있는 것이야."

알고만 있는 지식은 죽은 지식이다. 지식은 사람이 살아가는 데 필요한 생활방식이지 머리 속에 저장해 두려고 배우는 것이 아니다. 그렇다면, 오늘의 이 지식은 어디에서 나온 지식인가? 책에서 얻었지만 직접 행동으로 옮겨 활용할 때 그 진정한 값어치를 얻는 것이다. 그 활용을 실행하려면 용기가 필요하다.

용기! 인선은 다시금 일월선사를 떠올렸다. 인선에게 용기를 가르쳐 준 사람은 바로 일월선사다. 그는 천보산 폭포 아래서 선체조도 가르쳐 주었고, 태교도 가르쳐 주었다.

"모든 생각은 몸에서 나온다. 몸 속에 생각이 들어있지만 생각은 또 따로 있어 몸 밖에서도 존재한다."

몸 밖에 있는 생각이 몸을 만들기도 한다는 이야기였다. 그게 정신이요, 기라는 이야기였다. 기를 모을 수만 있다면 몸을 초자연적으로 변신시킬 수도 있다.

인선은 거기까지 수련을 쌓지는 못했지만, 그렇게 하면 된다는 가능성은 알고 있다. 그게 오늘 이토록 초인간적인 힘을 발휘하게 한 것이라고 생각하였다.

"선사님!"

인선은 나즉이 선사님을 불러본다.

"어디 계시옵니까? 이럴 때 나타나 힘을 주셔야지요."

누구나 서로 간절히 원하면 통한다고 했다. 이 우주는 멀고 가까운 게 있는 것 같지만 초자연적인 영매라는 것이 있어 서로를 통하게 하는 힘이 있다. 원함에 대한 간절함이 거리감을 줄여 버리는 것이다. 신 들린 무당이 저승의 소리까지 듣는 것도 다 이 때문이다.

"염력에 의하면 거리감 같은 건 없는 거야. 그래서 신 들린 무당은 저승에 있는 사람들의 소리도 들을 수 있는 게지."

일월선사는 인선에게 아낌없이 이야기해 주었다. 그러면서 자기는 살아 생전 이야기 한 번 따뜻하게 나눠보지 못한 어머니와 대화를 나누는 것이라는 이야기까지도 했다. 그렇다면 지금 이 어려운 상황도 이미 알고 있을지 모르는 선사님이다. 어디선지 일진광풍을 날리며 축지법으로 날아올 지도 모른다. 아니면 그렇게 남은 여정을 좁혀 줄 지도 모른다.

인선은 산들바람에 옷이 말라가는 것을 느끼며 다시 길을 재촉하기로 한다.

"자, 이제 갑시다. 아직도 갈 길이 멀었소."

사람들은 이제 인선이 저들의 대장이나 된 것처럼 순순히 말을 따른다.

다들 주섬주섬 보따리를 챙겨든다. 목욕들을 해서 그런지 발그레한 뺨에 화기가 넘쳐 보인다.

# 10. 불타는 짚세기를 던져 버려라

이날 아침, 소서행장 부대는 아무런 저항도 받지 않고 대동강을 건넜다. 무혈 입성이다. 성은 이미 비어 있었다.

"이미 성을 비우고 다 도망간 듯합니다."

"필시 어딘가 숨어 있는 잔당들이 있을 거다. 찾아랏…"

"합!"

그러나 평양성은 패잔병 한 명 남아 있지 않았다. 첩보병이 가지고 온 정보는 실로 가소로운 이야기뿐이다.

"왕은 의주로 피신하였고 왕자들까지도 서로 흩어져 살 길을 도모했다 합니다."

"왕과 왕자가 서로 흩어져 피신을 하다니?"

"이는 필시 만약의 경우를 위하여 후일을 기약함인 듯합니다."

"후일을 기약하다니?"

종의지가 첩보병에게 물었다.

"왕이 잡히면 왕자가 다음 왕이 되어야 한다는 계산입니다. 대를 이어 왕업을 잇게 하려는 왕권주의적 발상이지요."

소서행장은 두 사람의 이야기를 들으며 아직까지 조선은 평온한 나라라는 생각을 잠시 해본다.

"지극히 현명한 백성들이야…"

"뭐가 말입니까?"

"성을 이렇게 비우고 피난을 떠난 건 지극히 잘한 일들이야. 무고한 살상을 피하자는 계산일 테지."

종의지는 장인어른이 하는 말뜻을 가늠할 수가 없다. 무엇이 현명하고 무엇이 살상을 피한 계산이란 말인가? 전쟁이 일어나면 용감하게 싸워야 하고 싸우다 죽어야 마땅한 일이 아니던가?

적어도 그는 그렇게 배워왔다. 피신을 했다가 성이 함락된 후에 다시 들어와 목숨을 부지하고 산다는 건 있을 수 없는 치욕이다. 그런데 지금 장인어른은 그걸 현명한 일이라 말하고 있다. 이제 이 영감이 돌았나? 젊은 그의 혈기로서는 이 말을 그냥 묵과할 수가 없었다.

"장인어른도 이제 전쟁에 지쳤나 봅니다."

"……"

"어찌하여 도망 간 비겁자들을 현명하다 하십니까?"

"그렇다면 다 죽어야 옳단 말이냐?"

소서행장은 전쟁은 사람을 죽이기 위해서 하는 게 아니라 한다. 전쟁은 통치이념이 다른 사람들 끼리 그 이념을 세우기 위해서 싸우는 것이고, 군대는 그 목적을 달성하기 위하여 싸움을 대신해 주는 임무를 수행하는 일이지, 아무것도 모르는 백성들을 무참히 살생하는 것은 전쟁의 도리에 어긋나는 행위라고 말했다.

그는 젊은 혈기에 차 있는 사위에게 전쟁철학을 가르치고 싶었던 모양이다. 그렇지만 종의지는 그에 지지 않는다. 말로만 듣던 무장 소서행장과 실제로 싸움에 임하는 소서행장은 어딘가 달라 보였다. 대일본 열도를 통일시키는 전투에서 풍신수길의 오른팔로서 선봉에 섰던 소서행장이 백마 탄 기사였다면, 지금의 소서행장은 무사 안일만을 택하는 무력한 늙은이로 밖에는 보이지 않는 그였다.

"죽고 죽이지 않는 전쟁이 어디 있습니까? 죽이고 이기는 것이 승리가 아니겠습니까? 전쟁은 승리를 위해서 있는 거구요."

어느 부하 장수가 이렇게 말할 수 있겠는가? 소서행장은 젊은 날의 자신을 돌이켜 생각해 보며 종의지의 말을 끊지 않는다.

"지금 당장이라도 저들의 뒤를 좇아 끝장을 봐야 합니다."

명령만 내려 주신다면 의주까지 한걸음에 달려가 조선왕의 목을 가져오겠단다. 종의지는 조선 땅에 발을 내딛은 이래 지금까지 한 번도 패배를 맛본 일이 없고, 거기다가 대군 1만 명을 거느리고 있는 소서행장 부대의 위용이라면 까짓 꽁무니를 빼고 달아나는 왕을 잡아오는 것은 시간 문제라고 보는 것이었다.

하지만 소서행장의 견해는 다르다.

"왕이 의주로 피신을 간 건 최후의 순간에는 명나라로 건너가려 함인 게야. 그리고 지금쯤은 명나라에 원군을 요청하였을 것이고, 이어 명군이 들이닥치면? 그때는 적의 앞뒤에서 공격을 받게 된다. 앞뒤에서 부는 바람을 받으면서 화약을 지고 불 속으로 뛰어드는 어리석은 자는 없을 게다.”

그러니 견고한 평양성에서 명군을 맞을 준비를 하는 편이 훨씬 효과적인 대응자세라는 것이었다. 종의지는 여기까지 생각해 본 일이 없었다. 과연 듣고보니 그럴 듯한 이야기다. 그럴 듯한 이야기가 아니라, 그럴 수밖에 없는 전황이다. 명나라가 개입을 한다면 그 양상이 달라질 수도 있다.

“과연 명안이십니다.”

종의지는 이제야 장인어른을 만만하게 본 자신이 부끄럽다.

“그렇다고 군사들을 놀릴 수는 없는 일… 그러니 어랑산성이나 가서 접수해 두거라.”

어랑산성. 중화군에 위치한 산성으로 오히려 평양성보다는 남녘에 있다. 이미 지나쳐 온 길이다.

“왜 하필이면 어랑산성 같은…”

여기에서 종의지는 또 막힌다. 이미 지나쳐 온 성을, 그것도 시골의 작고 초라한 성을 무엇 때문에 새삼스럽게 쳐부수라는 것인가?

“허허실실 작전이다.”

‘허허실실 작전’ 적군들이 보기에는 마치 부대가 다시 한양을 향해 철수하는 것처럼 보이게 한다.

주력부대가 철수를 하고, 성에 많지 않은 군사만 남아 있다는 생각을 하게 만들어 안심을 시킨 후에 적군을 성으로 유인한다. 그리고 전투가 시작되면 어랑산성에서 일시에 달려와 성밖의 적을 향한다. 그게 양동작전이다.

"부대는 일렬종대로 세워서 천천히 이동하도록 하라. 그래야만 주력부대가 한양으로 다 철수해 버린 줄 알 거다."

"바로 그거였군요?"

종의지는 이제서야 전쟁이 힘만으로 되는 것이 아님을 깨닫는다. 때로는 노래를 불러가며 또 때로는 적의 눈을 속여가며 느긋이 적을 기다리는 일, 유리한 고지에서 기다릴 줄 아는 것이 승리하는 전쟁이다. 이 유리한 조건은 시시때때로 달라진다. 이것을 응용할 줄 알아야 참다운 지휘관이 된다.

소서행장은 아들 같은 종의지를 따로 불러 이렇게 타이른다.

"공사를 구분할 줄 알거라."

"예?"

"다른 장수들이 있을 때와 없을 때를 구분해서 말하라는 뜻이다. 조직은 어떤 조직이든 간에 공사 구분이 있다. 너와 나는 사사로이는 장인과 사위 사이지만 공적으로는 부대장과 참모라는 신분의 차이가 있다. 한 부대의 장과 참모는 엄연한 격이 있다. 사사로운 정리같은 건 잊어버려야 한다. 네가 아무리 군대생활에 익숙지 않다 하더라도 다른 참모들 앞에서 사적인 말버릇을 쓴다면 앞으론 용서치 않을 것이야."

종의지는 속마음까지 들킨 것 같아 소름이 쭈욱 돋아오른다.

"합! 앞으론 명심하겠습니다."

조직은 개인이 모여 만든 집합체이면서도 그 천배 만배 이상 발휘하는 뭉친 힘이 된다. 열 사람이 모였다고 하여 열 사람 합친 힘이 되는 것이 아니라, 그 천배 만배의 괴력이 된다는 이야기다. 조직의 힘은 아무도 측량할 수 없는 커다란 바람을 일으킨다. 이 바람은 아무도 말릴 수 없다.

전쟁같은 대역사적인 일은 조직의 힘이 아니면 수행해 낼 수가 없는 일이다. 조직은 안면을 몰수하고 뭉쳐진 힘만을 강조하게 되는 것이다.

"조직에 정리가 개입되면 그 조직은 와해된다."

그러니 공사 구분을 철저히 하라는 엄명이다.

종의지는 이제사 자신의 자만심이 다 들킨 것 같아 무릎을 다시 조아려 사죄를 한다.

"명심에 명심을 거듭하겠습니다."

그러한 그에게 소서행장은 함께 성을 둘러볼 것을 권한다.

"성을 한 바퀴 둘러보고자 한다. 함께 가겠느냐?"

"합! 마필을 준비시켜 놓겠습니다."

소서행장은 거추장스런 전투복 대신에 평복을 하고 나선다. 칼을 차고 갑옷을 입은 모습이 아니라 가벼운 산책을 나서는 사람 같다. 투구를 쓰고 갑옷을 입고 전투태세를 갖추고 길을 나서자면 제장들이 호위를 하고 따를 것이 뻔하였기에 좀 홀가분한 차림으로 성 안을 둘러보고 싶은 소서행장이다.

"성이 아주 견고해…"

일본의 성들은 군주 하나만을 위한 성이라 그 규모가 크지 못했다. 그에 비해 조선의 성은 그 안에 민가가 있다. 군주와 민간인이 함께 살도록 설계가 돼 있는 것이다.

"이게 큰 차이점이야."

소서행장은 조선 침공에서 제일 먼저 느낀 점이 이거였다. 모두가 공생할 수 있도록 설계가 된 성.

"무엇이 말씀입니까?"

"여지껏 수많은 성들을 보고도 느낀 점이 없더란 말이냐?"

저들은 이미 많은 성들을 함락시키고 여기까지 왔다. 그러면서도 느낀 점이 없다면 어지간히도 무딘 작자라는 생각을 하는 소서행장이다.

"일본의 성은 군주 한 사람만을 위하여 세운 성들이지만, 조선의 성은 군주와 백성들이 함께 살도록 만들어졌다. 여기에서 아무 느끼는 점이 없느냐 이 말이다."

종의지는 이제서야 소서행장이 무슨 이야기를 하려는 것인지를 알아차리는 듯하다.

"아! 예…"

"조선 사람들은 군주와 백성이 하나가 되어 사는 게야."

본시 성 안에 민가를 두고 사는 것은 다 함께 모여 안녕을 도모하자는 뜻이 깃들어 있다.

"우리 천황폐하가 거하시는 황성을 생각해 봐라. 혼마루 니노마루 신노마루 겹겹이 담장을 두르고도 해자를 파서 그 외곽을 또 차단하고 그 중심부에 천수각 덴슈카쿠를 지어 그 속에 은거하신다. 거기엔 그 어떤 잡인도 얼씬하지 못한다.”

일본의 모든 성들은 이 황성을 본 따서 만들었다. 철저하게 외부와의 차단을 꾀한 방어성이다.

“산성인 오사카성이나 평산성인 히메이지성, 구마모토성, 와카야마성, 평성인 나고야성, 도야마성, 어느 성이라고 구별할 것 없이 모두 영주 하나만을 위한 성이란 이야기야.”

소서행장은 많은 성의 주인들을 쓰러뜨렸다. 그리고 그 성주들의 전쟁 부담금과 백성들의 혈세로 만든 것이 오사카성이다. 그렇지만 일본 제일의 성, 오사카성은 풍신수길 한 사람을 위하여 만들어졌지 백성들을 위해서 만든 성이 아니다.

일본 천하를 통일한 풍신수길은 ‘칼사냥 명령’으로 일컬어지는 ‘가타나가리령’을 공포하여 일정한 신분의 계층이 아닌 사람은 칼과 같은 무기를 소지할 수 없도록 하여 모든 병기를 수거하였다.

일정한 신분이라는 것은 풍신수길을 도와 전투에 참여했던 무사들로 이들 만이 무기를 휴대할 수 있는 자격이 주어진다는 것이다. 자신에게 충정을 바친 사람 외에는 무사가 될 수 없다는 조치다.

이로써 농사짓는 사람은 농사일만, 장사하는 사람은 장사만, 공산품을 만드는 사람은 제조업만 할 수 있는 신분제도가 생긴 것이다. 이러한 신분제도는 인간의 자유를 박탈하고 억압하여 수탈이 쉽도록 하는 사회 개편이다.

소서행장은 조선에 와 보고서야 비로소 그게 잘못된 일이었음을 확실히 깨닫게 된다. 그 일례를 성의 축조에서 찾아낸 것이다. 성은 다 함께 공유할 수 있는 생활 공간으로서의 성축 조법이 있고, 한 사람의 권위와 안위만을 위해 축조될 수도 있다.

일본 역시 애초에 성의 축조 기술을 전수해 간 것은 당나라 성을 본받아 만들었다. 가장 오래 된 성의 하나인 나니와 도성같은 경우는 당나라 장안성을 그대로 본받아 만들었다. 그리고 고고이시성은 한국의 성을 본받아 만들었다.

이때쯤만 해도 성 안에는 백성들이 살 터전이 있었고 성주 한 사람만을 위한 천수각 같은 것이 우뚝 올라가지는 않았다. 그러던 것이 일본 통일이 이루어지는 과정에서 군웅할거 시대가 연출되고 서로의 힘을 과시하기 시작하면서 경쟁적으로 성을 높이 쌓고 천수각을 드높이기에 이르렀다.

소서행장은 작금의 이런 사태를 불만스러워하고 있는 것이다. 그는 언제부터인지 사람 위에 사람 없고 사람 밑에 사람 없다는 생각을 하게 되었다. 천주교를 알기 시작하면서부터의 변화였다.

'천지는 하느님이 창조하셨고, 인간은 그 피조물입니다.'

피조물은 누구나 할 것없이 하느님 앞에 동등하다. 군주도 영주도 백성도 모두 그의 앞에서는 똑같은 피조물에 지나지 않는다.

그에게 천주의 교리를 가르쳐 준 앙드레는 늘 그에게 사람 위에 사람 없고 사람 밑에 사람 없다는 평등사상을 역설해 왔다.

일본에 기독교를 처음 들여놓은 사람은 하비에르라는 포교사로부터다. 일찌감치 서양과 문물 교류를 가져온 일본으로서는 저들과의 무역을 하다보니 자연스럽게 그 종교도 받아들여졌다. 하여 수십만 명에 이르는 '키리스탄'이 생겨났다.

키리스탄이라고 불리우는 기독교인들, 즉 크리스챤들은 십계명을 배우고 예수의 보혈의 능력을 믿게 되었다. 이미 신앙심이 깊어진 신도들은 전쟁을 기피해 일신을 숨길 정도로 살상을 회피했다.

그러다보니 이들은 전쟁의 살육과 영주의 집권을 위한 권력에 희생당하는 일반 민생들이 불쌍하게까지 보이기 시작한 것이다. 일대 사고의 변환이라고나 할까? 소서행장이 지금 느끼고 있는 문제도 바로 그러한 맥락에서 풀이가 되어져야 할 것이다. 기독교적인 사랑. 그러나 종의지는 아직 장인영감의 이러한 속내를 알 리가 없다.

보통문을 지나 대동관 앞에 섰을 때 종의지는 이렇게 말했다.

"조선왕의 목을 베어다가 저 호야나무 위에 걸었으면 딱 맞겠습니다."

마침 오래 된 고목이 한 그루 서 있었는데, 큰 가지가 길 위로 늘어져 있어 그네를 매었던 흔적이 그대로 남아 있었다.

"사람의 목이 그렇게 가벼워 보이느냐?"

피조물인 인간은 조물주가 만들어 놓은 그 어떤 생명도 함부로 죽일 수 없다. 더군다나 자기 형상을 그대로 본따서 만들었다는 인간의 목숨은 그 무엇과도 바꿀 수 없는 귀한 것이다. 심지어는 자기 목숨까지도 함부로 버려서는 안 된다. 그 때문에 그는 일본에서는 엄격한 규율처럼 돼 있는 할복자결을 반대했다. 그러한 그에게 사위의 말은 한심하기 짝이 없는 말이 아닐 수 없었다.

그러나 그는 입을 다물고 참는다.

한성을 함락한 후 가등청정과 흑전장정을 회동한 적이 있었다.

조선 침공 이후 세 장수들이 한 자리에서 만나기는 처음 있는 일이었다. 작전회의가 시작되었고, 그간의 작고 큰 전투에서 이기고 진자들에 대한 상벌을 상론할 때였는데, 갑자기 가등청정이 휘하 부하를 불러 꿇어앉혀 놓고선 할복 명령을 내렸다.

"너는 네 죄를 알렸다?"

"합!"

"그러면 할복하라."

"......"

갑자기 내려진 할복 명령에 군졸을 얼굴이 새파랗게 질려 사색이 된다. 지휘관은 전쟁에서 부하의 생사여탈권을 가지고 있다. 그렇지만, 그런 일을 다른 지휘관들이 있는 앞에서 행한다는 것은 주변 사람들을 무시한 처사라 아니할 수 없다.

"그런 일이라면 나중에 우리가 돌아가고 나서라도 할 수 있지 않겠소?"

소서행장이 그 일을 나중으로 미뤘으면 좋겠다고 말하였다.

"그러시지요. 아직 회의도 끝나지 않았는데 피를 본다는 건…"

흑전장정 역시 할복 명령은 작전회의가 끝나고 내리는 것이 좋겠다고 하였다.

"왜요? 말로만 듣던 키리시탄의 동정심이 발동하신 건가요?"

가등청정은 일부러 소서행장의 면전에 큰 소리를 쳤다. 두 사람은 서로 우위를 가릴 수 없을 정도의 지위를 가진 지휘관들이다. 소서행장이 풍신수길의 오른팔 격인 가신이라면 가등청정은 바로 그 풍신수길의 집안 일족이 아닌가?

이 두 사람의 눈에 보이지 않는 알력이 이런 자리를 통하여 가시화되고 있다는 것은 부하 지휘관들 앞에서의 세력 자랑이 아닐 수 없는 일이어서 보는 사람들의 간담을 서늘하게 하였다.

"그렇다면 두 분 청을 들어 내가 그 일을 빨리 끝내드리지요."

가등청정은 할복을 명했던 병졸의 목을 직접 칼을 들어 단칼에 날려 버렸다. 이를 본 소서행장은 저도 모르게 고개를 돌렸다.

"항간에 떠도는 소문이 거짓이 아니었구료?"

"소문이라니요?"

소서행장은 일부러 자신들의 면전에서 부하의 목을 치는 무례함을 서슴지 않는 가등청정에게 무섭게 쏘아부친다.

"조선 사람들이 모두 당신을 보고 악귀 기요사마라는 부른다는 사실을 알고 있소?"

"하하하핫…"

가등청정은 크게 한바탕 웃고 나서는,

"그뿐입니까, 어디… 이 사람을 보면 뱃 속에 든 아이들까지 뛰쳐 나온다고 합디다. 더 무서운 이야기가 하나 있죠. 가토 기요사마가 지나간 길에는 풀뿌리 하나 안 나지만, 고니시 유키나가가 머문 자리에는 예배당이 하나씩 생겨 난다더군요."

그렇게 동정심이 많아서 어떻게 전쟁을 수행하겠느냔 힐책이다.

"이 문제는 본국에 가서 따질 일이겠지만요."

언중유골이다. 돌아가서 이 문제를 풍신수길 앞에서 보고하겠다는 이야기가 아닌가? 그러기 위해 일부러 부하에게 할복을 명했던 것이라면? 이건 은연 중에 소서행장 자기를 겨냥한 시위라는 의도적인 행동이 아닌가?

한양 회합 이후 소서행장은 은근히 이 문제가 불안하다. 가등청정이라면 물불을 가리지 않고 무슨 일이든지 저지를 수 있는 작자가 아닌가.

여기까지 와서 서열 다툼이라니? 아무리 먹고 먹히는 세상이라지만 남의 나라 전쟁터에 와서까지 서로 으르렁거리며 약점을 후벼 파는 일 따위를 해서야? 그렇다고 신념과 소신을 굽히고 양민을 학살하고 아무 데서나 방화와 약탈을 자행하는 야만적 행위는 더군다나 없어야 할 일 아닌가?

이래저래 심기가 불편한 소서행장에게 있어 막무가내로 내뱉는 사위의 말은 더욱 심기를 어지럽힐 뿐이었다.

'차라리 조선 정벌을 질질 끌 수만 있다면…'

그는 엉뚱한 생각을 해본다. 돌아가면 반드시 문책성 인사가 단행될 것이 뻔하다. 그걸 만회하려면 가등청정보다 더 악독한 면모를 보여야 한다. 아니면 누가 보아도 인정할 만한 더 큰 공훈이 필요하다. 그런데도 사위 종의지가 조선왕의 목을 저 나뭇가지에 매달았으면 했을 때 순간적으로 소름이 쫙 끼쳤던 것은 웬일이었을까?

사위는 아마 조선왕의 목을 직접 갖다 바치는 길만이 한양에서의 그 실수를 만회할 수 있는 길이라 생각했던 모양인데, 소서행장은 그걸 실수라 생각하고 있지 않았다. 당연히 그랬어야 할 일을 했다고 생각하는 그였다.

함께 길을 가고 있으면서도 두 사람의 생각은 이렇게 달랐다.

"저기 저게 뭡니까?"

소서행장은 종의지가 가리키는 어떤 집안을 들여다보았다. 그러면서 저도 모르게 그 집 안으로 발길을 들여놓는다.

때마침 하얀 소복을 하고 소지를 올리는 여인이 있었다. 하필 이러한 때 소복을 입고 소지를 올리다니?

"무얼하는 거요?"

이렇게 물어도 여인은 아무 소리도 않고 정성스레 문종이를 불에 태워 그 사뤄진 재를 두 손으로 받아 하늘로 띄어 올리는 일을 되풀이하고 있다.

"무얼하고 있느냐 묻질 않소?"

통변인이 나서서 다그친다.

"남편이 죽어서…"

여인은 떨리는 목소리로 저간의 사정을 간단히 여쭙는다.

"죽은 남편의 시신을 거두어 묻어주지는 못할 망정 이렇게라도 해서 불쌍한 영혼이 하늘 가는 길을 열어주려고 하는 거라오."

통변이 그대로 고한다.

"아낙네의 남편이 왜 죽었다는가?"

"남편이 왜 죽었냐고 묻고 있소."

여인의 말은 이렇다. 간밤에 느닷없이 천지개벽하는 소리가 나더니 갑자기 집안의 벽이 무너져 내리고 지붕이 뚫어지며 별들이 쏟아져 들어왔다는 것이었다. 그때 시뻘건 불덩이도 함께 들어왔는데, 그게 남편을 죽게 했다는 것이다.

"아마도 포탄에 맞아 죽은 듯합니다."

통변이 제 멋대로 사건의 진상을 요약해서 설명했다.

"그런데 저 아낙은 왜 도망을 가지 않고 그대로 남아 있다는 게 냐?"

통변이 묻는다. '다른 사람들과 같이 피난을 가지 않고 여기 남아 있는 게요?' 여인이 답한다. '하늘처럼 믿고 따르던 남편이 죽었는데 어디로 피신을 간단 말인가? 이제는 더 이상 갈 곳이 없다. 지금까지 한평생 남편이 지어주는 밥을 먹고 살아왔는데, 이제 짝 잃은 외기러기 신세가 되어 어디로 가서 누굴 믿고 살겠느냐'는 것이다.

자세히 보니 아낙은 타고난 앉은뱅이에다가 한쪽 눈마저 잃은 애꾸눈이었다. 그러니 평생 동안 남편이 지어주는 밥을 먹고 누워 지냈다는 말이 옳은 듯하다.

저러한 아낙의 남편을 향하여 포탄을 퍼부었다니… 그게 아무리 전쟁의 양상이라 할지라도 너무 했다는 생각이 드는 소서행장이었다.

"저 아낙의 남편을 장사 지내도록 도와주어라. 저 몸으로 어떻게 시신을 거두겠느냐?"

종의지는 요즘 들어 장인영감의 행동이 부쩍 의심스럽기 시작한다. 이 책임을 어떻게 다 감당할꼬? 전쟁이 끝나고 돌아가면 제장들에 대한 평가가 있을 것이고 틀림없이 이러한 행동들은 누군가의 입을 통해 보고가 될 것이다.

"이건 결코 바람직한 행동이 못돼."

종의지는 이러한 행동은 결코 좋은 평가를 받을 수 없는 일이라 생각했다. 그렇다고 장인어른을 고변할 수도 없는 노릇이고 보면 속이 타서 견딜 수가 없다. 누가 뭐래도 장인어른의 후광을 입고 여기까지 왔는데, 이런 사사로운 일로 장인어른의 명예에 한 점 오점이라도 생긴다면 출세 길에 지장이 있을 수도 있다.

이러한 젊은 사위의 심중을 꿰뚫어 본 듯 소서행장이 말했다.

"무조건 적을 많이 죽인다고 승리가 오는 건 아니다. 진정한 승리는 승복을 받아야 하는 거란다."

승복을 받는 방법에는 사랑을 베푸는 방법이 있다. 슬픔에 잠긴 패배자를 위안해 주고 저들의 편의를 봐준다면 저절로 고개를 숙이고 들어온다. 상처 입은 짐승을 쓸어주면 나중에 그를 따르지만 내치면 영영 말을 듣지 않는 것과 같단다.

"말을 듣지 않는 점령지는 소용이 없는 거다."

일단 점령을 했다고 해서 전쟁에 이기는 것이 아니라는 말이다. 그걸 다스릴 수 있을 때 진정한 승리가 있는 것이다. 전쟁에 패하고서도 나중에 고개를 빳빳이 쳐들고 다시 일어서는 경우는 얼마든지 있다. 이에 대한 재정비에 드는 경비는 애초 전쟁에 소요되는 경비보다 더 많이 든다.

"전쟁은 전쟁 그 자체보다 복구비가 더 많이 드는 법이다. 물질적인 건 그렇다치더라도 한 번 돌아선 사람들의 마음은 돌이킬 수 없는 거야. 민심을 수습하지 않으면 이긴 전쟁도 이겼다고 말할 수 없다.”

종의지는 도대체 이러한 장인어른의 전쟁철학에 대해서 동의할 수가 없었다. 그러나 이러한 일련의 사태에 대한 반응은 금방 일어났다.

소서행장 일행이 성을 순시하고 있는 동안에 또다른 청이 하나 들어왔던 것이다.

“어떤 사람이 쓰러진 기둥뿌리에 깔려 죽게 되었는데, 그걸 좀 꺼내 달랍니다.”

소서행장은 즉시 저들을 도와줄 것을 명하였다. 그러면서 이렇게 말한다.

“평양성은 이미 우리 것이나 다름없다.”

점령지의 백성들이 점령자에게 구원을 요청한다는 것은 이미 저들을 믿고 따르겠다는 복종 의사가 있는 것이라고 말하였다. 작은 온정이 저들을 감복시켰다는 이야기가 될 것이다.

“그렇게 되면 아무 걱정할 것 없는 게야.”

소서행장은 왜 기독교에서 사랑을 강조하는 지 그 참뜻을 이제야 알 것 같아 가슴이 뿌듯하다. 기독교에서는 왼쪽 뺨을 때리거든 오른쪽 뺨도 내주라고 가르치고 있다.

그러나 종의지는 적진에 들어와 전쟁을 치르고 있는 지휘관이 이 따위 사소한 일로 가슴의 동요를 느끼다니, 이럴 수는 없는 일이라고

한 마디쯤은 하고 싶었다.

"아버님, 제 생각으로는…"

종의지가 입을 열다가 머뭇거리는 것을 보고 소서행장이 미리 그 말을 가로챘다.

"적진에 들어와 이런 온정을 베풀 필요가 없다? 이 말이 하고 싶은 게지?"

상대의 마음 저 밑바닥까지 훤히 꿰뚫어 보는 혜안이다. 종의지는 정말로 저 영감이 독심술이라도 하고 있나 싶었다. 무슨 말이건 하기 이전에 이미 그 심중을 꿰뚫어 보고 있질 않은가? 이럴 때 굳이 아니라고 발뺌을 할 필요는 없을 것이다.

"네. 아버님께서는 너무 온정을 베푸시는 것 같아서 걱정입니다."

"사랑에는 지나침이 없다. 저들도 사람이 아니더냐?"

소서행장은 아무리 적진이라 할지라도 싸우는 군인이 아닌 이상 죽일 필요는 없다는 지론이다. 전쟁이 끝나고 나면 민간인들은 곧 이쪽의 주민도 될 수 있다는 이론을 또 펼쳐놓는다. 이미 몇 번째나 들어온 이야기다.

"그렇다면 전쟁은 왜 합니까?"

"너는 전쟁이 땅만을 빼앗기 위해서 한다고 생각하느냐? 그렇다면, 차라리 무인도를 가서 점령하는 편이 쉽지 않을까?"

여기서 종의지는 말문이 막힌다.

"전쟁의 목적은 자원을 확보하는데 있다. 자원 중에 가장 중요한 자원은 사람이다."

소서행장은 이번 전쟁의 목적 중 하나로 조선의 인적 자원 확보를 꼽는다.

"조선 사람들 중에는 이미 저 광활한 대륙의 문화와 기술을 익힌 기능공들이 많다. 그리고 해박한 지식을 가진 학자들도 적지 않다. 이들을 찾아내어 우리 일본으로 데려가 일본 문화를 꽃 피우자는 것이 이 전쟁 목적 중의 하나다. 다행히 전쟁이 승리로 끝나 이 나라 이 백성들을 복속시킨다면 별문제가 없겠지만, 전쟁이 불리하면 저들만이라도 잡아가야 한다. 그게 이번 전쟁의 목적인 게야."

소서행장은 이번 전쟁의 진짜 목적을 설명하고 있다. 일본열도를 통일 시킨 풍신수길은 일본에도 문화의 꽃을 피워야겠다는 야멸 찬 꿈을 꾸기 시작한 것이다. 그러자면 지적 자원이 필요하다. 그걸 메울 수 있는 곳은 조선이다.

마침 일본열도를 통일시킨 막강한 군대가 놀고 있어 그 힘으로 조선을 쳐부수고 대륙 진출에 성공하면 그보다 더 좋을 수가 없지만, 설사 전쟁에 실패한다 해도 지적 소유자들이나 기능공들 만은 마음껏 잡아올 수 있는 일거양득의 기회가 되는 것이다.

"그뿐만이 아니라, 이미 조성돼 있는 조선의 각종 문화재를 가져가서 일본을 꾸미는 거다."

"일본을 꾸며요?"

"일본은 이제 조선의 각종 보물로 빛나게 될 것이다. 이게 우리 도요토미 히데요시님의 꿈이야. 지금까지의 전쟁으로 황폐화된 일본 열도를 온통 값진 보물로 치장하는 거지."

종의지는 전쟁을 일으킨 목적이 겨우 이거냐 싶어 실망한다.

"그게 전쟁의 목적이라고는 믿어지지 않아요."

"물론 그게 전부는 아니지. 사나이라면 모름지기 천하를 통일해 보고 싶은 야망이 있는 게지. 이제 섬나라 일본만 가지고는 부족한 건 사실이야."

허지만, 그건 헛된 꿈일 수도 있다고 말하는 소서행장이다. 그는 이미 대륙의 입김을 알고 있다. 조선왕이 의주로 피신을 했다면, 그건 틀림없이 명나라의 지원을 구하겠다는 뜻이고, 명나라는 대군을 보내 조선을 도울 것이다. 그렇다면 일이 어떻게 될까? 하루 아침에 끝날 전쟁은 아니다.

"전쟁이 오래 가면 주민들의 도움이 절대적으로 필요한 게야. 군대만 가지고 전쟁에 이기는 건 아니지."

전쟁을 치르자면 수많은 인력이 필요하다. 거기 절대적인 영향을 미치는 것은 현지인들의 힘이다. 저들이 일을 거부하고 비협조적으로 나온다면 장기전을 치를 수 없다. 일부 압력에 의해서 협조를 하는 척 하면서도 적군과 밀통을 한다면 안팎으로 적을 가지는 셈이 되고 만다. 이미 적군인 이상 아무리 잘해 줘도 적은 적일 수밖에 없지만 증오와 복수심을 가지고 대하는 적과 그저 무덤덤한 상태로서의 적은 다르다.

"적에 대한 적개심을 길러주지 않는 것만으로도 인심을 얻는 거다. 민심은 어떤 무기보다 강하다."

소서행장은 이미 많은 전투 경험에서 주민의 협조가 얼마만큼 필요한가에 대해서 잘 알고 있었다.

"어떻게 적에게 적개심을 갖지 않을 수 있습니까?"

"세계를 재패하려고 했던 징기스칸은 자기를 죽이려 했던 적군의 목을 치는 대신 혀를 잘라 버리고 목숨을 살려준 일이 있었지. 그런데 그 자가 후일 징기스칸을 사지에서 구해 주고 대신 죽는 용맹스런 충정을 보여준 일이 있어."

"그건 영웅을 높이기 위한 한낱 이야기가 아닙니까?"

"그럴 수도 있겠지. 그렇다고 거기서 얻어지는 교훈은 없을까?"

소서행장은 끝내 바락바락 우기고 대드는 사위의 성질머리에 역정을 낼 법도 하건만 차근차근 이야기를 받아준다. 이렇게라도 해서 딸의 장래를 짊어진 젊은이를 키워주고 싶은 것이다.

비록 정략적인 결혼을 시키긴 했지만 생각해 보면 깨물어 안 아픈 손가락이 어디 있으며 귀엽지 않은 자식이 어디 있을 것인가? 더군다나 딸아이 마리아는 금이야 옥이야 키운 여식이다. 그 여식을 책임지고 있는 사위라면 아무리 어리석고 역겨운 데가 있어도 잘 대해 줘야 한다. 그게 결국 딸애에게로 돌아갈 사랑의 몫이 될 것이기 때문이다.

이번 전쟁을 치르면서 소서행장은 일부러 종의지를 휘하 부관으로 임명하여 일거수일투족을 함께 하고 있다. 무언가 가르쳐 주고 싶은 게 있었기 때문이다.

"봐라, 포격을 가하지 않은 게 오히려 잘된 일이지."

소서행장은 혼잣말 비슷하게 이렇게 되뇌며 전투 참모를 불러 이렇게 명한다. 마침 3번대 주장 송포진신이 소서행장을 수행하고 있던 중이었다.

"틀림없이 적들은 이 거리를 활보하며 쳐들어올 것이다. 그러면 우리 보병들은 민가에 숨어 잠복을 하고 있다가 일시에 시가전을 펼친다."

성 안의 집들이 파괴되지 않고 고스란히 있는 것을 보면 적군은 왜군의 힘이 거기까지 미치지 못해 불태우지 못했다고 마음놓고 깊숙히 밀고들어올 테고, 그때를 노려 일격을 가하자는 작전이었다.

"성문은 활짝 열어놓고 말입니까?"

"성문을 걸어 닫고 싸울 필요가 없는 싸움이다. 우리는 이미 대동강 건너편에 주력부대를 두고 있고 또 어랑산성에 포진해 있음으로 사방에서 적들을 에워쌀 수 있는 유리한 고지를 확보하고 있질 않은가? 굳이 성을 사수할 작전이 필요 없다고 생각하는데 그대의 생각은 어떤가?"

"합! 옳은 말씀이옵니다."

3번대 주장 송포진신의 답이다.

"그렇다면 밤중에 몰래 소총부대를 잠입시키게. 성 안의 사람들이 알아서는 안 되네. 이번 전투는 시가전이 될 것이야."

"합! 알겠습니다."

소총부대는 이미 동에 번쩍 서에 번쩍 그 화력을 인정받고 있는 천하무적으로 알려져 있는 만큼 이번 평양성 방어에도 소총부대를 활용하자는 게 소서행장의 작전이었다.

"소총수 하나에 칼 하나를 붙여라."

아무리 소총의 위력이 강하다 해도 총알을 재는 틈에 달려드는 놈이 있어서는 안 되겠기에 소총수와 보병을 함께 이인일조를 만들라는 명령이다. 실로 완벽한 작전 구상이었다. 대개 소총수는 소총수대로 창칼을 든 보병은 보병대로 따로 편을 구성하는 것이 통례이나 지역적 특성을 고려해서 칼을 든 자와 총을 든 자를 하나로 묶어놓자는 병법이다.

시가전의 경우는 적과의 거리가 너무 짧기 때문에 적의 숫자가 많을 경우에는 총도 소용이 없어진다. 백병전에도 대비를 해야겠기 때문이다. 소서행장같이 백전노장이면 이미 앞일을 훤히 내다보고 있다. 그게 전술이다. 전술을 잘 짜야 승리할 수 있는 법이다.

"작전에 차질이 없도록 철저히 준비를 하라."

"합!"

이 무렵 명나라에서는 요동 부총병 조승훈으로 하여금 정병 3천 명을 거느리고 조선 침공을 한 왜구를 무찌르도록 긴급 명령을 하달하였다.

"하룻강아지 범 무서운 줄 모르고…"

성미 급한 조승훈은 단숨에 압록강을 건너 평양성을 향해 돌진해 들어갔다. 장마철이라 땅이 미끄럽고 물이 불어 행군에 어려움이 따랐지만, 조승훈은 강행군을 멈추지 않았다.

마침 척후장으로 내보낸 순안 군수 황원이 도원수 김명원에게 보낸 급보에 의하면 왜군은 이미 한성으로 그 주력부대를 옮겨 갔으며 성

안에 남아 있는 병사들은 얼마 안 된다는 보고였고, 웬 여인이 성 위에 올라 하는 말이 자기가 쳐들어오라 할 때 쳐들어오면 반드시 성공할 것이라 하였다 한다.

"그러니 밀고 들어가기만 하면 이긴단 말이 아니냐?"

부총병 조승훈은 김명원의 보고를 받고는 더욱 의기양양하여 큰소리 쳤다.

"가자! 왜구가 다 도망가고 나면 누구와 싸우겠느냐?"

김명원도 관군과 의병을 합해 3천 명의 군사를 이끌고 이들을 도왔다. 이들은 의주에서 순안으로 옮겨오는 도중 군대를 연합부대로 재편성하였다.

"각 초마다 조선군 1백 명씩을 붙여라."

한 초哨는 1백 11명으로 짜여진 제식으로 요즘 군대 편성으로 친다면 1개 중대와 같은 규모가 되는 셈이다. 지리를 잘 아는 조선군과 명군을 합한 연합부대로 재편성한 것이다. 물론 이를 총지휘하는 통수권은 요동 부총병 조승훈이었다. 아마도 통수권을 확보하기 위하여 단일 체제를 임시로 급조했는지도 모른다.

부대를 재편성하고 나니 이미 한밤중이 되었다.

"밤이 야심한데 이대로 계속 진군을 하시겠습니까?"

야영을 하고 날이 밝는 대로 적진의 동향을 살펴가며 진군을 하자는 의견이 나왔다.

그러나 이대로 진군을 계속해 평양성에서 아침을 먹자는 부장들도 있었다. 이미 평양성이 눈앞이라면 그대로 진격을 하자는 의견이 우세했다.

"적을 눈앞에 두고 쉬다니요? 이대로 진군해 아침을 평양성에서 먹읍시다."

"그래도 적의 동태를 살피는 게…"

"적이랄 게 뭐 있소? 이미 한성을 향해 주력부대가 빠져나갔다면 단칼에 베어 버리지, 뭐 꾸물거릴게 있어요?"

마침 진중에 점괘를 잘 본다는 점성술사가 있어 그에게 물어보기로 했다.

"왕만자한테 물어서 결정하기로 합시다."

"그래요? 그럽시다."

조선군의 총사령관 격인 김명원은 도대체 뭘 하는 짓거리인가 싶기도 하였지만, 저들이 하는 대로 지켜볼 수밖에 별 도리가 없었다. 이미 지휘권이 넘어간 탓도 있었지만 자신으로서는 어떻게 왜구를 감당할 재간이 없었기 때문이다. 이미 왜구의 조총 앞에 무참히 쓰러져가는 전투 경험을 한 바 있는 그로서는 저들의 힘만 믿는 수밖에 없다는 것을 잘 알고 있었다.

"왕만자가 17일 오늘이 길일이라 하였다. 그러니 더 이상 지체말고 따르라."

조승훈은 더욱 의기충천하여 말을 몰아 내달렸다. 뒤따르는 보병들은 흙탕을 뒤집어 쓰면서도 그 뒤를 따랐다. 저들의 전투 방식은 전투에서 노획한 일정량을 노획자에게 넘겨주기 때문에 그 이득을 위해서는 목숨을 거는 것이 상례다. 그러니 흙탕물이 문제랴? 이날을 기다린지 얼마만인가? 죽을 둥 살 둥 모르고 내달려도 도무지 지칠 줄을 모른다.

평양성 앞에 다다르니 아침해가 붉으스레 솟아오르고 있었다.

이미 기다렸다는 듯 성 위에 한 여인이 흰 수건을 쓰고 아래를 향해 외친다.

"성문은 열려 있고 왜구들은 다 돌아갔어요."

과연 성문은 열려 있었다.

"저 여자의 말을 믿어도 될까요?"

"믿고 안 믿고가 어디 있소? 성문을 열어놓고 적군을 맞아 싸우는 군대도 있소이까?"

명나라 군사들은 새 부대편성에 따라 짝지워진 조선 군사들을 제쳐 놓고 서로 먼저 입성하려고 야단들이다.

"빨리 들어가란 말야."

"빨리…"

저들은 큰소리로 지껄여대며 성 안으로 들어섰다.

"이놈들이 이 유격장 사유가 겁이 나서 미리 도망쳐 버린 게로군? 핫, 하하하핫."

제일 먼저 선봉장으로 입성한 유격장 사유는 말 위에 높이 앉아 칼집에서 칼 한 번 뽑지 않고 성을 점령했다는 흥분을 갈아 앉히지 못하고 큰소리로 웃었다.

"달려라, 달려…"

그는 보병들보다 몇 간이나 앞서 홀로 성 안을 향하여 질주를 하였다. 기병 몇이서 그를 뒤따르는 듯했지만 민가가 밀집해 있는 시가지에 들어서자 각기 흩어져 노획물을 챙기기에 바빴다.

"이눔들아! 싸움은 않고 어디로 다 도망 가 버린 게냐?"

그러나 그는 갑자기 히히힝거리며 전투마 칼바람이 발길을 머뭇거리는 것을 보고는 뭔가 이상하다는 낌새를 차려 말고삐를 바투 잡아당겼다.

"워어! 워, 무슨 일이냐. 칼바람…"

그는 '칼바람'이라고 부르는 이 말의 육감을 믿는 애마가였다.

"공격하라. 매복이다."

바로 이 순간을 기다리고 있던 조총이 일제히 불을 뿜으며 화약연기를 올리기 시작했다.

"와아!"

여기 저기서 함성이 치솟고 총과 칼이 한 조가 되어 민가의 벽 뒤에 숨어서 기다리던 왜군들은 총이 쓰러뜨리면 칼로 베고, 칼이 찔러 놓으면 총으로 쏘고 골목 집집마다에서 밀물이 쏟아지듯 터져나왔다.

말을 탄 기병은 좁은 골목이라 뛸 수도 내릴 수도 없는 엉거주춤한 자세로 말잔등에서 힘없이 미끄러져 내리는 광경을 연출해 냈고, 보병들은 보병들대로 참혹한 죽음을 맞을 수밖에 없었다. 이미 성 안으로 들어온 조명연합군은 일시에 피바다를 이룬 골목길을 시신으로 가득 메울 수밖에 없는 참패를 당하고 말았다.

이 와중에서도 저만큼 뒤따라오던 유격장 사유는 대도를 뽑아들고 조총을 겨누고 있는 조총수의 목을 한 칼에 베어 날린다.

그러기를 수차례 거듭하였으나 아무리 날쌘 장수라 할지라도 먼 데서 날아오는 탄환 앞에서는 어쩔 수 없어 말에서 떨어지고 만다. 이를 지켜보던 유격장 제조승과 천총 장국충이 크게 노하여 일갈하며 말을 휘달리며 좌충우돌 장창과 탁을 휘두른다.

"이놈들…"

그러나 제조승이 내리친 장창은 몇 급을 베지 못하여 죽으면서까지 창날을 잡고 놔주지 않는 왜구 때문에 창자루를 놓고 칼을 뽑아 휘두를 수밖에 없었고, 장국충의 탁 역시 그 쇠줄을 잡고 늘어지는 병사에 의해 힘을 못 쓰고 만다. 이 틈을 타 조총의 탄환이 이들의 갑옷을 뚫었다.

이로써 이들의 사기는 삽시간에 땅바닥에 떨어졌고 뒤이어 입성한 부총병 조승훈은 혼비백산하여 달아나지 않을 수 없었다. 때마침 성안으로 들어서려는데, 머리에 귀신탈을 쓰고 사자옷을 입은 커다란 괴물이 앞을 가로막는 바람에 말이 놀라면서 제 맘대로 달려버린 것이다.

"이럴 수가…"

그는 달아나면서도 '이럴 수가…'를 연발했다. 전투라면 의례 적과 얼굴을 마주 대고 힘과 힘의 대결로 이기고 지고를 가리던 대륙식과는 달리 온갖 은폐와 간교로 적을 기만하는 섬나라 식하고는 그 양상 자체가 전혀 다르다는 것을 그는 꿈에도 상상치 못했던 것이다.

전쟁에서 상대의 눈을 속이는 매복 작전이나 기만술 같은 것은 있을지언정 귀신탈을 쓰고 말을 놀라게 하는 그런 작전은 있을 수 없다고 생각한 것이다.

"순 야만인들 같으니라고…"

부상당한 몸을 이끌고 끝까지 조승훈과 퇴각을 같이 하던 천총 마세륭이 미쳐 날뛰는 말에서 떨어져 죽으면서 마지막 내뱉은 말이었다.

"전투는 그렇게 하는 게 아닌데…"

어떻게 하던 간에 승리만 하면 되는 게 아닌가? 소서행장은 아무런 피해도 입지 않고 적을 섬멸할 수 있었다. 적을 공격해서 성을 쳐부셔야 할 자가 오히려 튼튼하게 정비된 성 안에 앉아서 적을 기다렸다가 치는 격이니까 승리할 수밖에, 이것이 지략이다. 전쟁은 이기면 그만인 것이다.

소서행장은 겨우 목숨만 건져 달아난 조승훈의 뒤를 더 이상 쫓지 말라고 하였다.

"이미 완연한 승리를 거둔 이상 적군 패장 하나를 좇아서 뭘 하겠느냐?"

그런데도 조승훈은 지레 겁을 먹고 단숨에 압록강을 건너가 자기 나라로 돌아가 버렸다. 가서는 하는 말이 더욱 가관이다.

"조선놈은 믿을 게 못돼. 전쟁터에서 싸움도 하지 않고 모두 도망가 버리는 바람에 우리 명나라 군사만 다 죽었어."

명나라 조정에서는 이 말을 믿고 그 책임자를 즉시 문책하라는 불호령이 떨어졌다.

1차 평양성 탈환에 실패한 조정에서는 회의를 거듭하였다.

“그렇게 쉽게 당하다니요?”

“지금 당한 걸 탓할 때입니까? 누가 이 책임을 진답니까.”

이렇게 갑론을박하는 가운데 며칠이 지났다. 아무런 해결책이 서지 않는다. 전쟁에 패한 것은 고사하고 명나라의 문책이 더 시급한 문제로 대두되고 있는 판국이었다.

세월이 약이라 했던가? 며칠 지나는 사이 조승훈의 보고는 거짓이었음이 탄로가 났고 좋은 정보도 함께 들어왔다.

“그 동안의 정보에 의하면 왜군들의 활동은 거의 없는 것으로 드러났습니다. 달아나는 조승훈의 뒤를 좇지도 않았고 그 여세를 몰아 주변성들을 칠법도 한데, 성 안에만 틀어박혀 꼼짝 않는 것을 보면 전력을 잃은 것이 틀림없어 보입니다. 게다가 우연히 이긴 전투에 기고만장하여 기강이 해이해져 있다 하니 이때를 놓치지 않는 것이 좋을 듯합니다.”

이렇게 해서 제 2차 평양성 탈환 작전이 세워진다.

그러나 이 모든 것은 소서행장이 짜놓은 그물일뿐 8월 1일 감행된 평양성 탈환 작전도 수포로 돌아가고 말았다.

다만, 이날 혁혁한 전공을 올려 적장의 목을 베어 가지고 돌아온 김응서는 부하 장졸이 온몸에 화공을 받아 사기를 잃고 갈팡질팡 못하고 있을 때 ‘불타는 짚세기를 벗어 던지라’고 고함을 질러 창졸간에 정신을 잃고 우왕좌왕하던 부하를 살려 내고 그 자신도 불구덩이 속에 휩싸였다가 공격해 오는 적장의 말을 빼앗아 타고 사지를 벗어났다는 일화를 남겼다.

# 11. 승군의 깃발과 그늘에 핀 꽃

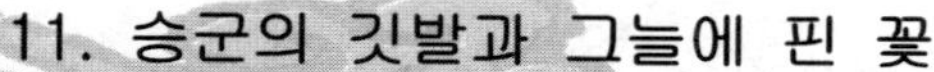

벌써 여름이 지나가고 있음인가? 매미소리가 더 한층 기승을 부리고 있다. 귓청이 떨어질 지경이다. 조용한 산골짜기라 그 소리가 더욱 차랑차랑하다.

"엄마, 나 가재잡기 싫어."

"가재잡기가 싫다니… 왜?"

인선은 기천의 흘러내린 머리칼을 쓸어 넘기며 이 어린 것이 얼마나 가재잡기에 지쳤으면 이런 말을 할까 싶어 안쓰럽다.

"우리 기천이 할아버지 좋아하지?"

"응."

"그러면 할아버지 아픈 거 싫지?"

"응."

"그러니까 얼른 가재를 잡아가야 할아버지 아픈 데 낫게 해주지."

"맨날 맨날 잡아가도 할아버지 아픈 데 낫지 않는데, 뭐…"

"아니야. 지금 할아버지 아픈 데는 거의 다 아물고 있어요. 기천이 가 매일 가재잡아 약해 준 덕분이라고 할아버지가 얼마나 좋아하시 는데."

자, 그러니 두 마리만 더 잡고 가자고 애원을 하는 인선이다.

할아버지 이수익은 치질이 창궐하여 운신도 못했다. 그러잖아도 치질로 고생하시던 분이 요즘 며칠 말을 타고 고모네 집을 왔다갔다 오르내리는 바람에 기어이 병이 도졌다. 어머니를 혼자 고모네 집에 두고 오기는 했지만, 모자라는 생활필수품을 거기 가서 조달해 와야 했기에 어쩔 수 없이 무리를 했던 것이다.

기천을 맡긴다고 절을 찾아오긴 했지만, 그러잖아도 넉넉잖은 절 살림에 두 몸을 함께 의지한다는 건 어려운 일이었다. 어려운 일일 뿐더러 생식을 하는 스님들처럼 먹고 살 수가 없는 두 부녀였다. 그래서 따로 양식을 조달해 오는 번거로움을 겪을 수밖에 없었다.

"치질에는 가재가 제일이다."

가재를 잡아서 불에 바짝 구워 그 가루를 환부에 바르라는 일월선사의 처방이었다. 일월선사의 조약은 허준과 비견될 만큼 그 효력이 뛰어나다. 이미 다른 의병들의 환우도 다 그의 처방으로 치유되고 있는 만큼 탁월한 비방이었다.

그러나 이수익의 치질만큼은 아무리 가재를 구워 꿀에 갠 가루를 발라도 차도가 없다. 인선은 석청을 따러 바위너설에 올라갔다가 하마터면 떨어져 죽을 뻔한 일도 있었지만, 아무 소리 안 하고 아버지의 조약을 짓는 일에 전심전력을 다 하고 있는 요즘이다. 그러니 애기가 보챈다고 가재잡는 일을 그만둘 리가 없다. 그러니 더욱 더 심사가 나는 기천이다.

"나 혼자 갈래…"

"갈 테면 가라지? 엄마는 가재 더 잡고 간다."

기천은 돌멩이를 하나 집어 인선이 앞에 있는 물웅덩이에 풍덩 하고 집어 던진다. 인선은 일부러 놀란 척하고 '어이구 깜짝이야' 하며 기천에게 물을 퍼 뒤집어 씌운다.

"하하하하… 놀랐지?"

그제서야 분이 좀 풀리는 기천이다.

"엄마를 그렇게 놀리는 애가 어디 있네?"

이럴 때를 대비해서 싸 갖고 온 주먹밥을 내미는 인선이다. 고사리 손을 내밀어 주먹밥을 받는 기천을 바라보며 인선의 눈에 이슬이 맺힌다. 웬일인지 요즘은 기천이만 보면 그저 눈물이 맺힌다.

"맛있제? 엄마가 싸준 주먹밥."

"으응, 엄마도 먹어."

"엄마는 배 안 고파. 기천이나 많이 먹고 어서 커."

인선은 오물오물 밥을 먹고 있는 기천의 곁에 가 앉으며 잡아서 꿰미에 꿴 가재들을 하나씩 하나씩 헤아려 본다.

"하나 둘 셋 넷 다섯…"

기천도 하나 둘 셋 넷… 따라 한다.

"우리 기천이 셈도 잘 하네? 하나에다 하나를 더 하면 얼마게?"

“둘…”

“둘에다 둘을 더 하면?”

“넷…”

“어이구, 우리 기천이 언제 이렇게 배웠지? 그러면 기천이 나이는 몇 살?”

“다섯 살. 나 셈하는 거 할아버지가 가르쳐 줬다. 이제 천자문 배울 거다.”

“그래? 야아, 기천이는 좋겠네. 할아버지가 글도 가르쳐 주고…”

“좋아. 엄마는 글 모르지?”

“글을 왜 몰라? 엄마도 천자문 배운 사람이다.”

두 모녀의 이러한 이야기를 저 만큼서 듣고 있던 일월선사는 일부러 헛기침을 크게 하고는 이들 곁으로 다가온다.

“어디 있나 했더니 여기들 있었구나?”

“네, 선사님… 그런데 선사님은 어딜 갔다 오세요?”

아침 공양 때도 그 모습을 못본 것 같다. 원래가 바람처럼 떠도는 분이시긴 했지만, 요즘은 잠시도 한 자리 앉아 있는 모습을 본 일이 없다.

“선사님…”

기천이 쪼르르 달려가 일월선사의 품에 안긴다. 아이가 저렇게 반기는 것을 보니 벌써 며칠 못 본 모양이다. 산에 들어오고부터는 날짜 가는 줄을 모르겠다.

“내 기천이 줄려고 영변장에 가서 엿 사왔다.”

일월선사는 매달리는 기천에게 종이에 돌돌 말은 엿을 꺼내준다.

"영변엘요?"

"내 거기 가서 누굴 만나고 오는 길인지 알겠니? 자세한 이야기는 들어가서 하기로 하고 자, 그만 들어가자."

일월선사는 무언가 몹시 급하다.

"우리는 할아버지 약 잡아야 되는데?"

"할아버지 약? 그 고약한 데 바르는 약?"

일월선사는 웃으면서 기천의 손을 잡아끈다.

"걱정마라. 할아버지 약 내가 구해 왔다. 이제 그 가재 같은 건 안 잡아도 된다. 천하 명의 허준이 지어준 약이 여기 있으니까, 그런 걱정은 안 해도 될 거다."

"허준을 만났어요? 그 어의라는 분을요?"

"그분뿐만 아니라, 왕세자님을 만났다."

"왕세자님을요?"

놀라는 인선을 두고 일월선사는 앞질러 승방을 향한다. 일찍이 이러한 일월선사의 모습을 본 일이 없는 인선이로서는 무슨 큰일이 일어난 것이 틀림없다고 짐작한다. 그렇지만 승방에까지 따라 들어갈 수는 없었다.

승방에는 큰스님이 계신다. 스님은 요즘 승군을 조직하고 저들을 지휘하는 일에 몰두하고 있다. 머잖아 큰 싸움을 할 준비를 하고 있기 때문에 누구나 함부로 얼씬거려 심기를 어지럽혀서는 안 되겠다 싶어 모든 절식구들이 그 앞에서는 행동거지를 특별히 조심하는 때라 들어가 무슨 일인지 알고 싶지만 참을 수밖에 없다.

더군다나 요즘은 각처에서 모인 승장들이 작전 회의 같은 걸 하기 때문에 아무나 기웃거릴 수 있는 곳이 아니었다.

"듣던 대로 소문이 사실이었습니다."

방 안으로 들어선 일월선사는 말로서 백 번 하는 것보다는 이미 필사해 온 교지를 내보이는 것이 빠르다 싶었는 지 방 한가운데다가 교지를 펼쳐 보인다.

"바로 이겁니다."

광해군 이훈.

그는 이러한 교지를 받았다.


끝이 보이지 않는 큰물을 건널 때처럼 배와 노를 마련하듯 해야 할 때이다. 쓰러진 나무에 싹이 트듯 다행히도 부탁할 적임자가 있도다. 이에 군국(軍國)의 권한을 맡겨 흥복(興復)하여 수습할 것을 기대하노라. 돌아보건대, 나는 변변찮은 덕으로 외람되게 큰 기업을 지키게 되었다. 새들이 장마가 오기 전에 보금자리를 정비하듯 적의 침략에 대비하여 밤새 걱정하였고, 썩은 새끼줄로 말을 몰듯 두려워하는 마음으로 백성들의 위험을 소홀히 하지 않았다.

그러나 해도(海島)의 추악한 오랑캐가 침략할 줄이야 어떻게 알았겠는가. 사람과 짐승의 천성이 다른 것은 생각하지도 못하였다. 처음에는 중국에 유감을 품고 하늘을 향해 활을 쏘려다가 끝내는 우리 나라에 화를 전가시켜 감히 입을 놀려 사람을 물었도다. 온 나라와 백성을 모두 유린하였고 갑작스럽게 도성까지 침입해 들어왔다. 칠묘(七廟)가 연기로 사라졌으니 폐허가 되어버린 것을 탄식함이 그지없고, 삼궁(三宮)이 별처럼 흩어져 피난의 어려움을 함께 겪게 되었다. 이미 신인(神人)의 분노가 극에 달했으니 원수에 대하여 와신상담하는 일을 잊을 수 있겠는가. 나라의 운세가 불행하여 이렇게 되었다 하더라도 이는 실로 나의 덕이 부족하고 사리에 어두워 그렇게 된 것이다. 윤대(輪臺)에서 나의 잘못을 간절히 뉘우쳤어도 백성들은 덕을 입지 못하였고, 봉천(奉天)에서 절실하게 자신을 허물했어도 그 말은 남을 감동시키지 못하였다. 고향으로 돌아가고 싶어 하는 백성들의 원망은 바야흐로 깊어가는데 깊은 못가에 선 듯한 두려움은 오히려 더할 뿐이다. 생각건대 주창의 중함이 아니면 나라를 중흥시키는 기대에 부응할 수가 없다.

　세자 이훈(李瑄)은 뛰어난 자질로 숙성(夙成)한 데다가 평소 인효(仁孝)로 알려졌다. 군하(群下)가 사랑하며 떠받드니 중흥하는 공을 돕기에 충분하고, 사방에서 은덕을 노래하며 모두들 우리 임금의 아들이라고 말을 한다. 왕위를 물려줄 계획이 오래 전에 결정되었으니 이제 군사를 총괄하는 명을 상고할 때이다. 이에 훈으로 하여금 임시로 국사를 섭리(攝理)하게 하여 모든 관직의 임명과 상벌 등의 일은 편의에 따라 스스로 결단하도록 하노라. 영무(靈武)에서의 의기(義旗)를 드니 건곤(乾坤)이 다시 열리는 것을 보겠고, 미앙궁(未央宮)에서 헌수(獻壽)하는 술을 마련하여 부자(父子)가 다시 즐길 때를 기대하노라. 각자 추대하는 마음을 가져 함께 태평의 업적을 이루도록 하라.

정부에서는 중외(中外)에 유시하여 모두 듣고서 알도록 하라. 이에
교시한다.


　"그렇다면 광해군이 왕이 된다는 이야기 아닙니까?"

　"그런 셈이지요."

　"그런 셈이지가 아니라 확실하게 그렇게 되었다는 것을 나타내기
위하여 이 교지를 필사해서 돌리는 것 아니겠습니까?"

　"그렇지요. 그게 바로 문제다 이겁니다."

　"그러니까 왕권으로 눌러서?"

　"꼭 왕권을 내세워서라기보다는 보다 더 강력한 결의를 나타내고자
하는 징표이겠지요."

　방 안은 심각한 분위기가 흐른다. 광해군이 굳이 이 교지까지 들이
밀며 승군의 보다 적극적인 참여를 독려한다는 것은 자발적인 구국일
념으로 싸움에 임하는 승군의 자의적 의사를 미리 압박하는 처사가
아닐 수 없다는 결론이다.

　"왜 지난 번 모병 때는 그런 말씀을 안 하셨지요?"

　"그러게 말입니다. 그게 문제라니까요. 아무래도 이제 우리 승병까
지 휘하에 넣고 주무르겠다는 속셈이 아닙니까?"

　"그렇게 속단할 일은 아닐 껩니다."

　"아니긴 뭐가 아닙니까? 벌써부터 권세를 휘두르자는 것이 눈에 보
이는데요."

　"그건 그렇게 생각할 일이 아니라니까요? 지금 당장 왕이 되었습니

까? 안 할 말로 지금 당장 왕이 승하를 한다치더라도 명조의 윤허
가 나야 보위에 오를 수 있는 일 아닙니까? 일국의 왕이 되는 일
이 그렇게 쉬운 게 아니올씨다.”

“상왕께서 이미 이렇게 교지를 내려서까지 분조를 명하고 왕위를
물려줄 계획을 그 전부터 오래 계획하였다고 하였으니 이거야 말
그대로 따논 당상 아닙니까?”

“따논 당상하고는 다릅니다. 이 문제는 절대로 누구 혼자서 결정할
문제가 아닙니다. 명나라 황제께서 윤허가 있어야 될 일이 올씨
다.”

“조선의 국왕이 이렇게 정했다는데 명나라 왕이 무엇 때문에 반대
를 하시겠습니까? 저들이 뭔데 감나라 배나라 하겠습니까.”

“왜 없습니까? 삼척동자라도 척하면 알 일을…”

“뭐가요?”

“광해군이 어디 그 자리에 오를 서열입니까? 임해군은 어쩌구요?
아무리 심약한 왕자라 할지라도 명실상부하게 장자가 엄연히 두 눈
을 뜨고 살아계시는데 차자가 왕위를 승계하다니요? 그게 어느 나
라 법이랍디까?”

딴은 그렇다. 듣고보니 무언가 잘못돼 있는 것 같기도 하다.

이렇듯 교지 문제를 두고 갑론을박하고 있는데도 큰스님은 두 눈을
감고 염주알만 굴리고 있다. 아무도 그의 그러한 함묵의 자세를 깨뜨
릴 수가 없다.

“조정 대사가 어떻게 돌아가든 우리가 상관할 바 아니잖소? 그러니

우리는 우리대로 나라를 위해 싸우면 되는 거 아닙니까?”

“그게 아니니까 문제죠.”

“그게 아니라면 뭐가 문제죠?”

“지금 왕세자께서는 우리 승군을 관군과 함께 묶어서 싸우게 하자는 것입니다. 승군끼리만 벌집을 쑤시듯 여기 쬐끔 저기 쬐끔 건드려 놓는 국지전 같은 싸움은 아무런 도움이 안 된다고 보는 거죠.”

“그분으로서야 당연히 그런 요구를 하실 겝니다. 특별히 큰 공을 세우지 못하면 명조에서 왕위 계승권을 따 내지 못할 것을 알고 계시다는 겁니다.”

비로소 큰스님이 입을 열었다.

이건 사실이다. 이미 분조를 승인해 달라는 청을 명나라에 넣었고, 명나라에선 어떻게 차자가 장자를 누르고 왕위에 오를 수 있는가? 난색을 표명한 일이 있다. 단 차자라 할지라도 혁혁하게 큰 공훈을 세워 민심을 얻는다면 다시 한 번 고려해 보겠노란 언질도 함께 있었던 것이다.

선조에게는 왕비 박씨가 있었으나 후사가 없이 세상을 떴다. 다행히 계비 김씨로부터 낳은 장자 임해군 이진과 차자 광해군 이훈을 비롯하여 밑으로 하원군 이정 하릉군 이인이 있었지만, 선조는 장자인 임해군 이진을 제쳐두고 광해군을 세자로 지목했던 것인데, 이는 앞으로 다가올 무수한 난관의 예고였던 것이다.

“어떻게 큰스님께서는 그런 일까지를 미리 알고 계십니까?”

아직 큰스님의 법력을 잘 모르는 새로 온 사람들이 많았다.

그러나 큰스님은 그에 대한 대답 대신에 이렇게 말했다.

"장차 그분은 이 나라 사직을 맡을 분이오. 그러나 그날은 아직 멀었소. 또한 이 전쟁 역시 길고도 지루한 나날이 될 것이오. 어떻게 하면 그때까지 살아남느냐가 중요한 사람도 있을 것이고, 어떻게 해서 그날을 조금이라도 앞당길 수 있을 것인가를 두고 걱정하는 사람도 있을 것이오."

이 무슨 선문답같은 소리인가?

이 화두를 던져놓고는 다시 입을 다문 큰스님을 대신해서 일월선사가 다음 말을 잇는다.

"지금 조선팔도에는 저마다 의병들이 일어나 싸우고 있소. 호남에 김천일과 고경명이, 경상도에 곽재우와 정인홍이, 충청도에 조헌과 영규, 경기도에 홍계남과 홍연수, 그리고 강원도에 우리 사명당이 있소."

그러면서 그는 광해군의 말을 이렇게 전한다.

"왕세자께서는 전국의 승려들이 힘을 합해 승군을 조직해서 싸워만 준다면 결코, 그 공로를 잊지 않겠다고 하셨소. 불교 중흥의 길이 여기 달렸다 해도 과언이 아닌 언질이셨소. 전쟁은 언젠가 반드시 끝날 날이 있겠지만, 전쟁 후 재건의 양상은 천차만별이 아니겠소?"

"그러면 우리는 그날을 위해서 싸워야 한다 이 말씀이신가요?"

"맹목적으로 두 주먹 쥐고 싸우는 것보다야 그런 약속이라도 받아

놓고 싸우는 편이 마음이 편해도 편하지 않겠소?"

큰스님이 다시 침묵을 깨뜨렸다.

"도탄에 빠진 중생들을 두고 무슨 중흥 운운이 있을 수 있겠소? 부처가 어디 절집 중흥을 위하여 그 머나 먼 고행의 길을 떠나셨답디까?"

도탄에 빠진 중생… 중생 구제는 어느 누구의 어깨에 명예를 더 얹어주는 일, 왕관 위에 왕관을 덧씌워 주는 일과 상관이 없는 일이다. 오로지 불쌍한 내 동족 내 이웃을 참화 속에서 구해 내는 일이다. 거기 무슨 속 좁은 계산이 있을 수 있을 것인가?

"위정자들은 본시 뭔가를 내세워 놓고 그걸 따먹기를 바라죠. 그래야 만이 자기 일을 했다고 생각하고 무언가 베풀었다고 자위하게 되는 겁니다. 그러니 우리는 그런 말에 현혹되지 말고 큰스님 말씀대로 도탄에 빠진 중생들을 구제하겠다는 자비심으로 이 환난을 극복해야 할 줄로 압니다."

"옳은 말씀입니다."

좌중은 금방 평정심으로 돌아가 아까 들었던 이야기들이며 얄팍한 계산같은 것들을 떨쳐 버린다.

나무관세음보살!

나무아미타불!

"우리의 적은 외부에 있는 것이 아니오. 외부의 적보다는 믿음이 적은 데서부터 생기는 내 마음 속의 적이 더 큰 적이오. 도탄에 빠진 대중을 위하여 싸운다는 각오가 없이는 그 어떤 싸움에서도 이

길 수 없는 법이오. 이게 바로 내 가족을 지키고 나아가 내 나라 내 민족을 지키는 길이오."

큰스님이 비로소 석장을 짚고 일어서 고고일성을 터뜨린다.

"지금 중요한 것은 누가 지휘권을 가지고 누구의 지휘에 따라 싸우느냐가 아니오. 스스로 모든 사람이 자기 자신을 지휘해야 하오. 스스로 지휘관이 되어 현명한 판단을 내려서 행동해야 한다는 말이오. 이제부터 스님들께서는 오로지 구국일념으로 싸울 각오를 다지시오."

대중들은 이 말이 무슨 뜻인지 잘 이해가 가지 않는다.

"왕이 누가 되든 왕을 위해 전쟁에 나아가는 것이 아니라, 내 이웃을 위해 싸운다고 생각들 하라는 말씀입니다. 부처님의 불국토에는 따로 정해진 나라가 없소. 오로지 내 이웃이 있을 뿐이오."

큰스님은 문 밖에 있는 사람들이 다 들을 정도로 쩌렁쩌렁한 소리로,

"그 싸움에는 내가 앞장 설 것이오."

하고는 석장을 내리치는지 쿵! 하는 소리가 들린다.

아무도 이 소리의 주인공이 이미 고희를 넘긴 노스님의 목소리라고는 생각하기 어려울 정도로 내공에 힘이 꽉 들어 찬 소리였다.

'이웃을 위해서 싸운다.' 자칫 잘못 생각하면 왕권을 부정하는 것 같기도 한 말이다. 그는 여기서 당쟁과 간신들에 둘러싸여 제대로 올바른 정치를 펴지 못한 왕에 대한 불만을 토로하고 있었는지도 모른다.

그는 이미 부정과 부패에 항거한 정여립의 모반에 가담했다는 죄명으로 옥살이를 한 억울함이 있다. 비록 모함이라는 게 드러나 풀려나기는 했지만, 그때의 부당함과 섭섭함이 아직도 남아 있을 수가 있다.

선조 임금은 옥에 갇힌 그를 불러 몇 가지 이야기를 나누어 보고는 확실히 큰스님인 걸 확인하고는 석방을 결정했었다. 그리고 그 억울함에 대한 보상이라도 하려는 듯 대나무 그림을 한 폭 그려 그 위에다가 이런 시를 써준 일이 있었다.

잎사귀는 붓끝에서 나왔고
그 뿌리는 땅에서 나지 않았네.
달이 비쳐도 그림자 볼 수 없고
바람이 불어도 소리 들리지 않는다.

큰스님 역시 즉석에서 이런 화답시를 써주었다.

소상의 한 가지 대나무가
임금님의 붓끝에서 나왔네.
산승의 향불 사르는 곳에
잎사귀마다 가을 소리 띄었고나.

이때의 후한 대접을 생각하면 왕을 미워하거나 원망할 아무런 이유가 없을 것이지만, 어찌하여 임군의 도리를 좀 더 굳건히 하지 못하여 이런 몽진의 고초까지를 치르어야 하십니까? 하는 원망의 염은 버릴 수가 없다. 이는 미움이라기보다는 측은지심일 수 있다. 이 측은지심이 곧 충정일 수도 있을 것이다.

어쨌거나 큰스님 청허는 자신이 몸소 승기를 앞세우고 출전할 의사를 밝혔다. 이미 나이 73세를 넘긴 노승의 몸으로서는 감당하기 어려운 일일텐데도 스스로 그 일을 자임하고 나선 것이다.

이 무렵 충청도에서는 기허당 영규가 승군을 이끌고 청주성을 도로 찾았다는 쾌보가 임금님이 계시는 의주 행재소로 날아들었다.

"승군이 청주성을 탈환했다고?"

왕은 관군도 의병도 아닌 승려들이 청주성을 탈환하였다는 소식을 접하고는 불현듯 떠오르는 한 인물을 찾았다.

"청허당이 어디 있는지 아는가?"

"청허당이라면…"

"서산대사라고도 불리웠느니라. 이전에는 묘향산에 있었는데, 지금도 거기 있는 지 모르겠구나. 어서 서산대사를 속히 찾아오도록 하라."

왕은 갑자기 왜 서산대사를 떠올렸는 지 알 수가 없다. 물에 빠진 사람이 지푸라기라도 잡는다 듯이 급한 김에 생각난 인물이었을까? 아니면 이미 예언된 일이었을까? 왕의 이러한 밀명을 띤 사자가 묘향산을 향해 달리고 있을 때 큰스님 서산대사는 이미 부름에 응할 준비를 끝내고 기다리고 있었다.

"우리는 이제 구국일념으로 스스로 군기가 되어야 합니다. 군기란 항상 앞장서서 갈 길을 밝히는 푯대가 되는 것입니다. 반드시 우리를 필요로 하는 곳이 있을 겁니다. 나라가 우리를 필요로 하면 우리는 목숨을 바쳐 나라가 되어야 합니다."

이 말을 다 마치기도 전에 땀에 흠뻑 젖은 말 한 필이 일주문을 막 넘어서고 있었으니 이 어찌 혜안이라고 말하지 않으리요.

일월선사는 왕세자를 만나고 오고, 큰스님은 앉아 있어도 왕이 보낸 사자가 찾아오고… 이 모두가 한날한시에 이루어지고 있다는 게 도무지 있을 법한 일인가?

이러한 우연은 우연이 아니라는 말이 있다. 예언자는 자기 예언을 이루기 위하여 남모르는 노력을 한다는 말도 있다. 도를 통하면 우연을 필연으로 만들고 예언을 이루기 위하여 예언을 만들기도 한다. 일종의 도술이다.

"자, 이제 떠나야 할 때입니다. 젊은이들은 뒤를 따르고 거동이 불편한 이들은 남아서 기도를 드리십시오. 몸으로 하는 싸움이나 혼신의 힘을 다 바쳐 기도로서 하는 싸움이나 매한가지 효력을 나타낼 것이오. 단 그 어느 누구도 어린아이나 어른 할 것없이 이 싸움에서 혼자 살아남기 위해서 빠져서는 아니된다는 사실을 명심하시오. 합심하여 구국의 길을 찾아야 합니다."

이리하여 절간의 젊은이들은 전장터를 향하여 떠났다. 이렇듯 누가 시키지도 않았는데도 스스로 승군을 창단하여 싸움 준비를 끝내고 기다리는 선견지명이 있었다.

그런가 하면 또한 이러한 준비된 승군을 데리러 보낸 사람도 있다.
이 둘의 만남이야말로 신비하고도 절묘함이 아닐 수 없었으며, 이 절
묘함이 전쟁터를 향해 떠나가는 사람들에게 천 배 만 배의 용기와 힘
을 주었다. 이미 앞일을 훤히 내다보고 있는 도사와 함께 있다는 기
대감이 저들을 안심하게 만드는 요인이 되었던지 비록 변변한 무기를
들지 못했어도 보무가 당당했다.

무기라 봤자, 평소 무술을 연마하던 스님들이 사용하던 참나무 막
대기나 박달나무 물푸레나무 가래나무 막대기가 고작이었고, 거기다
가 낫을 매었거나 밭에서 농사일을 할 때 쓰던 쇠스랑 정도가 쇠붙이
의 전부였다. 간혹 끼어 있는 떠꺼머리 총각들이 든 무기는 산적질할
때나 쓰던 칼이 몇 자루 보였지만, 이걸로는 무기라고 말할 수가 없
다.

산적들은 큰스님 앞에 무릎을 꿇고 다시는 인명을 해치는 나쁜 짓
같은 건 안 하겠다며 맹서를 하고 무기를 다 갖다 버렸다고 했었다는
데 어디다 칼을 숨겨 두었다 꺼내 왔는지 오랜만에 칼자루를 잡으니
까 힘이 절로 생기는 지 스님들과는 떨어져 저들 끼리 뭉친다. 그러
면서도 이들 역시 보무가 당당하다.

"나도 함께 떠났어야 하는 건데…"

인선은 치질로 인하여 거동 불편자로 낙인 찍힌 이수익이 아직도
함께 출병하지 못한 것을 미안해 하는 모습을 보고 새옹지마라는 말
을 떠올려 본다. 좀 비겁한 마음이라는 생각은 들었지만 그래도 기천
에겐 할아버지가 곁에 있어야 한다는 생각이 들었기 때문이다. 지금

기천에게 가장 중요한 것은 할아버지에게서 배우는 글공부다.

"하늘 천 따지 가물 현 누를 황…"

노래처럼 부르고 다니던 천자문은 물론이고, '부자유친 군신유의 부부유별 장유유서 붕우유신'하는 오륜을 배워야 한다. 인선이 자신도 아직 그 뜻을 다 깨닫지는 못하고 있지만, 그래도 기천이 나이 때 그걸 배워 익혔던 적이 있었다. 그러한 인륜도덕을 배워 익혀야 사람다운 사람이 된다고 들었다.

"사람이 짐승과 다른 점은 오로지 이 인륜도덕이 있어서다."

사람이 인륜도덕을 알지 못하면 인피를 쓴 금수라고 하던 아버지 이수익이였다. 그러한 교육을 감당해야 할 애비가 없는 기천이로서는 당연히 할아버지를 스승으로 삼아야 마땅하다고 생각하는 인선이다. 웬일인지 그런 교육을 시킬 날이 머잖았다는 생각이 자꾸 드는 인선이로서는 귀찮을 만큼 집요하게 할아버지를 졸라댄다.

"아버지, 기천이가 공부할 시간이에요."

금방 사람들이 전쟁터를 향하여 떠난 뒤였다. 그렇다면 마땅히 허준에게서 얻어왔다는 조약을 먼저 발라야 할 시간이다. 그런데도 기천이 공부부터 조르는 인선이다.

"공부란 하루아침에 이루어지는 것이 아니다."

벌써 핀잔을 여러 번 들은 일이 있었지만, 인선은 기천을 그 할아버지 앞으로 데리고 간다.

"할아버지, 우리 가재 잡아왔다?"

"그래? 아이구, 우리 기천이 기특하기도 해라. 이 할애비 약하려고?"

"응. 그런데 선사님이 또 약 가져왔다?"

이번에는 이수익이 인선에게 묻는다.

"그래? 그건 또 무슨 말이냐?"

"예, 선사님께서 어의 허준에게서 특별히 조제해서 얻어온 약이랍니다."

인선은 선사님께서 앞으로 있을 전투에 대비해서 미리 여러 가지 약재를 구해 왔다는 사실을 이야기한다.

"그렇다면 두 분 스님들은 이미 오래 전부터 전쟁을 준비하고 있었다는 이야기가 아닌가? 우리만 모르고 있었나 보네."

이수익은 알 수 없다는 표정이다. 스님들이 전쟁 준비를 하다니…

"오랜 세월 동안 교분을 가져온 터라 많은 것을 안다고 느꼈었는데, 지금 생각해 보니 아는 게 하나도 없는 사람들이 아니냐?"

도무지 알 수 없는 사람들이기는 인선도 마찬가지다. 어느 때는 보면 일체 연을 끊고 기도 정진에만 힘쓰는 때가 있는가 하면 또 어떤 때는 천지 사방으로 안 가는 데 없이 떠도는 저들이기도 하다.

그러나 지금은 막연한 공상이나 하고 있을 때가 아니다.

"약을 조제할 동안 기천이 공부 좀 가르쳐 주세요."

"오냐, 우리 기천이 이리 오너라."

인선은 할아버지가 아이의 손을 잡고 객방으로 들어가는 뒷모습을 잠시 바라보다가 정지로 들어간다. 청솔가지를 한아름 안고 들어가도 될 만큼 아궁이가 크고 깊다. 그런 아궁이가 세 개나 아가리를 벌리고 있다. 세 군데 다 불을 땐 지가 오래다. 요즘은 양식도 없거니와 모두 다 생식이라 불 땔 일이 없다. 그러니 정지에 들어와도 아궁이에 불을 지필 땔나무가 있을 리 없다.

인선은 다시 밖으로 나가 부러진 솔가지를 몇 개 줏어와 질화로에 불을 붙이고 사금파리를 얹어 가재를 다글다글 볶아 굽는다. 가재는 처음 시커먼 빛을 하고 있지만 익어가면서 차츰 붉은 빛으로 변한다. 그리고 다시 검은 빛으로 변했다가 숯이 되기 직전에 빻아 가루를 낸다. 가루를 곱게곱게 빻아 꿀에 갠다. 이 약은 너무 물러 환부에 붙어 있지 못하고 옆으로 흘러나오는 폐단이 있다. 온통 옷에 풀칠을 해버리는 것이다.

그런데 오늘 어의 허준이 특별 조제를 했다는 이 약은 어떤가? 인선은 고약처럼 약간 단단하게 굳어 있는 약을 손으로 만져보다가 약을 싼 종이 봉지를 풀어본다. 내용물이 뭔지 잘 모르겠지만, 단단하게 굳어 약이 겉으로 번져나가는 것을 막도록 조제한 것 같다.

우선 잡아온 가재가 있으니 이것부터 마지막으로 붙여본 다음에 허준이 지어준 약을 쓸 요량이다. 약은 한 가지 약을 다 사용해 보고 바꿔야 한다. 괜히 이것저것 여러 가지 약을 남용하면 오히려 덧나기 쉽다.

그러나 인선은 생각을 다시 고쳐먹는다. 어의 허준이 지은 약이라면 만사 젖혀놓고 그것부터 발라야 한다. 한시라도 빨리 병을 잡아야 한다. 인선은 얻어온 약을 뜨듯한 불기운에 데워 아버지 앞으로 가지고 갔다.

"이게 오늘 얻어온 약이랍니다. 이것부터 먼저 발라 보세요."

"알았다. 기천아 너도 잠시 나가 있다가 들어오거라."

인선은 아이를 데리고 밖으로 나온다. 차마 이 약은 다른 사람이 발라 줄 수 없는 부위에 환부가 있어 자리를 피해 줄 수밖에 없다.

"할아버지가 오늘은 뭐 가르쳐 주시던?"

"군위자강 부위자강 부위부강…"

"그게 뭔데?"

"몰라. 그냥 외워두랬어. 그 뜻은 나중에 가르쳐 준 댔어."

"그랬어요? 우리 기천인 참 좋겠다. 할아버지 같은 훌륭한 스승님이 계시니…"

"할아버지가 어떻게 스승이야?"

"으응, 그건… 할아버지는 아는 게 많은 분이시거던?"

"아는 게 많으면 스승이야?"

"아는 게 많은 분이 제자를 가르치면 그게 스승이지. 그러니까 할아버지는 아는 게 많은 스승이고, 우리 기천이는 그걸 배우는 제자가 되는 거지."

"스승? 나는 그냥 할아버지 할래."

기천은 눈을 똑바로 뜨고 제 엄마를 올려다본다. 티 하나 없이 맑은 눈이다. 그 속에 하늘이 가득 들어 있다. 눈 속에 하늘을 머금고 있는 아이. 인선은 갑자기 아이가 신성해 보이기까지 한다.

"임금은 아들이 열 넷에 딸이 열 하나란다."

어머니는 딸의 아픈 상처를 건드리지 않으려고 한 번도 그 일에 대한 말을 입에 담지는 않았지만, 어디서 들었는 지 이 뜬금없는 혼잣말로 자기 위안을 삼곤 하였다. 행여라도 당신의 딸이 아이를 가지고 딴 생각을 품을세라 미리 예방을 하자는 말인지도 몰랐다.

"언감생심 못 오를 나무는 쳐다보지도 말랬다고…"

감히 무슨 꿈을 꾸느냐는 이야기겠다. 그러면서 탄식조로 이렇게 말한다.

"그저, 팔 하나 없는 병신이라도 저걸 데리고 갔으면…"

이럴 때 인선은 속으로 울음을 참으며,

"나는 아무 꿈도 기대도 갖고 있지 않아요."

라고 말했지만, 정말로 아무 꿈도 기대도 갖고 있지 않은 지 스스로 자문해 볼 때가 있다.

아이를 빙자해 한 자리 얻자는 생각은 없었지만, 그래도 아이에게 제 아비가 누구인지는 알게 해야 할게 아니냔 생각이다. 아니면 아이를 제 아버지에게 돌려보낸다? 그러면 어떻게 될까? 적어도 아이만은 잘 살 수 있지 않을까.

"젊디 젊은 것이 어떻게 혼자서 살 거냐? 아이를 데려다 줘 버리고 아무 데라도 시집을 가거라."

봉학 고모님도 그랬다. 그러면서 어디 상처한 집에 재취자리라도 알아봐야겠노라고 했다.

생각하면 생각할수록 아이가 불쌍해지는 인선이다. 그러면 그럴수록 뭔가를 가르쳐 주고 싶다는 절박감이 앞서는 인선이다.

"할아버지 약 다 발랐어?"

기천은 밖으로 나오는 할아버지한테 쪼르르 달려가 안긴다.

"그래, 약 다 발랐다."

"어디다 발랐는데?"

"허어, 고놈… 할아버지 부끄러워서 말 못한다."

"왜 부끄러운데?"

기천은 꼬치꼬치 캐묻는다. 의심나는 것이 있으면 알 때까지 묻는 성미다.

"부끄러운 게 뭔고 하면…"

할아버지는 어떻게 설명해야 옳은가 하면서도 아이가 알아듣도록 차근차근 일러준다. 이 어려운 상황을 어떻게 설명 하나 싶어 인선이도 조용히 귀기울여 본다.

"사람의 머리 속에는 생각이란 놈이 있거던? 그 생각 중에는 뜨겁고 찬 걸 느끼는 것처럼 만져봐서 알 수 있는 것도 있고, 엄마가 보고 싶다든지 할아버지가 보고 싶다든지 하는 것처럼 마음속으로 느낄 수도 있는 거야. 그런데 부끄러움이란 놈은 마음속으로 느끼는 건데, 남에게 들키면 미안하니까 보이기 싫은 그런 마음이지."

"왜 남에게 보이기 싫은데?"

"부끄러우니까."

"그러니까, 왜 부끄러우면 남에게 보이기 싫으냔 말이야."

도무지 이해시킬 수 없는 문제다. 그런데 이 아이가 오히려 할아버지를 놀라게 한다. 놀란 것은 할아버지 뿐만이 아니라, 마침 그 자리를 지나가던 스님까지도 발길을 멈췄다.

"수오지심이지? 그게 바로 수오지심이라는 거야."

“수오지심을 네가 어떻게 아니?”

이번에는 스님이 가까이 다가와 물었다. 이 스님은 한쪽 팔이 없어 전쟁터에 나가고 싶어도 못 나간 모양이다.

“선사님이 그랬어.”

“선사님이 뭐라고?”

“아무 데서나 엉덩이를 까 내리고 오줌을 누는 일은 부끄러운 짓이라고… 그런 부끄러움을 아는 게 수오지심이라고…”

“누가 아무 데서 오줌을 누었는데?”

이번에는 인선이 놀라 묻는다.

“내가…”

아이는 아무렇지도 않게 대답한다.

“네가 그런 부끄러운 짓을 했단 말이냐?”

인선은 이렇게 말을 하면서도 놀라워 하는 두 사람을 바라본다. 놀라기는 인선이도 마찬가지다.

“난 하나도 안 부끄러워…”

기천은 혀를 쏘옥 내밀고는 저만큼 달아난다.

“하나를 가르치면 열을 안다더니…”

스님이 기가 막히다는 듯 혀를 차며 볼 일을 보러간 뒤에도 두 부녀는 멍하니 서 있었다. 자식 자랑하면 팔푼이라고 한다 했지만, 이럴 수가 있나 말이다. 기천은 이미 그 말을 알아들었을 뿐더러 그 의미까지도 알고 있는 게 아니냐?

가히 신동이라 말하지 않을 수 없는 생각이 들었다.

"성종조에 매월당 김시습이란 사람이 있었다. 세간에서 그를 천재라 불렀는데, 생후 8개월에 글을 깨쳤다는구나. 불과 다섯 살 때 대학과 중용을 통달했다고 한다."

인선은 아버지가 무슨 말을 하려고 이 말을 끄집어 내는지 알 것만 같았다.

"정말로 기천에게 글을 가르치시려구요?"

"아무래도 본격적인 글공부가 필요하겠다."

"이런 난리 판국예요?"

"어떠냐? 아무리 장마철이라도 진날 갠날 따로 있는 법이다."

인선은 이러한 아버지가 한없이 고맙다. 한때는 미칠 것 같이 원망스러운 적도 있었지만, 아버지는 아버지대로의 입장이 있었을 것이라는 생각에 미치자 그 증오는 사라졌다.

그 일 때문에 한평생 죄책감을 느끼고 살 아버지를 생각하면 하루속히 그 눈앞에서 안 보이는게 상책이라는 생각까지 했던 인선이 아니던가?

이제 그 할아버지는 아이에게 글공부라도 가르쳐 속죄를 하려는 것이다. 그렇지 않고서야 본격적으로 글을 가르치겠다고 할 까닭이 뭐냐? 그렇게 생각하니 인선은 스스로의 운명이 더욱 이상한 운을 타고 있는 것 같아 두렵다. 도대체 무슨 운을 타고 난 것일까? 이러한 운을 타고 난 아이는 장차 어떻게 될 것인가?

"할아버지가 기천일 천재라고 한다?"

인선은 저만큼 달아난 기천을 잡아오며 구슬린다.

“그러니까 할아버지 말 잘 듣고 공부해야 돼.”

“천재가 뭔데?”

“천재는… 응, 똑똑 하단 뜻이야.”

“똑똑은 또 뭔데?”

“영리하단 뜻이지.”

“영리한 건 또 뭔데?”

“알면서도 엄마를 놀리는 건 나쁜 짓이야. 이제 들어가서 할아버지하고 글공부 좀 해라.”

인선은 기천을 할아버지 손에 맡기고 탑을 한 바퀴 돈다. 탑을 돌면서 이렇게 속으로 빈다.

“우리 기천이 공부 잘 하게 해주소서.”

그러면서 또 이렇게도 빌어본다.

“기천이 아버지께서도 무사 안녕하도록 해주십시오.”

인선은 차마 임금님이라든가 왕이라든가 그 남자라는 말은 입 밖에 내지 못한다. 단지 기천이 아버지로서의 그가 있을 뿐인 것이다. 그는 남자로서도 임금으로서도 왕으로서도 아무런 소용이 없다. 얼굴도 똑똑히 보지 못한 체 그저 하라는 대로만 했을 뿐인 그를 그리워할 일도 생각해 볼 일도 없다. 다만 아이의 아버지로서의 그의 존재, 그가 있을 뿐이다. 그런데도 인선은 저절로 입 속으로 중얼거려지는 그의 평안을 위한 기원이 알 수가 없다.

“이게 여자인 게야…”

그래, 이것이 여자의 운명이라면 어쩔 수 없이 그 운명을 받아들여야겠지.

인선은 텅 빈 거나 마찬가지인 절간이 속절없다는 생각이 들었다. 문득 왜 속절 없다는 말이 떠올랐는지 모르겠지만, 그 말을 떠올리는 순간 정말 모든 게 속절없다는 생각이 든다.

속절없다. 속절없다는 말을 하나 만들어 입 속에 넣고 씹기 시작하면 자꾸만 그 말이 말을 낳고 또다른 말을 낳곤 한다. 인선은 요즘 기천이가 말을 배울 때처럼 한 마디 말을 가지고 자꾸만 다른 말을 이어나가는 말돌림 연습을 한다.

'사람이 일이 너무 없으면 그러는 거야.'

무언가 바쁘게 일을 찾아야 한다고 생각하는 인선이다.

인선은 채마밭으로 향했다. 거기 가서 배추잎이라도 좀 뜯어와야겠다는 생각이다. 그거라도 넣고 된장국을 끓여 먹을 작정이다. 스님들은 이미 생식에 길들여져 있지만, 새로 들어온 식구들은 아직까지 건건이가 있어야 했다.

쌀 서속은 없지만 된장국은 있지요. 쌀 서속은 없지만 된장국은 있지요. 인선은 깡총깡총 뛰면서 입 속으로 노래를 불러본다. 비록 아이를 가진 애어미라고는 하나 이제 열여덟, 이팔청춘이 아니더냐? 벙글대로 벙글어나는 꽃봉오리 같은 나이다. 마침 채마밭에는 벌나비떼가 잉잉거리며 꽃술을 비비고 있다.

인선은 자기 도취에 빠져 저 만큼서 외팔이 스님이 넋을 잃고 바라보고 있는 줄도 모르고 배추잎을 솎아 낸다. 외팔이 스님은 언제부터 인선의 주변을 맴돌며 언젠가는 한 번 말을 걸어보리라 벼르고 있던 참이었는데, 오늘이 마침 그날이다.

"뭣 하러 여기까지 나왔습니까? 저한테 시키시지요."

배추잎을 뜯던 인선은 깜짝 놀라 뒤를 돌아본다. 언제 다가왔는지 외팔이 스님이 등 뒤에 바짝 붙어 있다. 또 언제 삭발을 했는 지 떠꺼머리나 다름없이 웃자란 머리칼에 햇살이 내려 뽀얗게 보인다.

조금 전 절 마당에서는 눈여겨 보지 않았었는데, 얼른 보기엔 중이라기보다는 떠돌이 같은 차림이다. 옷도 승복이 아니라 누더기나 다름없다.

그러고 보니 나이도 분간하기 힘들다. 목소리를 들으면 어린 것 같지는 않고 키를 보면 어린 것 같아 보인다. 햇발을 등지고 서 있는 얼굴은 그늘이 져서 눈은 잘 보이지 않았지만 귓볼만은 발그스름하게 돋보였다. 눈이 안 보이면 그 사람의 마음을 읽을 수 없다.

"여기는 어떻게 왔어요?"

"저도 배가 고파서 배추국이나 좀 끓여먹으려고 왔더니 아씨께서도 같은 마음이었던 모양입니다?"

"아! 예… 그러면 그냥 가서 기다리세요."

"아닙니다. 전 저 위에 있는 토굴에 살고 있어서요."

"토굴요?"

"예. 큰스님께서 좌선하시는 좌선대 옆에 토굴이 있어요. 저는 거기 혼자 있습니다."

큰스님께서 떠나고 안 계시니 혼자 있다는 이야기인가. 아니면 애당초 혼자서 토굴을 지키고 있다는 말인가?

인선은 스님이 혼자 있다는 말을 강조하는 것 같아 귀에 거슬렸다. 아니, 거슬리기보다 그 말이 귀에 들어왔다. 지금 온 산은 비어 있다. 비어 있는 산 속의 젊은 남녀라면 서로에게 관심을 가질 법하지 않은가?

이미 먹어본 배추국이 그립듯 한 번 알아버린 입맛은 어쩔 수 없는 것이 아니던가! 호접이 쌍쌍이 날아드는 배추밭에서 인선은 남자의 눈을 들여다보기 위해 햇빛을 엇비슷이 받으며 자세를 바꾸었다.

'그저, 팔이라도 하나 없는 병신이라도 나타나 데려갔으면…'

어머니의 소원이었다. 그 어머니의 소원이 오늘 여기서 이루어질지도 모른다는 생각이 인선으로 하여금 남자를 뚫어져라 쳐다보게 만든다. 이번에는 남자가 오히려 겁먹고 고개를 돌린다. 울컥하던 욕심과는 달리 인선이 너무 눈부셔 보였기 때문이다.

"아직까지 생식에 익숙지 못하거딜랑요."

그는 묻지도 않은 말을 하며 배추잎을 우둑우둑 뜯어낸다. 차마 눈이 부셔 볼 수 없는 인선의 시선을 피하는 일은 이 길밖에 없다고 생각한 모양이다. 그러면서도 말은 계속한다.

"이 팔요? 산적질하다가 잃어버렸죠. 큰스님께서 불쌍하다고 데려다 거둬주셨는데, 전 어떻게 된 인간인지 아직 부처님한테 잘 보이긴 멀었어요."

큰스님 시중을 들고 있다고 했다.

인선은 이렇게 솔직한 남자의 말은 처음 들어본다. 사람이란 거짓이 없어야 한다. 생긴 것보다는 그 속에 든 마음씨가 진실해야 한다.

자신의 수치스런 과거를 이렇듯 솔직하게 말할 수 있다는 건 이미 진실을 통한 것 아닌가. 마음에 벌침이 하나 와서 꽂히는 듯하다. 그 벌침이 인선을 자극하기 시작하였다. 그 자극은 차츰 온몸으로 퍼져 나비를 받아들이는 한송이 꽃봉오리처럼 피어난다.

이상한 날이다.

인선은 이 이상한 날을 그냥 보내고 싶지 않았다. 이번에는 타의로 서가 아니라 자기 스스로의 의사로 이 이상한 날을 기념하고 싶었다.

"토굴이 어떻게 생겼는지 보고 싶어요."

어떻게 이런 담대한 말이 나왔을까? 인선은 토굴을 향해 올라가면서 잠시 상노를 떠올렸다. 그와는 한 지붕 밑에 같은 벽을 등지고 잤으면서도 아무 일도 없었다. 아무런 생각조차 없었다. 그땐 오로지 뱃 속에서 점점 자라나고 있는 그 괴물 덩어리만 생각하며 떨고 지냈던 것이다.

그러나 지금은 다르다. 괴물 덩어리는 달님같은 아이가 되었고, 어떻게 하면 또 그런 달덩어리를 만들 수 있는지도 알고 있다. 달님이 아니라 햇님이라도 좋았다.

지금 그녀의 젊음이 너무 팽팽하게 부풀어 있었던 것이다.

— 상권 끝